포락의 형벌炮烙の刑

문단 데뷔 당시의 다무라 도시코

캐나다에서 일본으로 귀국한 직후의 다무라 도시코

첫 번째 남편 다무라 쇼교와 다무라 도시코

손재주가 있었던 다무라 도시코는 생계를 잇기 위해
일본 전통 인형을 만들어서 판매하기도 하였다.

캐나다 이주 시절
오른쪽 첫 번째 여성이 다무라 도시코이고,
뒷줄 가운데가 두 번째 남편인 스즈키 에쓰

캐나다로 이주하여 ≪대륙일보≫에
'도리노코鳥の子'라는 필명으로 활동하던 시절의 다무라 도시코

田村俊子論

△日常生活と交遊

田村松魚

○此所へ私を引張り出したのは瀧田氏の皮肉ないたづらなのです。「俊子さんは毎度あなたを材料に使つたやうだから、今度はあなたが反對に俊子さんのことを書いて下さい。日常生活の方面を主にして…成る可く長く書いて下さい。」と氏は用務を述べられた。その時が初對面であつたのと、氏の東北辯の高い調子に巻き

데뷔 당시 남편 다무라 쇼코가 직접 집필한
다무라 도시코 인물 평론

田村俊子氏の印象
女優であった時から

德田秋聲

N氏から俊子氏の事に就いて、何か少しばかり書くやうにと云ふ話があつた、どう云ふ趣意で書いていゝのか聽漏してしまつたが、私は今は氏の作品や人物——殊に人物に就ての批評は避けたいと思ふ。私は色々の機會で可也氏と談話を交へたやうに

は思ふが、まだそれ程深く氏を知つてゐる譯ではないし、知つてゐるとしても質の氏の氣質の或部分をしか覗つてゐないので、作家として一箇の婦人として、是から先き益々圓熟の境地に嚮つて進むべき氏に、輕々しく批評がましいとは言ひたくはないと思ふ。勿論氏の藝術や生活は、近頃になつて、その肉體の不健康と共にや～頽廢の兆を見せてゐるかには見えるが、これは氏が或程度まで力を出してしまつたあとの、勞作の渇費から來る疲勞と、氏の性格と境遇に特殊な物質的生活の過剰な負擔から來る氣分の焦燥と、自暴とが因を成してゐるので、氏も恐くは自分の生活や藝術について、今や深い念を致すべき時機に到達してゐることを自覺してゐられることだと思ふ。氏の近時の體度でそれを覗ふことが出來ると、同時に、何等かの轉機を示すべき時の來るのを疑ふには從つて、人の思想は格別深くなつて行くのとも思へないが、仕事が年と共に大きくなつて行くことは、さほど難かしいことではない。とにかく氏は婦人作家中、稀に見る作家らしい作家であることは疑はれない。氏のごとく婦人の腕一つで、可也派手な生活を自身に享樂すると同時に、多くの人の生活を支へてゐる人は、晶子氏より外に見當らない。

私が初めて氏を知つたのは、松魚氏がアメリカから歸つて來た時分で、その折東京でビネロの芝居をやつたとき、その劇團から招待されて行つたことがあつた。其時思ひがけなく松魚氏

당시 인기 작가였던 다무라 도시코에 대한 당대 평가
도쿠다 슈세이의 인물평 (『신쵸』 1917.5)

技巧と性質と並び到る

森田　草平

の選擇は尤もよく氏の趣味を現はしてゐる。私は氏の藝術より
も人物よりも、その趣味性のすぐれてゐることを先づ擧げたい
と思ふ。

最近に私は生田葵山氏と、久しぶりで氏の健康を見舞ひかた
がた訪ねた。氏は殆んど擁になつてゐる感冒のために閉籠つて
みたやうであつたが、机にはトルストイの「戰爭と平和」の評本
があつた。讀みかけたら、面白くて止められないとのことであ
つた。また春以來劇場に足を入れないので、大變に氣持がよい
と云ふことでであつた。男子との交際は、世間から妙に見られる
ので、婦人の友達ばかりと徃來してゐたが、或少數を除くほか
は淺薄で面白くないと云ふ話もあつた。閉籠つて、世間との交
渉を絶つてゐるのが、一番好い氣持だと云ふやうなことも聞い
た。

私は下らなく餘り長く書いたやうに思ふ。

近頃久しくとし子さんにもお目に懸りませんし、別に意見は
ないのですから、此質問を私の許へ持つて來るのは無理です。
正直のところ、とし子さんが何んな女であらうと、私は構はな
いのです。これはとし子さんばかりでない、總ての異性に對し

모리타 소헤이의 인물평 (『신쵸』 1917.5)

て盆様です。つまり面倒臭いのです。何故なら婦人と云ふものは殆ど一人の除外例なくして、共人に喜ばれるやうなことを言つて居なければ氣に入らないのですからな。面倒と云へば、とし子さんも可成手數を懸ける女であつたと云ふことが私の遙い記憶にあります。二階へお上んなさいと云ふんだつて、却々ちよいとで上らない。菓子をお摘みなさいと云ふんだつて、散々世話を燒かせてからでなければ召上つて貰へない。とし子さんの面倒臭いんちや、あれは性質でもあらうが、一つはあの人の披巧でせうな。何故なら大概の男は婦人に世話を燒かされるのを喜ぶものですから――そこを又附け込んで、俺もいよ〳〵其拔巧を發揮するのです。とし子さんのはそれが人並以上で、拔巧と性質と並び到るんだから遣り切れない。俳し私はそこにあの人の長所を認めるんです。とし子さんは自分でも大に江戸兒を振り廻して居られるやうだが、江戸兒にしちやア隨分おちよくした江戸兒だ。あれだから物が書けるんですね。つまり私の結論はかうです、とし子さんは婦人の短所と長所とを兩つながらぶんだんに具へた女だと。これなら氣に入らないことはないですせう。少し刑錢が貴ひたい位のものだ。

とし子さんに就いちや三重吉のことがありますよ。三重吉のことだから何々りせ自分ちや書くまいから、私が此處に紹介して置きます。何でも朝日新聞の原稿のことで少し

こた〳〵したとのあつた當時です。多分漱石先生であつたと思ふが、先生がとし子さんに向つて、貴方御自分で三重吉の所へいらしたら可いでせうと言はれた。すると、とし子さんは、行くには行きますが、あの方の許へ行くのは何だか怖いやうだと言はれたさうだ。其話を後で傳へ聞いた三重吉曰く、「何だ、馬鹿にしてらア、あの女が俺を恐れて居る程度に於ては、俺もあの女を恐れて居るよ」と。一同それを聞いてぶつ噴き出して仕舞つた。斷つて置くが、此言葉は勿論其場の座興に言はれたもので、鈴木君の人格にもとし子さんの人格にも全然關係したことではない。あるものは具三重吉の名句だけである。餘程面白かつたと見えて、私は今でもそれを記憶して居たから、敢て此處に紹介する次第である。兩君諒焉。

私の見た俊子さん

岡田八千代

とし子さんはいつ尋ねても、どんなに久しぶりに尋ねても、『まア』と言つて飛び出して來るやうな人ではないやうです。どんな場合にも『何にしに來た』と言ふやうな顏をすることが多いやうです。それが約束して行つた目にでもそんなことが好くあります。だからどうかすると腹が立ちます。『もう來てやるもんか』などゝ思つたことも好くあります。しかし、これが此人

오카다 야치요의 인물평 (『신쵸』 1917.5)

軟らかで艶つぽい

△

鈴木　悦

三月だつたが、讀んだのは昨年のその頃で、それを讀んで私はどこか秋聲氏に似てゐて、また別に作者獨特の促迫した感情や神經を發揮してゐるとおもつて、以來俊子氏には、私は心から推服してゐる。現今男性女性の作者の間に伍して俊に第一流の地位を占めてゐる。去年の二月頃書いた物など、ちよいとしたものが、何れも面白い。

去年の五月頃の京阪紀行など長田のものより眞實で且新らしいと思ふものがあつた。とにかく樋口一葉以後の第一人者である。

△

俊子さんは、寫眞で見るのと、直接お目にかゝるのとでは大變に感じの異ふひとである。之は必らずしも俊子さんの場合に限らないことであるが、此の人のやうに夫れの著しいのは珍しいと思ふ。元より寫眞であるのだから、その人以外のものが寫つてゐるわけはない。實物を見てみても何らかすると、如何にも寫眞に似てゐると思はれる時はある。

が、全體としての感じは、寫眞よりもズツと軟かで、そして何所やら艶つぽい。

△

寫眞の俊子さんは、取りすましてゐます。それでなくても固く口を閉ぢた、言はゝ他州行きの俊子さんである。何となく思ひあがつた、鼻張りの強さうな。――片意地にさへも見えるやうな顔をしてゐる。あの巧みなお化粧も、藥止動作の蓮葉らしい中にも、しなやかに整つた所など共所からは殆んど想像が出來ない。全身を見せた寫眞などは、忌憚なく言へば、隨分腕いものである。誰も分らないくせに意地一點張りで貧乏代議士の肩でも持ちさうな寄席か待合の女將かとも見えたり、肉の歌びに爛れたお女郎のやうにブョくした、だらけた感じを與へたりする。要するに寫眞に現れた俊子さんには、俊子さんの歌やを所ばかりが出てゐるのではないからうか。直接會つて話してみる時のやうな快い感じはしない。

△

俊子さんは、銳い感覺と、可成り放埓な血潮と、夫れに殆んど同じ程度の明るい理智の所有者である。俊子さんの中では、此の三つのものが夫れくに自分を主張し合つてゐる。あの人の惱みや、苦しみや、悲しみや、或はまた淋しさやらは總て其所から生れてくるものゝやうに思はれる。此三つのものは、時によつて其の中の一つか他の二つを支配してゐる。或る場合には甚しく理智的になるかと思ふと、他の場合にはへらくするほど放埓な所を見せる。感覺的な一點は、あの人の一擧一動

스즈키 에쓰의 인물평 (『신쵸』 1917.5)

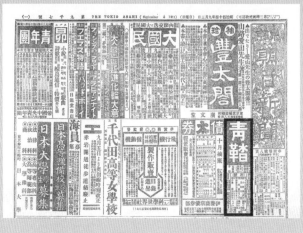

일본 최초의 여성 문예지 ≪세이토≫ 창간호 광고
≪도쿄아사히신문≫ 1911.9.3. 1면

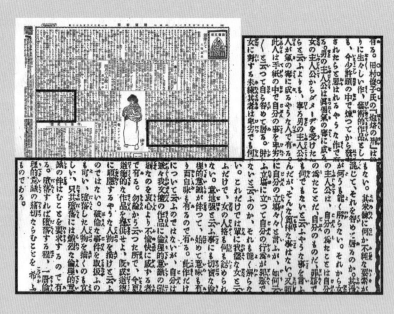

모리타 소헤이의 『포락의 형벌』에 대한 평가 때문에
일명 『포락의 형벌』에 관한 논쟁이 촉발되었다.
≪요미우리신문≫ 1914.4.21. 조간 4면

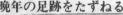

田村俊子と上海
晩年の足跡をたずねる　　黒沢　亜里子

図書新聞

定価180円

発行所
株式会社 図書新聞
〒101 東京都千代田区
区神田錦町２‐19
電話（234）3471㈹
購読料（送料共）
１年6,480円
半年3,240円
Ⓒ株式会社図書新聞

〈みごとな戦闘〉の地
――道路ひとつ隔ててもう一つの「女声」があった

上海時代の俊子

俊子が住んでいた旧ピアス・アパート

女声社があったビル（光陸大楼）

일본 근대 문학의 효시라고 알려져 있는 『소설신수』의 저자
쓰보우치 쇼요는 당시 근대극을 소개하는 글을 신문에 연재하기도 했다.
「근대극에 보이는 신여성」≪오사카마이니치신문≫ 1910.8.5. 7면

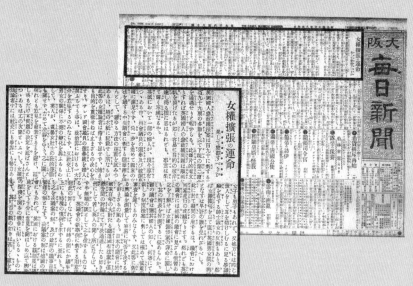

다무라 도시코가 활동할 당시는 여성의 권리 확장에 대한 관심을 가지
기 시작한 시기로, 각종 매체에서는 이와 관련된 기사가 쏟아져 나왔다.
「여권확장의 운명」≪오사카마이니치신문≫ 1910.8.9. 1면

生血

田村 とし子

一

安藝治はだまつて顔を洗ひに出て行つた。ゆう子はその足音を耳にしながら矢つ張りぼんやりと椽側に立つてゐた。紫紺縮緬をしぼつた單衣の裾がしつくりと踵を包んで棲先がしやくれて流れてゐる。

昨夜寢るとき引き被いだ薄ものをまだ剝ぎ切らない樣な空の光りの下に、庭の隅々の赤い花白い花がうつとりと瞼をおもくしてゐる。

ゆう子の椽から片足踏み出した足の裏へ、しめつた土から吹いてくる練絹のやうな風が、そつと忍ぶやうにしてさわつてゆく。

ゆう子は足許の金魚鉢を見た。ふつと、奥の湧いたやうな顔をすると其所にしやがんで、

「紅しぼり——」

『생혈』초출 원고『세이토』창간호(1911.9)

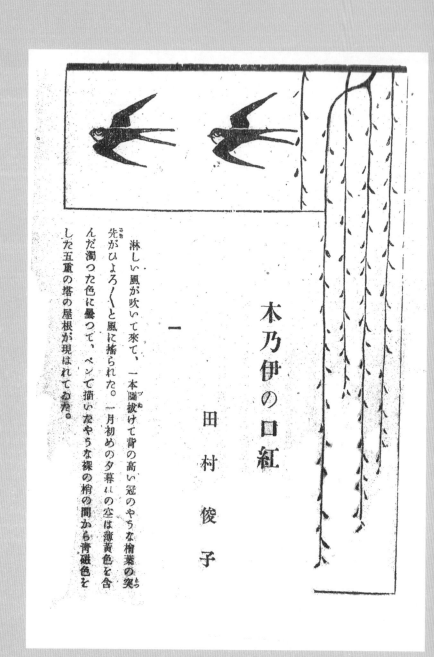

木乃伊の口紅

田　村　俊　子

一

淋しい風が吹いて來て、一本圖拔けて背の高い冠のやうな檜葉の突先がひよろ／\と風に搖られた。一月初めの夕暮れの空は薄黄色を含んだ濁つた色に曇つて、ペンで描いたやうな裸の梢の間から青磁色をした五重の塔の屋根が現はれてゐた。

『미라의 입술연지』초출 원고 『중앙공론』(1913.4)

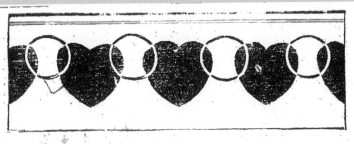

炮烙の刑

田村俊子

一

室内の戸はまだすつかり閉ざされたまゝてゐたが、外はもう畫に近いやうな光線が、戸の隙間から障子の紙に漏れてゐた。家のものたちは疾うに起きて働いてゐた。然し何室にも物音も話し聲もきこらなかつた。血を見るやうな一と晩ぢうの主人の爭ひに氣も心も消えてゐる女たちは、唾を呑んて、その昏惑しつゝある無智なこゝろの中に唯己れを埋めて沈默してゐるやうにひつそりとしてゐた。今日一日の間に、何か恐しい凶事がこの家に起ると云ふ豫表のやうに、家のなかは贍瞻とした隈を作つて、どこも陰氣に閉鎖されてゐた。外には悲しい風が吹き暴れてゐた。

混沌と眠りに落ちてゐた龍子は、時々びくりとして目を覺ました。その度に動悸が高まつて、心臟から頭腦へ突き上る血の音が、枕に押附けた耳の皷膜を破る

포락의 형벌炮烙の刑

일본 최초의 근대 여성 작가
다무라 도시코 작품 선집

포락의 형벌 炮烙の刑

다무라 도시코 田村俊子 지음

권 선 영 옮김

북치는마을

포락의 형벌
다무라 도시코 작품 선집

일본의 여성문학은 다른 어느 나라에 비해 탄탄한 역사를 가지고 있다. 일본 최초의 장편 소설격인 『겐지이야기源氏物語』의 저자 무라사키 시키부紫式部를 비롯하여 수필, 일기 등 여타 장르에서도 여성 작가들의 활약은 말 그대로 눈부시다.

메이지기明治期에 들어 혜성같이 나타난 히구치 이치요樋口一葉는 주옥같은 작품들을 '기적의 14개월' 동안 집필하고 생을 마감했다. 히구치 이치요는 메이지기에 활동했지만, 아직은 전근대적인 사회 분위기 속에서 서민의 일상과 세태의 다양한 면을 아속절충체雅俗折衷體로 표현해 내었다.

그 뒤를 이은 '제2의 히구치 이치요'라고 평가받던 다무라 도시코田村俊子는 '일본 최초의 근대 여성 작가'라고 불린다. 다무라 도시코가 등단할 당시는 근대 사상과 문물이 물밀 듯이 들어오는 시기였고, 문단에서도 새로운 시각으로 창작할 작가를 필요로 했다. 그리고 히구치 이치요

이후 여성 작가의 부재의 문제를 타개하고자 '현상 공모'라는 형태로 여성 작가를 발굴했다. 1910년 오사카아사히신문大阪朝日新聞 현상 공모에 다무라 도시코의 『체념あきらめ』이라는 장편소설이 당선된다. 언문일치를 실행한 이 작품을 통해 다무라 도시코는 화려하게 문단에 진출해 전문적으로 글쓰기를 직업으로 하는 작가가 된다.

역자가 다무라 도시코의 작품을 처음 접한 것은 2003년이다. 박사논문 주제를 정하던 중 지도 교수님의 추천으로 읽게 된 『생혈生血』(1911)에 단번에 매료되었다. 21세기의 작품이라고 해도 과언이 아닐 정도로 문제의식이 신선했다. 그렇게 해서 다무라 도시코과의 인연이 시작되었다. 박사학위논문을 쓰던 중 다무라 도시코의 작품을 번역해야겠다고 생각하고 초역을 해 두었는데, 이런 저런 사정으로 출판이 계속 미루어지게 되었다. 그동안 박사학위를 취득하고, 국문학으로도 박사논문을 쓰면서 심사자 교수님들께 꼭 번역서를 출간하겠다고 약속했었다. 그 약속을 이제야 지킬 수 있게 되었다.

다무라 도시코는 고전을 공부하며 근대 사상을 접한 작가인 까닭에, 특히 묘사 부분이 독특하면서도 수사가 길다. 때문에 어떻게 하면 작가가 표현하고자 하는 것에 가까우면서도 제대로 독자에게 전달할까를 고민하느라 퇴고하는 시간이 상당히 길어졌다. 어떤 일이든 그렇겠지만 포기하지 못하여 여태껏 붙들고 있었는지도 모르겠다. 그리고 더 이상 출판을 미룰 수 없기에 여기서 마침표를 찍고자 한다.

　본 번역서는 초출된 잡지를 저본으로 하고 오리진출판사オリジン出版社의『다무라 도시코 작품집田村俊子作品集』을 참고하였다. 번역을 하면서 작품명 번역에 심혈을 기울였다. 그 결과로『木乃伊の口紅』를 '미라의 입술연지'로 번역했다. 일부 연구자들에 의해 '미이라의 립스틱'으로 번역하는 경우가 있으나, 당시의 국어사전에 '립스틱'이라는 외래어는 상재되지 않았다는 점과 다무라 도시코가 고전풍의 글로 데뷔했다는 점을 상기한다면, 다무라 도시코가 작품명으로 외래어보다는 의고적 표현을 선택했을 것이라고 생각되었기 때문이다. '미라/미이라'의 경우는 한국어 표준어와 방언의 차이로, 표준어를 선택했다.

　『炮烙の刑』또한 일부 연구자에 의해 '포락지형'으로 번역한 경우도 있지만, 여기서는 '포락의 형벌'로 번역했다. 한국과 일본, 중국의 사전에 '포락지형炮烙之刑'으로 소개되고 있는 것이 사실이나, 작가가 굳이 '炮烙之刑'이라고 쓰지 않은 의도를 생각할 필요가 있다고 여겨지기 때문이다. 남다른 언어 감각으로 언문일치를 실천하려 했던 다무라 도시코가 '之'를 대신하여 가나假名 'の'를 썼다는 점을 간과해서는 안 된다고 생각한다.

본 번역서에는 다루지 않은 작품이지만, 지속적으로 언급되는 작품 『あきらめ』를 '체념'으로 번역하였다. 그리고 내용에서 한자로 '斷念'이 나온 경우는 '단념'으로 번역하고, 가나로 'あきらめ'를 사용한 경우는 '체념'으로 번역하였다. 일부 연구자들은 이 작품을 '체념'으로 번역하지 않고 '단념'으로 번역하는 경우가 있지만 여기서 '체념'이라는 단어를 선택한 이유는 첫째, '단념'이라는 단어는 일본어에서 수입된 한자어의 표기를 그대로 원용하여 쓴 것이므로 한국어로의 바른 번역은 '체념'이라고 생각하기 때문이고, 둘째, 철학적으로 이 두 단어가 명백히 구별되기 때문이다. 즉 '포기'라는 의미와 가까이에 있는 '단념'은 품었던 생각을 끊어버린다는 의미로, 곤경 따위에서 벗어날 길이 없어 운명에 따르기로 마음먹는 '체념'과 구별된다. 셋째, 작품 『あきらめ』의 주인공 도미에富枝는 자신의 의지가 관철될 수 없는 남성 중심의 사회 속에서 살아야 함을 인지하고 스스로의 의지를 체념함에 있어, 작가는 한자 '斷念'으로 표기하지 않고 가나 'あきらめ'로 표기했다고 생각되기 때문이다.

그리고 일본어의 한국어 표기는 국립국어원에서 정한 외래어 표기법을 원칙으로 하되, 이미 굳어진 일본어는 관용대로 표기하였다. 그 외의 부호나 강조점 등은 원전을 따랐다.

출판까지 많은 분들의 응원이 있었다. 우선 사랑하는 가족에게 감사 드린다. 그리고 대학 1학년 때부터 늘 응원해 주고 계시는 최광준 교수님을 비롯하여 여러 교수님, 선후배님들께 감사의 뜻을 표한다. 그리고 번역서 발간을 기뻐하시며 표지를 그려 주신 일본화 화백 스즈키 야스마사鈴木靖将 선생님께도 심심한 감사의 말씀을 전한다. 마지막으로 다무라 도시코의 번역서 출판을 흔쾌히 맡아 주신 북치는 마을의 정구형 사장님과 직원 여러분께 감사드린다.

2019년 3월

옮긴이 권 선 영

차 례

생혈生血

1

아키지安藝治는 조용히 얼굴을 씻으러 나갔다. 유코ゆう子는 그 발자국 소리를 들으며 멍하니 툇마루에 서 있었다. 자줏빛 감색 비단으로 짠 홑옷 자락이 발꿈치를 꼭 맞게 감싸고 있고 아랫단 끝은 움푹 들어가 흘러내리고 있다.

어젯밤 잘 때 끌어 뒤집어 쓴 얇은 것이 아직 다 벗겨지지 않은 듯한 하늘빛 아래로 붉은 꽃 흰 꽃이 정원 구석구석 황홀하게 피어 눈꺼풀을 무겁게 한다.

유코는 툇마루에서 한 발짝 내디딘다. 젖은 흙에서 불어오는 누빈 명주와 같은 바람이 유코의 발바닥을 살며시 어루만진다.

유코는 발치에 있는 어항을 보았다. 문득 흥이 난 것 같은 얼굴로 그

곳에 웅크리고 앉아서는,

"베니시보리紅絞り, 연짓빛 홀치기-역자주—"

"히가노코緋鹿の子, 진홍색에 흰 얼룩-역자주—"

"아케보노あけぼの, 새벽-역자주—"

"아라레고몬あられごもん, 진눈깨비-역자주—"

손가락으로 하나하나 가리키면서 금붕어에게 이름을 지어 주었다. 동틀 녘, 어항에 하늘빛이 비쳐 여기저기 떨어지는 은박 같은 흰 빛이 수면 위로 흩어진다. 히가노코가 별나게 물살을 가르며 내달렸다.

유코는 어항 옆에 나란히 있던 보라색 시네라리아 꽃을 하나 꺾어 물속으로 떨어뜨렸다. 작은 어항 위에 꽃잎이 닿자 아직 이름을 지어 주지 않은 새빨간 금붕어가 놀란 듯 큰 꼬리지느러미를 흔들며 곧바로 바닥 쪽으로 내려간다. 은박이 반짝거리며 이리저리 흔들렸다.

유코는 세운 무릎 위에 왼쪽 팔을 얹고 오른쪽 팔꿈치를 걸쳐 손바닥으로 이마를 받쳤다. 손목은 처진 머리 무게를 못 이길 것처럼 힘없어 보인다. 엄지손가락이 눈꼬리 쪽에 닿아 눈이 찌그러졌다.

— 오글쪼글한 붉은 비단으로 된 모기장 자락을 물고 여자가 울고 있다. 남자는 바람에 흔들거리는 발簾을 어깨에 맞으며 창밖 너머 아직까지 등불이 켜져 있는 동네를 내다보고 있다. 남자는 홀연히 웃었다. 그리고

"할 수 없잖아."

라고 말했다.

비릿한 금붕어 냄새가 어렴풋이 났다.

유코는 무슨 냄새인지 인식하지 못한 채 가만히 냄새를 맡았다. 계속

해서, 계속해서 맡았다.

'남자 냄새.'

문득 그렇게 생각한 유코는 오싹해졌다. 손끝에서 발끝까지 찌릿찌릿 전율했다.

'싫어. 싫어. 싫어.'

칼을 들고 무언가에 맞서고 싶은 심정 — 어젯밤부터 이런 마음이 들어 몇 번이나 자기 몸을 쥐어뜯었나.

유코는 어항 속에 한쪽 손을 쑤욱 집어넣고 증오하듯 금붕어를 잡았다.

'눈을 찔러 주마.'

라고 생각했다. 속옷 깃을 여며 놓은 금색 핀을 빼내면서 움켜잡은 금붕어를 물에서 건져 내었다. 백금 선이 흐트러지듯 유리 어항의 물이 움직인다.

깨알 같은 눈동자를 겨누어 핀으로 찌르자 금붕어는 정확히 손목 부근에서 꼬리지느러미를 파닥거렸다. 비린내 나는 물방울이 유코의 연보라색 허리띠로 튀었다. 금붕어를 너무 깊숙이 찌른 나머지 자신의 검지까지 찔렀다. 손톱 끝에 루비 같은 작은 핏방울이 봉긋 부풀어 올랐다.

금붕어 비늘이 푸르게 빛났다. 붉은 얼룩무늬가 말라 윤기가 사라졌다. 금붕어는 위를 향해 입을 뻐끔 벌리고 죽었다. 꽃무늬 부채를 펼쳐 놓은 것 같은 꼬리지느러미는 접혀져 시들시들 축 늘어졌다.

유코는 금붕어를 잠시 들어 올려 보았으나 이내 정원으로 내던졌다. 정확히 징검돌 위에 떨어진 금붕어 사체 쪽으로 일순간 여명이 희끄무레하게 금붕어를 감싸고는 넓어지듯 사방으로 흩어져 간다.

유코는 객실로 들어갔다. 아직 꺼지지 않은 채 있던 전깃불이 엷은 주홍빛 가득히 반사되어 유코의 이마를 달구었다. 유코는 창 아래에 있는 큰 전신 거울 앞으로 가 바싹 붙어 앉았다. 상처 난 검지를 입에 넣었다. — 주르르 배어나오듯 두 눈에 눈물이 넘쳐흘렀다. 유코는 소매에다 얼굴을 묻고 울었다. 울고 또 울어도 슬프다. 하지만 그리운 사람의 가슴에 자신의 뺨을 파묻고 있을 때처럼 그런 정다움이 눈물에 엷은 색을 묻히듯 흐른다.

'손가락을 입에 넣는 지금 이 순간, 내 손가락이 내 입술의 따스함을 느꼈다. 그게 왜 이토록 슬픈 걸까.'

유코는 그렇게 생각하면서 흐느끼며 울었다.

얼마든지 울 수 있다. 눈물이 날 만큼 나서, 문득 숨이 끊어지지 않을까, 숨이 끊어지도록 눈물이 나는 것은 아닐까 생각될 정도로. 울 만큼 울고 눈물이 날 만큼 나서, 연꽃에 감싸여 잠들 듯, 꽃잎에 맺혀 있던 이슬에 숨이 막혀 죽게 된다면 얼마나 기쁠까. 눈물의 뜨거움! 설령 피부가 델 정도의 뜨거운 눈물로 몸을 씻는다 해도 내 몸은 원래대로 돌아오지 않아. 더 이상 예전으로 돌아가지 않아.

유코는 입술을 깨물면서 문득 얼굴을 들어 거울을 들여다보았다. 거울 전면의 빛은 형체를 뚜렷하게 비춘 채 흔들리지 않는다. 자주감색 옷 무릎 부분이 해어져 빨간 부분이 보였다.

유코는 그것을 응시했다. 그 비단 한 겹 밑의 자신의 피부를 생각했다.

모공에 한 땀 한 땀 바늘을 찔러 넣어 살을 한 편씩 섬세하게 도려내어도 나에게 한 번 침투한 더러움은 깎아 낼 수 없어. —

세수하러 간 아키지가 수건을 들고서 방으로 돌아왔다. 유코를 보자 아무 말 없이 옆방으로 갔다. 어느새 여종업원이 들어갔는지 여자와 이야기하는 아키지의 목소리가 들렸다.

여종업원은 곧 침상을 정리하러 들어왔다. 유코를 보고 웃으며 인사를 했지만 유코는 뒤돌아보지도 않았다. 그리고 뿌리 깊게 파고든 고단한 꿈에서 깨어나듯 힘없는 몸을 옆으로 편하게 아무렇게나 앉으면서 머리를 흔들고 아이처럼 코를 훌쩍거렸다.

유리문을 여닫는 여관의 시끌시끌한 아침 청소 소리가 들렸다. 전차가 끼익하고 소리 내며 지나갈 때 유코는 이 여관이 큰길 안쪽 주택가에 있다는 것을 생각해 내고는 무서워졌다. 여기를 나가려면 어디로 해서 나가야 하나, 여종업원에게 부탁해 뒷문으로 나갈까, 유코는 그런 생각을 하면서 소맷자락에서 종이를 꺼냈다. 그리고 종이의 폭을 좁게 찢어 다친 손가락에다 둘둘 감았다.

2

두 사람은 물색 양산洋傘かうもり, 고모리. 당시 박쥐모양의 양산이 유행함-역자주과 새하얀 파나마모자를 나란히 하고서 한낮의 거리를 걷고 있었다.

옷매무새가 흐트러져 주름투성이인 두 사람의 옷은 마치 강렬한 햇볕에 모든 색이 바래 버린 것처럼 선명하지 않았다. 뜨거운 태양에 내동댕이쳐진 사람들처럼 후줄근한 행색을 한 두 사람은 한낮의 폭염 속을 그저 얌전히 걸어간다. 두 사람의 목덜미에는 달궈진 인두에 지져지기

라도 하듯 햇볕이 내리쬐고, 흰 버선은 말라빠진 먼지 때문에 이미 엷은
적갈색으로 변해 있다.

두 사람은 골목으로 들어갔다.

좁은 차양 밑으로 바람이 곧바로 통과한 탓에 땅바닥은 동굴 바닥처
럼 축축하다. 우물 쪽을 바라보는 모퉁이 집 시커먼 토방에서는 더러운
수건을 목에 두른 여자가 베를 짜고 있었다. 두 사람은 골목 막다른 곳
돌계단을 올라갔다. 다 오르자 유코는 울타리 쪽으로 가 무코지마向島의
제방을 바라보았다.

강도 제방도 폭염에 질린 듯 금빛을 내팽개친 채 어떠한 그림자도 움
직이지 못하게 했다. 빈틈없이 내리쬐는 여름 햇볕을 도로 반사라도 하
듯 함석 지붕 위에서 검은 연기가 피어오르는 폭서暴暑의 거리를 보자,
눈이 부신 유코는 그늘 쪽으로 고개를 돌렸다. 아키지는 디딤돌 위에 서
서 신사 앞에서 방울을 딸랑거리고 있는신사에 가서 참배하기 전에 하는 행
위. 굵은 동아줄 위에 매달려 있는 방울을 소리 내게 한 이후에 기도를 함-역자
주 어린 기생처럼 보이는 여자아이의 뒤태를 보고 있었다.

신당 안쪽은 검은 막을 쳤는지 거무스름하다. 곳곳에 은빛이 나는 기
물들이 무언가를 암시하는 양 신비롭게 빛나는 가운데 큰 촛대 주위 상
하좌우로 양초가 몇 자루나 불을 밝히고 있다. 그것이 꼭 폭염을 저주하
는 불처럼 보였다. 고행을 위해 단식을 한 스님이 눈에만 일념을 담아
눈이 반짝거리고 있듯 한줄기 빛이 가녀린 촛불의 불꽃 끝에서 번뜩이
고 있다.

그곳에 두세 사람의 그림자가 보였다.

두 사람은 앞쪽 돌계단을 내려왔다. 메마른 햇볕이 내리쬐는, 그늘이라고는 찾아볼 수 없는 거리는 온통 구운 동판을 덮은 듯 보는 것도 숨쉬는 것도 괴롭다. 유코는 양산을 낮게 썼다.

'이제 헤어져야 하는데. 이제 헤어져야 하는데.'

유코는 몇 번이나 그렇게 생각했다. 남자와 헤어져 지난 밤 일을 오직 혼자 곱씹어 생각해야만 한다는 듯 초조해지기도 한다. 하지만 유코는 도저히 남자에게 먼저 말할 수 없었다.

두 손 두 발 모두 쇠사슬에 채워진 것처럼 몸이 조금도 자유로워지지 않았다.

'내게 유린당한 여자가 떨고 있어. 입도 벙긋하지 않고. 그리고 폭염 속에서 여기저기 나를 따라다닌다. 여자는 어디까지 붙어 다닐 셈일까?'

유코는 문득 말없는 남자가 이런 생각을 하고 있지 않을까 생각했다. 유코는 이마의 땀을 살그머니 닦았다.

좀 전의 어린 기생 같아 보이는 여자아이가 두 사람을 지나쳐 서둘러 걸어간다. 그림이 그려진 붉은 양산을 쓰고 있다. 깃고대가 뒤로 당겨 내려져 가느다란 목덜미가 투명하게 희읍스름히 보인다. 화살 깃 문양의 얇은 감색 견직물로 된 옷자락이 새하얀 맨발에 휘감겼다 풀리고 휘감겼다 풀리며 간다. 보라색 하카타博多 반폭 허리띠 매듭이 야무지게 위로 향해 있다.

얇고 긴 소매가 끌릴 듯이 걸어가는 아름답고 생기발랄한 여자아이의 모습을 유코는 강렬히 내리쬐는 햇살 아래에서 진지하게 바라보았다. 그리고 부러웠다. 이렇게 어젯밤의 육체를 폭염에 그대로 쬐게 하며 걸어가는 자신이 햇볕에 부패해 가는 물고기 같았다. 악취가 나는 듯했다. 유코는 누군가가 자신의 몸을 잡아 내동댕이쳐 주었으면 하는 생각이 들었다. 두 사람은 말없이 걸어갔다. 넓은 길이 끝나자 좁은 뒷길 쪽으로 꺾었다.

빨간 풍경을 단 얼음 가게가 갈대발 그림자를 적시고 있다. 쨍그렁 쨍그렁, 속옷 차림의 여자가 검은 팔을 내밀고 아이들에게 기타유義太夫, 샤미센을 반주로 이야기를 이끌어 가는 일본의 전통 서사양식-역자주를 가르치고 있는 모습이 바깥에서 훤히 내다보이는 집이었다. 툇마루가 낮은 잡화상에서 기름에 전 냄새가 났다. 메밀국수집 뒤쪽에서 공원 쪽으로 아키지가 앞장서서 빠져나갔다.

아미타불당의 붉은 단청색이 강한 햇빛 때문에 토기 색깔로 보였다. 용두관음 분수가 멎어 있었다. 물뿌리개의 물만큼도 떨어지지 않았다. 폭염 속에서 물까지 말라 청동상 전신이 바싹바싹 타들어 가는 것처럼 보였다. 높은 곳에 있는 관음입상을 올려다보자니 유코는 머리카락을 화염으로 불살리울 것 같은 기분이 들었다.

쪽빛으로 염색한 유카타浴衣, 목욕 후에 혹은 여름에 평상복으로 입는 홑옷-역자주를 입고 빨간 허리띠를 맨 새하얀 얼굴을 한 여자들이 땀 때문에 몸에 착 달라붙은 유카타 옷자락 틈으로 붉은 속치마를 내보이며 지나간다. 윗도리를 벗어 속옷 바람인 남자가 부채질하며 지나간다. 물이 나오지 않는 분수인데도 주위로 각양각색의 사람들이 모여들었다.

사람들이 힐끔힐끔 두 사람을 쳐다보았다. 아키지는 싫다는 듯 눈길을 피했다. 유코는 그런 천한 표정으로 자신들을 보고 지나가는 사람과 지금의 자신이 눈길을 피할 정도로 차이 난다고는 생각하지 않았다.

'얼마든지 엿보고 싶은 만큼 자신을 보여 줄 테야'

라고 생각했다. 어차피 자신은 그 사람들에게 신기할 것 없는, 부패하는 몸뚱이를 지닌 같은 인간이라고 생각했다.

아키지는 또다시 걷기 시작했다. 유코는 왠지 자신의 몸을 무언가에 내던지고 싶고 반항의 말을 하고 싶다고 생각했다. 하지만 남자에게 말하는 게 싫었다. 많은 사람들이 모여 있는 꽃밭 앞을 지나 곡예장 앞까지 왔다. 아키지는,

"들어가 보자."

라고 말하며 개의치 않고 성큼성큼 들어가려고 했다. 유코는 말없이 따라 들어갔다.

높은 가건물 2층은 어두컴컴했다. 기둥도 돗자리도 방석도 식은땀에 젖은 물건을 집는 양 끈적끈적한 습기를 머금고 있었다. 2층에는 드문드문 대여섯 사람이 있었다. 그 사람들은 모두 다시는 볼 수 없는 보물을 보는 것 같은 표정으로 난간을 꼭 붙잡고 아래에서 펼쳐지고 있는 연기를 관람하고 있었다. 아키지는 자못 편안한 자리라도 발견한 듯 방석을 깔고 앉았다. 그리고는 유코를 보고 미소 지었다.

무슨 방울 같은 소리가 딸랑딸랑 하고 났다. 살색 셔츠를 입은 남자아이가 굵은 목소리로 다음 연기를 설명했다. 밖에 걸어 둔 광고막이 조금 올라갔다 내려갔다 할 때마다 앞쪽에서 무대 위를 쳐다보는 사람들의 얼굴에 가려 무대가 어스레해진다. 작은 묶음 머리를 하고 빨간 얼굴에 분을 바른 여자아이들이 복숭아색 셔츠 차림에 두 손을 양쪽 겨드랑

이에 끼우고 네댓 명 서 있다. 아이들은 곧 붉은 색 흰색으로 칠해진 링을 가지고 공에 올라타 걷기 시작했다. 링을 발에서 손으로 옮기거나 어깨 쪽으로 빼거나 하면서 타고 있는 공을 굴려 간다. 유코는 분을 바른 그 작은 귀가 부어오른 것이 애처로웠다. 유코는 높이 위치한 뒤쪽 관람석으로 가 앉으면서 접이식 부채를 허리띠에서 꺼냈다.

부채질을 하자 미지근한 향수 냄새 같은 것이 정겹게 스며든다. 바깥으로 늘어뜨려진 막이 조금씩 올라갈 때 그곳에 모여 있는 사람들 머리에서부터 뒤쪽 연못의 수면 쪽으로 비추는 한낮의 예리한 햇빛이 유코의 눈에 번뜻 비친다. 연기 사이사이에 기예를 펼치는 여자아이들과 덩치 큰 남자들이 말없이 망연히 그 바깥 무리를 보고 있는 것이 이 어스레한 가건물에 권태로움을 한층 더 보태는 것 같았다. 문득 정신을 차리니 황색 공단 남자 하의에 긴 소매 기모노를 입은 여자아이가 무대에 나타났다. 크고 굵은 올림머리에 보라색 얼룩무늬 천으로 만든 비녀가 꽂혀 있었다.

그 여자아이는 무대 위에서 천정을 바라보고 누워 발끝으로 우산을 돌렸다. 새하얀 토시가 가느다란 손목을 감싸고 있었다. 무대 양옆으로 긴 옷자락이 드리워져 있었다. 접힌 우산을 발로 펴서 풍차처럼 빙글빙글 우산 가장자리를 계속 돌린다. 정강이도 새하얗다. 그리고 작은 흰 버선 ─ 가끔씩 하의의 주름이 흐트러지고 긴 소맷자락이 흔들린다. 그때 무대 왼쪽에서 연주되고 있는 음악이 샤미센 줄을 끌어당겼다가 얽고, 얽었다가 당기는 것 같은 곡이어서 유코의 가슴을 죄어 왔다.

여자아이는 무대에서 내려와 빙긋 웃고 목례하면서 곧바로 안쪽으로 들어가 버렸다. 볼록 세운 뒷머리가 헝클어졌다. 남자 의상의 긴 소매가 잔상으로 남았다. 아키지는 다른 사람들과 마찬가지로 난간에 붙어 아래를 보고 있다. 유코는 그 긴 목덜미를 잠자코 바라보았다.

여자아이의 발 위로 많은 통을 쌓고 그 위에 쌓은 빗물받이 통 안에 남자아이가 들어가거나 물을 이용한 곡예를 하거나 했다. 몇 가지나 그것과 비슷한 곡예를 몇 명의 아이들이 번갈아 가며 아직까지 계속하고 있다. 유코는 지루함에 지쳐 자기 몸이 땅 속으로 녹아 들어갈 것 같았다. 자신에게는 무언가 슬퍼해야만 하는 것이 있는데……라는 생각과 동시에,

'어떻게든 돼. 어떻게든 될 거야.'

라고 말하고 싶었다. 아무리 우울하다 해도 그 끝에는 역시 사람 그림자가 보이는 법이야 ─ 라고 생각한 유코는 가건물 안에 있는 사람들이 정겨웠다. 엷은 황색 공단의 남자 하의 ─ 그것이 유코 눈앞에서 떠나지 않았다.

아키지는 프로그램을 반복하여 같은 곡예를 하고 있어도 가자고 하지 않았다. 그리고 졸리는지 갑자기 난간에 걸친 팔짱 쪽으로 머리를 꾸벅거렸다. 유코는 그런 남자를 보고 있었지만 가만히 있었다. 그리고 꿈속으로 빠져들고 싶은 기분이 들면서 분 화장을 한 작은 얼굴과 새빨간 어깨띠가 점점 커져 가는 환영 속으로 자신의 이마도 떨어뜨려지는 기분이 들었다.

악취 나는 찌는 듯한 공기가 가끔씩 유코의 몸을 어루만지고 간다. 짝짝짝 하고 드문드문 힘없는 박수 소리가 아래쪽 무대 정면 관람석에

서 났다. 그러는 중에 유코는 돌연 파닥, 날갯짓하는 소리를 가까이서 들었다. 힘없던 눈꺼풀이 확실히 떠진 기분이 들었다. 결국 유코는 자리에서 일어나 뒤쪽을 둘러보았지만 아무것도 보이지 않았다.

유코는 등을 돌려 거무데데해진 낡은 기둥 쪽 때가 타 더러워진 돗자리를 가만히 보았다. 문득 그 뒤 징두리 판자에 큰 물고기 지느러미 같은 검은 물체가 움직이는 것이 눈에 띄었다. 유코는 가만히 움직임을 바라보고 있었다. 그 검은 물체가 움직이지 않게 되자 유코는 부채로 그것을 눌러 보았다. 부채가 끄는 대로 검은 것이 판자 밖으로 점점 끌려 나온다. 한 자 정도 끌었을 때 윤곽을 획 보고 ― 그것이 박쥐蝙蝠かうもり, '고모리'라고 독음함-역자주의 한쪽 날개인지 알아차렸다.

유코는 부채를 툭 하고 떨어뜨렸다. 그리고 황급히 아키지 옆으로 갔지만 아키지는 눈치 채지 못했다. 유코는 몸속의 피가 얼어붙을 것 같으면서도 다시 한 번 판자 쪽을 뒤돌아보았다. 이미 검은 날개는 보이지 않았다. 그 옆쪽 벽 틈새로 노르스름한 석양이 비치고 있었다.

두 사람은 가건물을 나왔다. 이미 우물 바닥처럼 시원한 흰색 유카타 차림의 사람들 그림자가 보이는 저녁 무렵이 되어 있었다. 아키지는 역시 말없이 걸어갔다. 유코는 현기증이 날 정도로 허기져 있다는 것을 알아차렸다. 남자에게 말하지 않고 중간에서 헤어져 버릴 거야. 그렇게도 생각하면서 무릎 뒤편으로 땀에 전 옷이 끈적끈적하게 닿아 불쾌해서 견딜 수가 없었다.

'이 여자는 어디까지 따라올 셈인가.'

남자에게서 그런 생각이 보인다면, 하고 유코가 생각했을 때,

"뭐 좀 먹자."

라고 남자가 말했다.

"저는 갈래요."

"간다고?"

"네."

남자는 또 말없이 걸어갔다. 두 사람은 연못 다리를 건너 언덕길을 올라가 숨어들 듯 그곳 구석에 있는 얼음 가게 의자에 걸터앉았다. 두 사람 앞에는 더위를 식히려고 물을 뿌린 정원수가 있었다. 정원수에서 물방울이 떨어지고 있었다. 두 사람은 또 언제까지나 그곳에서 움직이지 않았다.

해 질 녘이 되어 목욕을 마친 사람들이 새 유카타로 갈아입고 벌써 이쪽저쪽에서 거닐고 있었다. 두 사람은 하루 종일 땀 때문에 기진맥진한 몸을 이끌고 또 인왕문仁王門에서 우마미치馬道 쪽으로 갔다. 두 사람은 강가를 걸어 자갈 밭에서 땅거미가 내려앉은 스미다隅田강을 바라보았다.

유코는 이제 어디라도 좋으니 자신의 몸을 남자가 끌어안고 데려가 주면 좋겠다고 생각하며 자갈 밭 말뚝에 기대었다.

'박쥐가 엷은 황색 공단 남자 하의를 뚫고 여자아이의 생혈生血을 빨고 있다. 생혈을 빨고 있다 ─'

남자에게 손을 잡혀 깜짝 놀랐다. 그때 검지 끝에 말아 놓은 종이가 어느 샌가 없어진 것을 알았다. 비린내가 훅 하고 났다.

미라의 입술연지 木乃伊の口紅

1

키 큰 갓冠 모양의 노송나무 가지 끝이 스산한 바람에 힘없이 흔들렸다. 1월 초순의 해 질 녘 하늘은 뿌옇게 흐리고 청자색을 띤 오중탑五重塔, 부처님의 사리를 모셔두는 불탑. 층탑이라고 불리는 누각 형식의 불탑 중에서 다섯 개 지붕이 있는 것을 가리킴-역자주 지붕이 벌거벗은 우듬지 사이로 펜으로 그린 것처럼 드러나 있다.

미노루みのる는 2층 창가에서 팔짱을 낀 채 남편이 아침 일찍 어디로 일을 구하러 갔을까 생각하며 하늘을 바라보고 있었다. 옆쪽 담벼락에 직사각형 모양으로 석양이 엷게 얼룩처럼 비치고 있었지만 그것도 어느 샌가 사라졌다. 밖은 희끄무레한 땅거미가 이쪽 가장자리에서 저쪽 가장자리로 내려앉았다. 미노루는 저녁 반찬으로 두부를 사야지 하면서도 아래층으로 내려가는 것이 번거로웠다. 두부 장수가 두세 집 앞을

지나쳐 간 것을 두부 장수의 호루라기 소리로 알고 있었지만 내려가지 않았다. 그저 해 질 녘 하늘을 바라보고 있었다.

화창한 날, 이 시간이면 우에노上野 숲에선 보랏빛 안개가 자욱해진다. 숲 속 우듬지와 친하게 지내던 그 예전에 하루 종일 숲 속에서 지내다 떠날 즈음 보랏빛 안개가 깔리곤 했었다. 미노루는 하늘이 장난삼아 숲 속 한쪽에다가 보랏빛 숨을 내쉰 거라고 생각하며 바라봤었다. 오늘 저녁은 나무도 지붕도 메마른 색으로 한데 엉기고, 안개는 조용히 휘감겨 오는 옅은 어둠 속으로 숨어들었다. 미노루는 경치가 을씨년스럽다고 생각하며 시선을 아래로 돌렸다. 그러자 때마침 가야금 선생이 사는 뒷집 격자문 밖으로 나온 처녀가 미노루를 올려다보고 미소를 지으며 머리 숙여 인사했다. 미노루는 그 처녀를 볼 때마다 작년 여름 소나기가 내리던 그날 저녁 무렵을 떠올렸다. 남편 어깨에 손을 걸치고 함께 숲 쪽을 바라보던 것을 이 처녀에게 들켜 부끄러웠던 게 생각났다. 지금도 그 추억이 처녀의 미소와 함께 마음속에 남아 있었기에 미노루는 어딘지 모르게 소녀 같은 몸짓으로 고개 숙여 답했다. 그리고는 바로 탁탁 덧문을 닫고 아래층으로 내려갔다.

두부 장수의 호루라기 소리가 사람들이 많은 큰길 어딘가에서 들려왔지만 더 이상 이쪽으로는 오지 않았다. 미노루는 아래층 다다미방 덧문도 꼭 닫고 다실 전깃불을 켰다. 그리고 나서 현관문 쪽으로 나가 보았다.

눈앞에 보이는 공동묘지에 새로운 묘표墓標, 고인의 이름, 생몰년월일, 경력 등을 기록하여 무덤 앞에 세우는 표식. 비석과는 달리 나무판자로 만드는 경우가 많음-역자주가 두세 개 꽂혀 있었다. 모퉁이에 있는 은행나무까지

은박지를 깔아 놓은 것처럼 새하얀 좁은 골목에는 사람 그림자 하나 없다. 앙상한 갈비뼈가 보이는 깡마른 개가 해 질 녘 어슴푸레한 그림자에 석고 같은 색깔을 하고서 작은 나뭇가지를 입에 물고 뛰놀고 있었다. 그리고 남편이 오는 쪽을 뚫어져라 쳐다보는 미노루와 같은 방향으로 앉아서 땅바닥에 꼬리를 살랑거리며 멀리 은행나무 쪽을 지켜보았다.

"메이."

미노루는 소매 아래에 있는 메이의 머리를 내려다보며 작은 목소리로 불렀다. 그 소리에 개는 가만히 앉은 채로 고개만 돌려 미노루 쪽을 올려다보았다. 하지만 곧바로 그 머리를 갸우뚱거렸다. 생명체가 내는 소리는 모두 사라진 듯 조용해진 주위로부터 무언가 신비로운 소리를 들은 것마냥 그 작은 귀를 쫑긋거렸다. 죽음이 무수히 쌓여 있는 묘지 쪽에서 머리카락 한 올 한 올을 뿌리째 뽑아낼 것처럼 매서운 바람이 불어왔다. 미노루는 앞쪽으로 가로지른 골목 오른쪽을 보다가 다시 왼쪽으로 돌아다보았다. 집 앞에서 두세 집 건너에 있는 하숙집 등불이 창백한 세계에 단 하나의 빛을 머금고 있는 양 쓸쓸했다. 미노루는 쓸쓸한 등불 그림자만을 마음에 담아 집 안으로 들어갔다.

요시오義男가 귀가한 것은 가랑비가 후두두 떨어지기 시작할 때였다. 보통 사람보다 머리가 작은 요시오는 그 작은 머리와 균형이 맞지 않은 서양에서 만든 어깨가 넓은 양복을 입고 있었다. 요시오는 미노루 쪽으로 어깨를 향하게 하고서 젖은 신발을 벗었다. 내려온 머리카락을 쓸어 올리며 밝은 다실로 들어온 요시오는 그대로 안방까지 가더니 안고 있던 보자기와 함께 자기 몸도 내동댕이치듯 누웠다.

"소용없어. 어딜 가나 내 원고는 안 팔려."

"괜찮아요. 어쩔 수 없잖아요."

미노루는 요시오가 보자기를 가지고 돌아왔기 때문에 틀림없이 실패했을 거라 생각했다. 하염없이 돌아다녔을 요시오가 빗속에서 길 잃은 참새마냥 가여웠다.

"배는 안 고파요?"

"아무 것도 안 먹었어. 출판사를 몇 군데나 걸어갔지 아마?"

요시오가 엎드린 채 다다미 방바닥에 얼굴을 대고 말했다. 그래서 목소리가 뭔가에 둘러싸여 있는 것처럼 미노루에게 들렸다.

요시오가 집에 없는 동안 미노루는 혼자서 젓가락 들 기분이 나지 않아 오늘도 밖에 있던 요시오와 마찬가지로 아무것도 먹지 않았다. 그래서 요시오의 말을 듣자 갑자기 식사 준비에 한껏 즐거워져 부엌으로 나가 일하기 시작했다. 밥상이 차려질 때까지 요시오는 그 모습 그대로 움직이지 않았다.

2

"나는 정말 안 되는 인간인가 봐. 당신을 부양할 힘이 없어."

말없이 식사를 마친 요시오는 젓가락을 내려놓으며 그렇게 말하고 다시 누웠다. 거기에 아무런 대답을 하지 않던 미노루는 상을 치우고 장롱 앞으로 갔다. 생각하고 또 생각해서 여러 가지 물건을 서랍에서 꺼내 포개어 놓았다.

"갔다 오려고?"

"네. 다른 방법이 없는 걸요."

미노루는 보자기를 싸고 나서 평상복 위에 코트를 입고 요시오의 머리맡에서 무릎 끈을 묶었다.

"그럼, 다녀올게요. 혼자 있어도 괜찮죠? 심심하지 않겠죠?"

미노루는 무릎을 꿇어 요시오의 이마를 어루만졌다. 요시오의 좁은 이마는 차가웠다.

"나도 같이 갈게."

"그럼, 옷 갈아입으세요. 양복은 좀 그러니까."

요시오가 양복을 벗는 동안 미노루는 거울 앞으로 가 목도리를 두르고 커다란 보자기를 안고 서 있었다. 그리고 혼자서 가면 인력거로 다녀올 텐데, 이 사람과 같이 가면 빗속을 걸어야만 한다고 생각했다. 하지만 아무 말 하지 않았다.

미노루는 무거운 보자기를 한 손으로 안은 채 문을 닫고 선반에서 우산을 꺼냈다. 보자기가 거추장스러워 안방 한가운데에 놓고 와서는 어디다 뒀는지 잊어버리는 바람에 여기저기 찾기도 했다.

두 사람은 우산을 하나씩 들고 정원 외짝 여닫이문을 통해 밖으로 돌아 나갔다.

"집 잘 보고 있어. 선물 사 올 테니까."

어두운 정원 구석에서 흠뻑 젖어 빗물을 털어 내고 있는 하얀 개를 발견하자 미노루는 이렇게 말했다. 두 사람이 함께 외출할 때면 개는 항상 집 안에 있도록 길들여져 있었다. 영리한 강아지는 두 사람이 외출하는 소리에 상황을 파악하고, 들어가라고 말하기 전에 스스로 툇마루 아래로 들어가려고 했던 것이다.

문을 닫고 밖으로 나간 후에도 미노루는 얌전히 있는 개가 마음에 걸려 자꾸 생각이 났다. 걷기 시작해서 얼마 있지 않아 요시오는 그제야 알아차린 듯 미노루의 손에서 보자기를 가져가려 했다.

"들어 줄게."

비 내리는 정거장은 연착하는 전차를 기다리는 사람들로 북적댔다. 비는 이제 막 내리기 시작했다. 땅도 나무도 사람들 옷도 똑같이 축축하게 젖은 냄새가 배였고, 비는 차가운 공기의 심연으로 가만히 소리를 내며 내렸다. 미노루는 외투 속으로 보자기를 안고 있는 요시오를 멀리 내버려두고 그 옆으로 다가가지 않았다. 두 사람은 몰락한 처지인 양 전차를 타고서도 끊임없이 마음속으로 자신들을 서로서로 바라보았다. 그러면서도 보는 눈이 많은 밝은 전차 속에서 이 부부라는 인연과 얼굴을 마주하는 것을 더더욱 피하고 있었다. 미노루는 이따금씩 요시오의 외투 속에서 비집고 나오는 보자기 귀퉁이를 보았다. 앞이 좁은 외투 옷자락은 무릎 앞에서 궁색하게 갈라져 있었다. 미노루는 고개를 돌려 그 초라한 요시오의 모습을 마음속으로 그려 보고 비에 젖은 전차 바깥 등불을 응시했다.

자신이 가여운 듯 깜빡이는 속눈썹이 우산에서 흔들려 떨어지는 빗방울 덕에 반짝거렸다. 미노루는 나카초仲町가 있는 뒷골목으로 나왔다. 요시오는 모퉁이 상점 등불 앞에 서서 우산을 곧추세우고 기다리고 있었다. 미노루가 요시오 옆에 왔을 때, 미노루의 얼굴은 어딘지 모르게 속삭이듯 웃음을 띠고 있었다.

"잘 됐어?"

"괜찮았어요."

부피가 컸던 보자기가 두 사람 사이에서 사라지고, 가벼운 지폐가 여자의 코트 안 주머니에 남았다는 것이 두 사람을 허무한 세상을 사는 보통 사람처럼 느끼게 했다. 무심코 눈앞에서 꾸물대며 가로질러 가는, 연신 물방울을 흘려 대는 보잘 것 없고 크기만 한 전차를 그냥 보냈다. 그러는 동안 미노루는 지금까지 어딘가로 떠밀리고 있던 두 사람 사이의 친밀감이란 의무를 서로의 마음속으로 되돌려 놓아야 한다는 얼굴을 하고 있었다. 미노루는 남자의 얼굴을 바라보며 일부러 웃었다.

"어쨌든 괜찮아."

요시오도 턱 끝을 한 손으로 문지르며 웃으며 말했다. 하지만 요시오는 미노루의 웃는 얼굴 이면에 속내를 품고 있는 날카로운 그림자가 있다고 생각되어 기분이 나빴다.

"추워요. 뭐라도 마셔야겠어요."

미노루는 요시오보다 앞서서 걸었다. 앞을 보니 모든 가게가 비 때문에 흐렸다. 등불이 빗물에 젖어 물방울을 떨어뜨리고 있었다. 번호우산番傘, 튼튼하게 만든 실용적인 종이 우산. 상가 등에서 분실되지 않도록 겉에 번호를 써 두고 손님에게 빌려주었던 데에서 반가사ばんがさ, 즉 번호우산이라고 부르기 시작함-역자주이 거리의 등불을 가리며 간다 — 진창길에는 사람들의 게다下駄, 왜나막신-역자주 자국과 인력거 바퀴 자국 위로 후두두 빛을 띤 날개가 날고 있었다.

두 사람은 구청 앞 작은 양식당으로 들어갔다.

실내에는 손님이 한 명도 없었다. 거울 앞에서 얼굴을 보던 미노루는 요시오가 불러 난로 앞으로 갔다. 서로 어깨를 부딪쳐 가며 손을 쬐었다. 미노루는 이런 상황에서 요시오가 너무 주눅 들어 자신의 빈곤함을 구렁텅이로 떨어뜨려 놓고 한심하게 바라보는 버릇이 있음을 알고 있었다. 텅 빈 것 같은 눈꺼풀을 찌푸리고, 볼살에 처진 곡선을 그리며 멍하니 난롯불을 보고 있는 요시오의 몸을, 미노루는 일부러 자신의 어깨로 굴리듯 밀쳤다. 그리고 요시오의 얼굴을 옆에서 보면서,

"그런 모습 하지 마요."

라고 말하고서는 웃었다. 요시오는 자신의 초라함을 조롱하고 있는 것 같은 여자의 태도에 반감을 가진 채 가만히 있었다. 이런 상황에서도 자신만큼은 초라한 행색은 하지 않겠다는 듯 짙은 화장을 고집하고, 자신의 정서를 연지처럼 붉게 칠하려는 여자의 마음이 싫었다. 요시오는 문득 미노루와 같이 살기 전에 잠깐 동거했던 술집 여자를 떠올렸다. 그 여자는 매일 밤 남자를 위해 술을 따랐지만, 가난했을 때에는 한결같이 두 사람의 처지를 같이 슬퍼했고 일에 지친 요시오를 자신의 눈물로 어루만져 주던 상냥한 여자였다. 그 여자는 부평초 같은 떠돌이 인생이었지만 미노루마냥 곧바로,

"어떻게든 될 거예요."

라고 자포자기식으로는 말한 적이 없었다.

"왜 그래요? 말도 안 하고?"

미노루는 자신의 몸을 흔들흔들 흔들었다. 그 반동으로 요시오의 어깨를 치고서는 웃었다.

34

"오늘 불쾌한 일이 있었어."

요시오는 난로 앞으로 등을 굽히면서 이렇게 말했다.

"뭔데요?"

요시오의 말 속에는 우울한 어조가 섞여 있음에 반해 미노루의 대답은 어디까지나 연지가 묻어나는 가벼운 것이었다.

"××에 말이지, 내 작품 평이 실려 있었어."

"뭐래요?"

"진부하대. 요즘 같은 세상에 이런 글을 쓰는 이유를 모르겠다고 말이야."

미노루는 소리 내어 웃었다.

"어쩔 수 없네요."

"어쩔 수 없다고?"

요시오는 장소도 헤아리지 않고 소리를 지르고는 미노루를 노려보았다. 미노루는 말없이 뒤돌아 손님이 없는 실내를 사선으로 둘러보았다. 미노루의 눈에는 식탁의 흰 가장자리가 쏠려 보일 뿐이었다. 그리고 식탁 위로 각자의 위치를 지키고 있는 유리그릇에 비친 등불이 미노루가 지금 생각하고 있는 것을 마음속으로 몰래 전하는 미소 그림자처럼 보였다. 미노루는 얼굴을 정면으로 돌리고 혼자서 또 웃었다.

"당신도 그렇게 생각한 거로군."

"그래요."

부기 있어 보이는 눈꺼풀을 한층 더 찌푸린 요시오의 눈과 엷은 눈꺼풀을 바짝 뜬 미노루의 눈이 서로 한참을 바라보았다.

미노루는 그 작품을 원고로 읽었을 때,

"재밌어요. 좋네요."

라고 말하고서 요시오에게 건넸던 것이다. 요시오가 자신의 일에 자신만의 가치를 느끼고 있는 만큼, 미노루도 똑같이 자신의 일에 마음을 써 준다고 생각했었다. 그런데 미노루가 갑자기 차가워졌다. 자신을 모욕하는 세상과 마음을 주고받은 듯 쌀쌀맞은 태도로 자신을 대했다. 요시오로서는 생각지도 못한 일이었다. 경제적 고충 때문에 생긴 요시오에 대한 불만이, 이러한 상황에서 경박한 여자의 멸시로 여실히 드러난다고밖에 이해할 수 없었다.

"당신, 정말 매정한 사람이군."

잠시 후 요시오는 이렇게 말했다. 요시오의 눈이 새빨개졌다. 미노루는 몸을 돌려 종업원이 가지고 온 접시를 받으며 아무 말도 하지 않았다.

3

"당신은 내가 그렇게 보잘 것 없는 인간이라 생각하는 거군."

두 사람은 정거장에서 나와 서로 무언가 얘기를 주고받으며 어두컴컴한 언덕을 걷고 있었다. 빗방울이 유리를 타고 흐르는 가로등불은 마치 어두운 인간 세상의 구석진 곳에서 엎드려 울고 있는 두 사람의 그림자처럼 보였다.

두 사람의 생계를 위한 직업도 구하지 못했다. 문학자로서 자신의 작은 권위도 몇 년 사이에 세상과의 약속으로부터 점점 분리되어 버렸다. 요시오는 아무리 생각해도 한심스러웠다. 그리고 자신이 오랫동안 해

온 일에 등을 돌린 세상이 미웠고, 그와 동시에 등을 돌린 사람 중 한 사람이 미노루라는 사실에도 화가 났다. 한 사람이 다른 한 사람을 향해 돌을 던지면 이 여자는 돌을 던진 쪽에 아첨한다는 생각이 들자, 요시오는 눈앞에 있는 그 여자에게 세상의 모든 말로 욕설을 퍼부어도 모자랄 것 같은 기분이 들었다. 좀 전의 미노루의 냉소가 날카로운 이를 꽉 물고 있듯 요시오의 가슴 한가운데에서 떨어지지 않았다.

"당신은 잘도 그런 보잘 것 없는 인간과 같이 살고 있군. 가치 없는 남자를 잘도 자신의 남편입네 하고 있어. 우습게 보는 남자 앞에서 잘도 웃는 얼굴로 지냈던 거야. 당신은 매춘부보다 더 경박한 여자야."

요시오는 이렇게 말을 잇고 성큼성큼 걸어갔다. 미노루는 말없이 뒤따라갔다. 미노루는 흠뻑 젖은 옷자락 때문에 버선과 게다 굽이 뒤쪽에서 찰싹 달라붙어 보행이 자유롭지 않았다. 빠른 걸음의 요시오를 쫓아갈 수가 없었다.

미노루가 간신히 집에 도착했을 때에는, 요시오는 이미 작은 화로 앞에 누워 있었다. 미노루는 작은 빵을 봉투에서 꺼내 토방 안까지 따라들어온 메이에게 찢어 주었다. 일부러 계속해서 불빛이 있는 요시오 쪽을 돌아다보지 않았다.

"이봐."

요시오는 날카로운 목소리로 미노루를 불렀다.

"뭐요."

미노루는 그렇게 말하고 강아지를 쓰다듬거나,

"혼자서 심심했었니?"

라고 말을 하거나 해서 방으로 들어가지 않았다. 요시오는 갑자기 일어나더니 미노루의 무릎 위로 발을 올려 머리를 기대고 있던 개 옆구리를 걷어찼다.

"밖으로 내보내."

요시오는 사뭇 명령조의 표정을 지었다. 요시오는 '내보내'라는 뜻으로 턱을 내미는 시늉을 하고 그대로 거기에 서 있었다. 강아지는 자신을 걷어찬 요시오의 발밑까지 곧장 기어와 버선 끝을 물며 달라붙어 장난치려고 했다.

"저리로 가 있어."

미노루는 강아지의 목덜미를 잡고 자기 쪽으로 한번 끌어당기고는 비가 오는 격자문 밖으로 던지듯 끌어냈다. 그리고 문을 닫고 안으로 들어와 조금 전처럼 화로 앞에 누워 있는 요시오 앞에 앉아 눈물과 함께 벅차오르는 호흡을 입술로 꽉 깨물어 억누르고는 고개를 들었다.

"헤어지지 않을래?"

요시오는 그렇게 말하며 고개를 들었다.

앞으로 수년 간의 긴 세월을 자신의 약해 빠진 팔 끝에, 방종의 피로 가득해서 무거운 이 여자의 몸이 엉겨 붙어 살 수 있을까 생각하자 요시오는 견딜 수가 없었다. 결혼한 뒤 일 년 가까이 불안한 결혼 생활이 이어졌다. 그 사이 여자의 진심 어린 따뜻한 말로 결혼 생활이 채색된 적은 단 한번도 없었다. 돌이켜보면 그 가난한 생활 중심에는 항상 음탕한 피로 각인된 헤픈 여자의 웃는 얼굴만이 선명한 색을 띠고 있었다. 그리고 부드러운 살을 가진 여자의 몸이 항상 자신의 눈앞에 어떤 향기를 머금고 어슬렁거리고 있었다.

"나 같은 놈한테 붙어 있어 봤자 당신은 아무 것도 못 해. 나는 아내를 부양할 힘조차 없어. 나 자신도 먹여 살릴 수 없으니까."

"알고 있어요."

미노루는 확실하게 그렇게 말했다. 입술을 벌리자 눈에서 눈물이 솟구쳤다.

"그럼, 헤어지자. 지금 헤어지는 게 서로를 위하는 거야."

"나는 나대로 일할 거예요. 조만간에."

두 사람은 잠시 동안 말이 없었다.

밤이 되면 시작되는 인간의 생을 저주하는 원념의 속삭임이 이 집 앞에 있는 공동묘지 안에서 비를 뚫고 전해 오는 양, 신경을 자극하는 두려움이 두 사람 사이로 지나갔다.

"일을 한다니 대체 뭘 하겠다는 거지? 당신도 더 이상 안 되잖아. 당신이야말로 나보다도 더 맥을 못 잡는단 말이오."

요시오는 이렇게 말하고 미노루와 같은 시대에 같은 문예를 시작한 다른 여성들을 언급하며 현재의 예술계를 화려하게 장식하고 있는 그 여성들을 칭찬했다.

"당신은 안 돼. 내가 진부하다면 당신도 진부한 거니까."

미노루는 잠자코 울고 있었다. 불행하게도 예술 쪽으로 천부적 소질이 없는 한 남자와 여자가 때마침 그때 태어나, 게다가 버려졌다. 궁핍한 생활 밑바닥에서 지친 마음과 마음이 마치 서로 등을 맞대어 의지하고 있는 듯 여겨져 미노루는 울지 않고서 버틸 수가 없었다.

"당신은 뭣 때문에 우는 거지?"

"슬퍼지니까요. 복수할 거예요. 당신을 위해 난 세상에 복수할 거예요. 정말이에요."

미노루는 울면서 이렇게 말했다.

"그런 일이 일어나겠어? 일을 할 거라면 당장 시작해. 이런 무기력한 남편 울타리 안에서 놀기만 해선 당신 체면이 안 설 테니까. 당신이 자신 있다면 당신을 위해 일하는 게 나아."

"지금 당장은 일 못 해요. 때가 와야죠. 지금은 무리잖아요?"

미노루는 눈물 때문에 반짝거리는 눈으로 요시오를 쳐다보았다. 요시오 당신이 찾아낼 수 없는 깊은 곳으로 언젠가는 혼자서 들어갈 때가 있을 거야라는 듯 그 기세가 그 눈에 드러나자 요시오는 또 반감이 일었다.

"건방진 소리 하지 마. 무슨 소리든 말뿐이지 실제로 한 건 없잖아. 이렇게 된 바에야 헤어지는 편이 더 나아."

요시오는 이렇게 잘라 말한 후 이부자리를 보러 안방으로 갔다.

미노루는 남자가 움직이는 모습을 이쪽에서 말없이 보고 있었다. 요시오는 한 손으로 벽장 속 잠옷을 꺼내 질질 끌어 비스듬히 펼쳐 입고는 그대로 이불 속으로 기어 들어갔다. 그 차가울 것 같은 잠옷 옷자락을 바라보던 미노루는 문득 자신들이 온기도 없는 곳에서 장시간 언쟁했음을 알아차렸다. 그러자 갑자기 추워졌다. 하지만 여전히 팔짱을 낀 채 차가워지는 발끝을 옷자락으로 말아 감싸고서 당지唐紙를 바른 장지문에 계속 기대어 서 있었다. 남자가 자기 혼자 도저히 감당할 수 없는 힘든 현실 속에서 걸핏하면 여자를 끌어내리려는 그 와중에도 이렇게 매달릴 수밖에 없는 자신을 생각하자 미노루의 눈에는 또 새로운 눈물이 고였다.

미노루가 지금까지 생각했던 남자라는 사람의 능력을 층수로 치면, 요시오의 능력은 일층에도 못 미친다는 것을 미노루는 알고 있었다. 그 기댈 수 없는 남자의 능력에 언제까지고 매달리고 싶지 않았다. 늘 자신도 뭔가 해야만 한다는 생각에 쫓겼다. 그렇지만 미노루는 어떤 일도 할 수 없었다. 요시오가 방금 미노루에게 말한 것처럼 요시오 앞에서 어떤 것이라도 해 보일 만한 역량을 가지고 있지 않았다. 미노루는 자신의 내장을 물어뜯고 싶어질 정도로 분했지만 아무것도 할 수 없었다. 미노루는 어쨌든 이 힘없는 남자 곁에서 살아야만 했다.

미노루는 한숨을 쉬며 일어나 요시오가 자는 곳으로 총총히 걸어갔다. 그리고 오른손을 뻗어 요시오의 이불을 밀쳐 냈다.

"나도 잘 거니까, 이불 줘요."

두 사람 사이에는 밤이 되어 한 쌍의 부부가 되는 것밖에 다른 것은 남아 있지 않았다. 요시오는 미노루의 목소리를 듣고 곧장 일어나 머리맡에서 안경을 찾더니 침상에서 나오며 말했다.

"잘 자."

요시오는 그렇게 말한 뒤 다실 쪽으로 나갔다. 그 남자의 뒷모습을 잠시 동안 보고 있던 미노루는 둥글게 말린 이불을 꼼꼼히 다시 펴, 자신의 베개를 가지고 와 이불 속으로 들어갔다.

미노루는 잠자리에 누워 끈기 없는 외곬 성격의 남자의 마음과 잔꾀에 능한 집요한 여자의 마음이 항상 엇갈려서 매일 서로 상처 주는 다툼이 끊이지 않았던 날들을 돌이켜 보았다. 거기서는 잇꽃 꽃송이처럼 어지러웠던 당시의 감정을, 그보다 더한 것이라도 달래 준 그리운 남자의 마음을 찾아볼 수 없었다.

4

요시오가 간신히 취직하게 된 것은 벚꽃이 필 무렵이었다. 생활에 필요한 것을 얻기 위해 여위고 힘없는 몸을 도회지 한복판까지 이끌고 가는 요시오를, 미노루는 강아지를 데리고 매일 아침 정거장까지 배웅했다. 때로는 그 전차 창문을 향해 연인처럼 여자의 입술에서 키스를 보내는 흰 손끝이 따뜻한 햇살을 가로막는 일도 있었다. 강아지에게 말을 건네며 묘지를 가로질러 집으로 돌아오는 것이 미노루의 일상이었다. 그리고 이층 창문을 열어 둔 채, 어린아이가 손톱 끝으로 몰래 몸을 간질이는 것 같은 진한 따스함을 담은 햇살에 이마를 쬐면서 미노루는 하루 종일 책을 읽으며 지냈다. 독서를 통해서 미노루의 사상 위로 흘러들어오는 새로운 문자도 혼자서 음미할 때가 많았다. 그리고 페이지에서 페이지로 넘어갈 때마다 예술의 향기가 흘러넘치는 여러 광경이, 공허한 동경憧憬 때문에 쭈글쭈글한 비단과 같이 시들해진 미노루의 마음을 조용히 먼 환영의 세계로 인도해 갔다. 그럴 때마다 미노루는 흥분해서 조그만 상처에도 볼에서 피가 날 것 같은 상기된 얼굴로 묘지 안을 돌아다녔다. 소매에 스치는 찔레나무 어린 가지 끝에도 마음을 빼앗길 정도로 미노루는 모든 것에 사무쳐 눈물이 났다. 무턱대고 끓어오르는 감정을 억누르려고도 하지 않고, 누군지도 모르는 묘지 비석에 이마를 갖다 댄 적도 있었다. 미노루는 눈물을 머금으며, 우뚝 솟은 푸른 소나무와 무리

지어 흐드러지게 핀 벚꽃과 석양의 하늘이 짙게 채색된 천왕사天王寺 주변을 이리저리 헤매었다.

어느 날 밤 두 사람은 우에노 쪽 산을 어슬렁거리며 걷고 있었다. 흰 벚꽃이 핀 밤하늘은 옅은 노란색으로 맑게 개어 있었다. 숲 속 등불은 취기에 흐트러진 아름다운 여자의 눈처럼 아련한 꽃 사이로 화려한 빛과 빛을 서로 주고받는다.

"멋진 밤이네요."

미노루는 그렇게 말하고 들떠서 생각나는 대로 몸짓을 지어 보이듯 몸을 움직이며 걸었다. 봄이 되어 이 산 숲 속 전체에 벚꽃이 피자 조용한 산속 여기저기서 꽃잎 한 장 한 장에 몇 천 명의 비밀스런 사랑의 속삭임을, 그 상냥한 여운을 전하기 시작했다고 생각하자 미노루의 가슴이 살며시 떨렸다. 미노루는 큰 양산처럼 가지를 낮게 뻗은 벚나무 아래에 서서 일부러 양쪽 소매를 벌려 보기도 했다. 그리고 꽃향기가 밴 코트속 오랜 향기를, 미노루는 그리운 사람의 숨결을 느끼듯 생각했다. 그러면서 잡히지 않고 자꾸 사라지는 향기를 쫓아 한 발 한 발 내딛었다.

요시오는 요시오대로 미노루와 떨어져, 팔짱을 단단히 끼고 무뚝뚝한 얼굴로 터벅터벅 걸었다. 요시오의 머릿속에서 맴돌고 있는 가난이라는 관념 때문에 밤에 꽃 속을 거닐어도 어떤 흥취도 일어나지 않았다. 오래도록 이어진 궁핍한 생활 탓에 외출할 때 입을 기모노着物, 일본의 전통 복장. 벚꽃놀이를 할 때 기모노를 입는 경우가 많음-역자주도 마련할 수 없었던 미노루는 평상복 위에 코트만 걸치고 걸었다. 요시오는 그 초라한 미노루의 모습을 뒤에서 바라보았다. 이 무대에서 모든 것을 잊고 들

떠 있는 미노루의 모습이, 추한 배경에서 움직이는 바보 같은 몸짓으로 비쳤다.

"이제 안 갈래?"

요시오는 이렇게 말하고 발걸음을 멈췄다.

두 사람은 산 위에서 고리 모양으로 둘러싸고 있는 연못 저편의 등불을 바라보며 잠시 동안 서 있었다. 그 등불이 와자그르르 술렁대는 것처럼 생각될 정도로, 멀리서 샤미센의 울림이 두 사람의 마음을 안절부절 못 하게 했다. 미노루는 문득, 오랜만에 부드러운 기모노 옷자락의 무게감이 그리웠다. 아즈마 게다東下駄, 바닥에 돗자리를 댄 여성용 게다. 모서리가 둥글고 굽이 얇고 낮다. 돗자리를 대었기 때문에 주로 맑은 날에 신음-역자주 끝부분에서 옷자락이 시원스레 트여 한기를 느꼈다.

"요시와라吉原에서 친목회를 한다는군."

요시오는 이렇게 말하고 다시 걷기 시작했다. 하늘빛을 불그스름히 물들이고 있는 히로코지廣小路 쪽을 뒤로 하고 두 사람은 야나카谷中 안쪽으로 발길을 돌렸다. 멀리 마을에서 연주하는 악대의 시끄러운 소리가 산속 차가운 공기와 하나가 되어 온화하게 두 사람의 귓가에 소용돌이처럼 다가왔다가 벚꽃 사이로 흘러갔다. 미노루의 가슴에는 봄이라는 양기가 가득 흘러넘쳤다. 그리고 봄날 밤 정취에 취한 사람 소리가 나는 세상이 이 산 바깥쪽 어딘가에 있다고 생각했다. 미노루는 그 속에 들어갈 수 없는 자신의 발을 봤다. 미노루는 말할 수 없이 쓸쓸해졌다.

'어떻게든 하루라도 인간답게 즐겨 보고 싶어요.'

미노루는 이렇게 말하려고 요시오 쪽을 보는 순간, 때마침 두 사람

옆을 미호三保의 소나무 평원시즈오카현靜岡県 미호반도三保半島에 있는 소나무 평원. 후지산富士山을 조망할 수 있는 경승지로 알려져 있음-역자주을 달렸다고 하는 신을 모신 가마처럼 조용히 인력거 한 대가 지나갔다. 어스레한 벽에 붙은 풍속화를 들여다보고 있는 것처럼, 덮개 옆으로 진홍색의 다채로운 색의 유젠友禅, 비단 등에 꽃, 새, 산수 등의 무늬를 화려하게 염색하는 날염법-역자주 문양이 두 사람의 눈을 가로막으며 지나갔다. 그리고 봄의 교만함을 둘러싼 인력거 덮개는 마냥 흔들거리며 언제까지고 두 사람의 눈앞에서 사라지지 않았다.

미노루는 그 이후로 아무 말도 하지 않았다. 잠자코 있는 남자가 그 마음을 지금 어떤 꿈속에 모두 풀어내고 있을까를 생각하며 미노루는 계속 말없이 걸었다.

5

요시오도 미노루도 큰 은혜를 입은 스승의 부인이 결국 돌아가셨다는 부고가 집에 도착한 것은 4월 말 어느 아침이었다.

요시오가 단벌 양복 차림으로 나가자, 미노루는 나카초仲町에서 옷을 해 입을 예산을 세우다가 아무래도 융통이 안 되겠다는 생각이 들어 고이시카와小石川에 사는 친구한테라도 갔다 올 수밖에 없다고 생각했다. 미노루는 마땅한 핑계거리를 생각하며 나섰다.

친구 집 담장에는 벚꽃이 폈는데, 벚나무 몇 그루가 이 집의 부유함을 뽐내듯 사람들이 왕래하는 쪽으로 나란히 가지를 드리우고 있었다. 미노루는 집 주인의 응접실에서 오랜만에 친구와 얼굴을 마주했다. 미노루는 자기가 옷을 빌린다고 말할 수가 없었다. 혼자라면 자기가 빌리는 것이어도 상관없었지만, 일가를 책임지고 있는 남편 얼굴을 봐서라도 그러한 궁색한 얘기를 할 수 없다는 생각이 미노루의 머릿속에서 맴돌았다.

영리한 친구는 타인에 대한 나쁜 추측은 여자가 해서는 안 될 도리라는 듯 어른스럽게 웃는 얼굴을 했다. 그리고 미노루가 지인에게 빌려줄 것이라는 말을 곧이들은 것 같은 기색으로 문장이 새겨진 옷 한 벌을 내어 왔다.

"장례식에는 검은색 옷을 입어야 하지만 공교롭게도 나한테는 검정 옷이 없어서 말이야."

친구가 내어준 옷은 팥죽색이었다. 옷자락에는 작은 나비가 수놓아져 있었다.

그날은 비가 왔다. 미노루는 흰 목련꽃을 들고 아즈마吾妻다리 선착장에서 배를 탔다. 배가 연안을 떠나자 미노루는 마음이 느긋해졌다. 그와 동시에 6, 7년 전 추억이 떠올랐다. 배 안에서 미노루는 추억 많은 제방을 보았다. 벚꽃이 필 무렵, 비 오는 제방에 없어서는 안 될 배경의 하나처럼 찻집 갈대발이 젖어 쓸쓸한 모습을 드러내고 있었다. 그리고 빗질하듯 내리는 가는 빗발이 제방에서 강 수면으로 쏴 하고 스쳤다. 미노루는 또 철썩철썩 배가 파도를 가르고 달려가는 강물 위로 시선을 떨어뜨렸다. 자신의 청춘이 이 잔물결에 어느새 서서히 가라앉아 버린 것 같아서 슬픔이 수면에 비쳤다. 제방에서 깊은 생각에 빠져 고개를 끄덕이며 소요逍遙하던 젊은 미노루의 얼굴 위로 물방울을 흩뿌리던 벚꽃은 지금도 저렇게 피어 있다. 그 모습이 또 누군가의 어린 생각을 속이려고 하는 잔인한 미소처럼 생각되어 미노루는 거기에도 원망했다.

사람들과 얘기를 주고받다가 하선했다. 그러자 벚꽃에서 떨어지는 물방울이 예전의 눈물 자국처럼 미노루의 우산 위로 소리를 내며 떨어졌다. 제방을 걷다가 미노루와 같은 곳을 가는 옛 지인 두세 사람과 만나는 바람에 스승의 집에 도착했을 때에는 이미 요시오와 약속했던 시간보다 늦어졌다.

안으로 들어가니 사람들이 많아 혼잡했고 웅성거리는 소리가 비 내리는 처마 끝 그늘 쪽으로 습기를 머금고 울리고 있었다. 눈에 보이는 장지문은 모두 열려 있고 사람들이 입은 기모노의 검정색과 줄무늬가 서로 뒤섞여 툇마루 바깥까지 옷자락이 드리워져 있었다. 뒤편 격자문 안쪽에는 사람들이 벗어 놓은 진흙 묻은 게다가 한가득 있었다. 미노루는 부엌에서 마주친, 오래전부터 아는 늙은 하녀에게 목련 꽃을 건네고 집 안으로 들어가 가장자리에 있는 다다미방 구석에 조용히 앉았다. 거기에는 많은 여자들이 떠나간 엄마가 남겨 놓은 작은 아이들을 가엾게 여겨 말을 걸고 귀여워하며 안아 주고 있었다. 큰딸도 거기에 섞여 장지문을 나다니는 사람들을 바라보고 있었다. 미노루가 옛날에 구슬 줍기와 공놀이를 하며 같이 놀아 줬던 큰딸은 그동안 몇 년째 살갑게 만난적이 없었지만, 미노루를 보자 빨갛게 부은 눈에 창백한 얼굴로 웃음을 지으며 인사했다. 미노루의 눈은 그 아이에게서 떠날 줄을 몰랐다.

"이 아이는 자네 흉내를 잘 내."

미노루에게 이렇게 말하고 선생님이 웃으셨을 때만 해도 네 살 정도

의 아이였다. 미노루가 늘 하던 것처럼 보자기를 들고 점잔 빼며 인사를
하고 나서,

"이건 미노루 언니예요."

라고 해 모두를 웃게 했다. 어릴 때부터 웃으면 오뚝한 코 위쪽 양끝으
로 몇 가닥 주름이 생기는 아이였다. 이 아이가 이렇게 커 온 그 키만큼
이나 짧은 세월에 자신이 변했음을 다시금 돌이켜 보고 미노루는 덧없
음을 느끼지 않을 수 없었다.

"이봐."

라고 부르는 소리에 미노루는 뒤돌아보았다. 툇마루에 서 있던 요시오가
턱으로 그쪽으로 오라고 부르고 있었다. 곁으로 다가가자 요시오는,

"지금 회사로 가서 부의금을 빌려 갖고 올게."

라고 작은 목소리로 말했다.

"얼마예요?"

"오 엔円."

두 사람은 웃으며 이렇게 얘기를 주고받은 뒤 곧 헤어졌다. 미노루는
그곳을 나와 여기저기 스승을 찾고 있는 사이에 어슴푸레한 복도에서
처음으로 선생님을 만났다. 얼굴도 확실하게 보이지 않는 어둠 속에서
미노루는 스승의 눈물 어린 목소리를 들었던 것이다.

"자네는 요즘 건강한가?"

미노루가 떠나려고 했을 때 스승은 이렇게 물었다. 미노루는 옛날의
어린 스승의 모습을 보는 듯해서 눈물이 나 대답할 수가 없었다.

6

그날 밤 미노루는 잠이 오지 않았다. 마음속에서는 계속해서 추억의 비단이 색을 어지럽히고 있었다. 그래서 어느 봄날에 선생님이 보내 주신 양제비꽃 향기가 미노루의 그 추억에 감미롭게 휘감겨 그리움으로 피가 떨리고 있었다.

그 그리운 스승의 곁을 떠난 지 몇 년이 되었나, 하고 미노루는 햇수를 헤아려 보았다. 벌써 5년이 되었다. 그리고 선생님의 자애로움에 기대어 오로지 그 사람을 사모한 지는 벌써 8년의 세월이 흘렀다. 그 즈음 미노루의 생명은, 세상에 연마된 날카로운 빛을 품은 스승의 작은 눈 속에 완전히 휩싸여 있었던 것이다. 스승의 곁을 떠난 뒤 미노루는 자신의 마음을 어디에 둬야 할지 몰랐다. 그리고 매일같이 배로 무코지마向島까지 다니던 미노루는 가는 길에도 오는 길에도 선착장 부두에 서서 미끄러운 수면 위로 사모의 정이 담긴 피눈물을 한 방울씩 떨어뜨렸었다.

그 정도로 사모했던 스승을 등져야만 했던 때가 미노루에게도 찾아왔다. 부지불식간에 미노루가 실제로 생계라고 하는 현실에 눈을 떴을 때였다. 매일 스승의 서재에서 오래된 책 냄새를 맡으며 기분이 좋아져 놀기만 해서는 안 될 시기가 왔기 때문이었다. 그리고 스승의 자애로움이, 정말 살아가야 한다는 자신의 마음을 일시에 마비시키고 있었다는 사실에 한심스러운 원망을 품기까지 했던 때가 왔던 것이다. 스승을 떠나지 않으면 자기 앞에는 새로운 길이 열리지 않을 것처럼 생각되어 미노루는 자애 깊은 이 스승의 곁을 오랫동안 떠나 있었다. 하지만 그 뒤 미노루는 눈을 떴다는 징표가 될 만한 새로운 일은 하나도 이루어 내지 못했다. 미노루는 그 무렵 자신을 감쌌던 스승의 자애로움을 생각해 내고 쓸데없는 눈물로 가슴을 적시는 날이 많았다. 그리고 세상에 각박해진 현재, 미노루의 마음속에서는 단 한 사람에 대한 굳은 신념으로 한눈을 팔지 않았던 그 어린 시절이 사무치게 생각나는 날이 많았다.

오늘 밤은 특히 그 생각이 많이 났다. 미노루는 오늘 부인의 관 앞에서 독경을 들으며 오른손으로 얼굴을 가리고 쓰러질 듯 우는 스승의 모습을 계속 생각했다. 요시오는 그날 밤 초상집에서 밤을 새기 위해 외출해서 귀가하지 않았다.

"그 예복은 어떻게 된 거지?"

한발 앞서 장례식장에서 돌아온 요시오는 미노루가 돌아오기를 기다렸다가 바로 이렇게 물었다. 미노루는 오늘 장례식장에서 줄무늬 양복을 입고 서 있던 사람이 요시오 한 사람뿐이었던 것을 생각하며 말없이 웃었다.

"빌렸어요."

대답을 한 미노루도 대답을 들은 요시오도 다 같이 겸연쩍은 얼굴을 했다. 좀 전처럼 많은 사람들이 모인 곳에 다녀온 뒤에는 두 사람이 서로 예복 한 벌이 없다는 것이 특히 강하게 느껴졌다.

"당신 옷이 좀 그랬죠?"

"뭐 괜찮아. 당신만 제대로 차려입으면."

요시오는 그렇게 말하고 빌린 옷을 입은 미노루의 모습을 한 번 더 지켜보았다. 요시오는 그것을 어디서 빌렸는지 물어봤지만, 미노루는 고이시카와 친구한테서 빌렸다고는 말하지 않았다. 예전에 다니던 학교 친구로부터 그런 아쉬운 소리를 했다고 하면 요시오는 기분이 더 안 좋을 거라고 생각했던 까닭이다. 미노루는 집에 친척처럼 출입하는 상인의 이름을 대며 거기에 부탁해서 빌렸다고 말했다. 그리고 항상 생활이 힘들다고 소문이 난 요시오 친구의 부인이 잘 차려입고 온 것이 생각나, 미노루는 놀란 얼굴로 요시오에게 얘기했다.

"우리처럼 생활이 어려운 사람은 친구 중에도 없는 모양이에요."

"그렇겠지."

요시오는 그렇게 말하고 입고 있던 양복을 벗었다. 그리고 잠시 바지자락을 끌어 뒤집어 보더니,

"이것도 이렇게 돼 버렸네."

라고 말하며 그 해진 부분을 미노루에게 보였다. 요시오는 가을이나 봄에 입는 양복을 더울 때에도 눈이 올 때에도 입어야 했다. 그리고 무슨 일이 있을 때마다 어깨 폭이 넓은 이 양복을 입고 나가는 요시오를 생각하면, 미노루는 자신들의 가난함을 오늘과 같이 버릇처럼 일종의 냉소로 부정해 버릴 수만도 없었다. 수많은 슬픔에 익숙해진 그 마음으로부터 정말 가련한 자신들의 가난함을 체험한 듯 눈물이 솟구쳤다.

"불쌍하게도."

미노루는 맞은편으로 돌아 옷을 갈아입으며 그렇게 말했다. 세상을 상대로 자신들의 빈궁함을 드러내야만 하는 처지가 되면 두 사람은 어느 샌가 이렇게 서로 손과 손을 굳게 맞잡는 친밀함을 보인다고 미노루는 생각했다.

"어떻게라도 당신 것만이라도 마련해 둬야 할 텐데."

요시오는 그렇게 말하면서 목욕을 하러 나갔다. 혼자가 되자 미노루는 오늘 장의 행렬 때 모습이 눈앞에 떠올랐다. 꽃이 피어 있는 제방으로 행렬이 길게 이어 가는 도중에 탈인지 가면인지를 덮어쓰고 춤추며 진창길을 걸어가던 꽃구경 하던 무리를 몇 번이나 만났다. 그리고 취객 한 사람이 그 행렬을 전송하며 마침 미노루가 타고 있던 인력거 옆에서,

"모두들 떠들썩하네요."

라고 작은 목소리로 말했던 것 따위가 생각났다. 미노루는 요시오가 돌아오면 얘기해 줘야겠다고 생각했다. 관 앞에 모인 어머니를 잃은 어린 아이들을 보고 미노루도 많이 울었던 한 사람이지만 그 슬픔은 이미 어디론가 사라졌다.

7

미노루가 좋아하는 흰 백합이 다다미방 도코노마床の間, 다다미방의 정면에 바닥을 한 층 높여 만들어 놓은 곳. 벽에는 족자를 걸고 바닥에 도자기나 꽃병 등을 장식함-역자주와 책장 위 같은 곳에 항상 꽂혀 있게 되었다. 요시오가 쉬는 날에 두 사람은 강아지를 데리고 오지王子까지 푸른 밭을 바라보며 소풍을 간 적도 있었다. 두 사람은 홍엽사紅葉寺 뒤편 시냇물에 개를 풀어놓고 비누 거품으로 더러워진 몸을 씻겨 주거나 했다. 시냇물은 산에 있는 어린 단풍나무의 푸른빛과 햇빛이 섞여 추운 하늘과 같은 색을 띠고 있었다. 물에 젖은 강아지를 산 위에 있는 간이 찻집 기둥에 목줄로 묶어 두고, 두 사람은 밟으면 밟힐 듯 눈 아래 펼쳐진 어린 단풍나무를 바라보며 반나절을 보내기도 했다. 그곳을 오가던 길에 별장 같

아 보이는 집 앞에 서서 노송나무에 둘러싸인 옅은 쥐색 양옥집 이층을 올려다보며

"아무것도 필요 없으니까 적어도 원하는 집만큼은 갖고 싶어."

라고 요시오는 항상 말했다. 미노루가 머리 모양을 자주 바꾸기 시작한 것도 그 즈음이었다. 미노루는 하루 걸러 연못가에 있는 미장원까지 머리를 다듬으러 가는 버릇이 생겼다. 미노루의 장롱 작은 서랍에는 기름에 번진 주홍색으로 홀치기 염색한 댕기 조각이 몇 개나 나뒹굴고 있었다.

이런 날이 계속되는 사이에도 끈기 없는 외곬 성격의 남자의 마음과 잔꾀에 능하고 집요한 성격의 여자의 마음은 늘 엇갈려 서로에게 상처가 되는 싸움이 끊이지 않았다. 여자에게만은 지지 않으려는 남자의 허세와 남자에게만은 지지 않으려는 여자의 오기는, 서로 소매가 약간 스치는 일에도 갈등을 일으켜 몸싸움으로 이어질 때까지 욕설을 퍼부어야 끝나는 날이 드물지 않게 있었다. 미노루가 읽은 책에 대해 두 사람의 의견이 상충되는 경우라도 생기면 대문 밖 골목에까지 들리도록 소리를 높여 싸웠다. 그 언쟁은 밤 2시가 되어도 3시가 되어도 끝나지 않고 계속되었다. 그리고 끝내 입을 다문 미노루가 냉소적인 눈빛으로 요시오의 좁은 이마를 힐끔힐끔 보기 시작하면 요시오는 곧 눈이 새빨개져서,

"건방진 소리 하지 마. 당신 같은 사람이 뭘 할 수 있단 말이야?"

이렇게 말하고 막일하는 노무자가 욕할 때마냥 사람에게 침이라도 뱉을 표정을 지었다. 이런 말들 때문에 어떤 때는 미노루의 감정이 격앙되었던 적도 있었다. 지식적인 측면에서 이 남자가 자신에게 졌음을 누가 증명해 줄 수 있을까 생각하니, 미노루는 자기 편이 없는 자신이 그

저 딱했다. 그리고

"한번 더 말해 봐요."

라고 말하고 곧장 손을 뻗어 요시오의 어깨를 찔렀다.

"몇 번이라도 말해주지. 당신은 안 된다고 말했어. 당신이 뭘 아느냐고."

"왜? 뭣 땜에?"

여기까지 오면, 미노루는 몸을 움직일 수 없을 때까지 맞지 않고서는 조용해지지 않았다.

"당신이 잘못했는데 왜 사과를 안 해? 왜 안 하냐고?"

미노루는 요시오의 머리에 손을 올리고 강제로 그 머리를 숙이게 하려고 하면 남자의 손에 심하게 맞았다.

"당신은 결국 불구가 되고 말 거야."

요시오는 다음 날이 되어 미노루 몸 여기저기에 생긴 상처를 바라보고 이렇게 말했다. 여자의 연약한 육체를 짓이길 듯 움켜잡을 때의 잔혹함이 나중에 요시오의 마음에 꿈처럼 되살아났다.

그날은 낮에 가랑비가 내리던 날이었다. 아침 일찍 많은 빨래를 한 미노루는 지쳐서 몸에 판자라도 붙어 있는 것 같은 기분이 들었다. 부연 김이 솟아오른 것 같은 부드러운 흰 구름이 미노루의 마음을 엿보고 있는 양 처마 부근을 몇 번이나 지나갔다. 햇살은 초여름의 수분을 머금은 공기를 통과하여 툇마루에 서 있는 미노루 눈앞으로 색유리 파편을 떨어뜨리고 있는 듯 아름다움을 한껏 드러내고 있었다. 왠지 무더운 아침이었다. 땀이 나서 미노루가 입고 있던 서지serge, 모직물의 하나-역자주 옷이 피부에 닿아 따끔따끔했다.

그러던 것이 오후가 되자 비가 왔다. 미노루는 빨래를 툇마루로 들이고 다시 툇마루에 서서 비 내리는 작은 정원을 바라보았다. 이 세 평 남짓한 정원에는 작년 여름 요시오가 심은 수국이 한가운데에 자리 잡고 있을 뿐이었다. 구석에는 초라한 소금 같은 모습으로 싸라기눈처럼 작은 꽃이 회양목 두세 그루에 활짝 피어 있었다. 일 년 사이에 넓게 뻗은 수국 그림자가 이 정원의 흙 위에서는 가장 컸다. 그 외에는 아무것도 없었다. 가랑비는 이따금씩 수국 잎에서 소리를 냈다. 미노루는 그 소리를 듣자 문득 애틋해져 그곳에 내리는 비를 하염없이 바라보았다.

여느 때와 같은 시간에 요시오가 귀가했다. 이미 비가 그친 뒤였다. 미노루는 요시오가 집에 온 후 하는 행동을 보고 마음속에 무언가를 담아 두고 있다고 눈치 채고 있었다.

"이봐, 당신은 어떻게 할 거지?"

미노루가 태연하게 저녁상을 치우려고 할 때에 요시오는 이렇게 말을 걸었다.

"왜 지난번에 말한 일을 시작하지 않는 거지? 안 할 셈인가?"

그렇게 질문을 받자 미노루는 곧 짐작 가는 것이 있었다.

일주일 정도 전에 요시오가 직장에서 돌아와서

"당신한테 할 일이 생겼어."

라며 신문에서 오린 것을 미노루에게 보여 준 적이 있었다. 지방의 어떤 신문이었다. 거기에는 현상 모집 광고가 있었다. 요시오는 미노루가 그때까지 조금씩 써 둔 글이 있다는 것을 알고 있었다. 그래서 현상 모집 규정의 분량만큼 더 써서 보내는 것이 좋겠다고 미노루에게 권유했던 것이다.

"만약 당선되면 한숨 돌릴 수 있어."

요시오는 이렇게 말했다. 하지만 미노루는 건성으로 대답하고 여태까지 손대지 않았다. 게다가 요시오가 그 말을 꺼낸 것은 이미 마감 날짜가 임박했을 때였다. 미노루로서는 그 짧은 시간에 생각만큼 쓸 수 없다고 생각했다.

"왜 안 쓰는 거지?"

요시오는 신경질적으로 입을 삐죽거리며 미노루에게 이렇게 따졌다.

"그런 도박은 싫으니까요. 그래서 안 쓰는 거예요."

요시오는 미노루의 뺨에 거만함이 드러나는 것을 보았다.

미노루는 요시오가 그 만일이라는 요행에 의해 자신의 경제적 고난을 극복하려고 생각하는 것이 불쾌했다. 미노루는 이 남자가 여자를 예술로 하여금 즐길 수 있게 하는 법은 모르면서 여자의 예술성을 도박 같은 쪽으로 끌어갈 방법만은 알고 있다고 생각되어 화가 났다.

"그런 일에 쓸 만한 조잡한 글재주는 없으니까요."

미노루는 또 이렇게 말했다.

"건방진 소리 하지 마."

요시오는 고함쳤다. 여자의 거만함에 대해 요시오는 경멸의 표현으로 항상 "건방진 소리 하지 마."라고 말했다. 미노루는 이 말을 싫어했다. 요시오를 응시하던 미노루의 얼굴이 새파래졌다.

"당신이 뭐라고 했어? 일한다고 하지 않았어? 나를 위해 일하겠다고 하지 않았느냐고. 도대체 어떻게 된 거야?"

"일하지 않겠다고는 안 했어요. 하지만 내가 지금껏 간직해 둔 글을 이런 데에 쓰려고 했던 건 아니에요. 무슨 일이든 당신이 하라고 하면 전화교환수라도 하겠어요. 하지만 그런 도박 같은 일에 내 글을 보내는 건 싫어요."

요시오는 갑자기 옆에 있던 재떨이를 미노루에게 집어던졌다.

"당신은 우리 생활을 조금도 사랑할 줄 모르는군. 싫으면 관둬. 그 말투는 뭐야? 남편한테 그 말투는 대체 뭐냐고."

요시오는 그렇게 말하면서 일어섰다.

"이렇게 살 거라면 다 집어 쳐."

요시오는 자신의 발에 부딪힌 상을 그대로 걷어차 뒤엎고 미노루 옆으로 다가왔다. 미노루는 그때만큼 남자의 난폭함을 무섭게 느낀 적이 없었다.

"뭐 하는 거예요?"

라고 쇠를 긁는 것 같은 가늘고 투명한 미노루의 목소리가, 격하게 고동 치는 요시오의 가슴속으로 잡아먹힐 듯 가까워졌을 때, 미노루는 있는 힘껏 양팔에 힘을 주어 요시오의 가슴을 맞은편으로 밀쳐냈다. 그리고 처음으로 이 남자에게서 느끼는 두려움에서 벗어나려는 듯 미노루는 부엌 문 쪽을 통해 밖으로 달려 나갔다.

밖은 해가 져 어스름한 빛이 완전히 가시지 않고 양은색을 띠고 있었다. 특별한 어두움이 지금부터 묘지 전체를 감싸려고 하는 그 땅거미 그림자에 미노루는 언제까지고 머물러 있었다. 쩡한 외로움이 어디서라고 할 것 없이 미노루의 귓가에 모여드는 가운데, 장지문과 맹장지를 발로 차 찢는 것 같은 요란한 울림이 신경질적으로 전해져 왔다.

그리고 비단용 바늘처럼 가늘고 날카로운 여자의 절규가 그 속에 섞여 있는 것 같은 기분이 들었다. 자신의 목소리 같았다. 미노루의 몸속을 흐르는 피는 박동치는 대로 아직 흘러가고 있었다. 혈관 일부 어딘가에서 아직 피가 이따금씩 쿵쾅하고 세차게 파도치고 있었다. 하지만 미노루는 자신의 마음의 맥을 하나하나 살펴보듯 자신의 머리 위를 덮고 있는 어두움의 힘 아래에서 고개를 숙이고 잠시 생각했다. 그리고 맑은 물에 잠긴 것처럼 맑아지는 머릿속에서,

"우리 생활을 사랑할 줄 몰라."

라고 했던 요시오의 말이 갖가지 의미를 담은 채 계속 울리고 있었다.

미노루는 남자가 말하는 생활을 전혀 사랑하지 않는 여자였다.

그 대신에 요시오는 여자가 예술을 사랑하는 것을 전혀 알지 못했다.

미노루는 여전히 남자와 함께 하는 가난한 생활 때문에 싫어도 전당포를 전전하지만, 요시오는 여자가 좋아하는 예술을 위해 새 책 하나 구해 올 줄 몰랐다. 요시오는 조그마한 자신만의 학식을 여자로부터 상처 입지 않으려고, 새로운 지식을 얻고자 노력하는 여자를 일부러 수치심을 느끼게 만드는 일도 서슴지 않고 했다. 미노루는 새로운 예술을 동경하는 여자의 마음을 매력이 넘칠 수 있도록 만들지 못하는 요시오가 단지 자신의 부족한 힘을 여자로 하여금 물질적으로 보충하면 그것으로 만족할 뿐이라고 거듭 생각되었다.

'내가 당신이 말하는 생활을 사랑하지 않는다면, 당신은 나의 예술을 사랑하지 않는다고 말할 밖에요.'

조금 전 요시오에게 이렇게 말해 줄 걸 하고 생각했을 때 미노루는 눈이 충혈되는 것처럼 느껴졌다.

남자가 생활을 사랑하는 것을 모르는 여자와, 여자가 예술을 사랑하는 줄 모르는 남자, 그것은 결코 같은 것일 수 없었다. 요시오로서는 자신의 생활을 사랑해 주지 않는 여자에게서 보람이 느껴지지 않을지도 모른다. 매일 출근하는 요시오의 지갑 안에 작은 은색 동전이 두세 개 이상 들어 있던 적이 없었다. 그것을 보고도 건성으로 대할 수 있는 미노루를, 요시오는 평생 손잡고 갈 자신의 여자로 생각하고 싶지 않을지도 몰랐다. ㅡ

'역시나 우리 둘은 헤어져야만 하는구나.'

미노루는 그렇게 생각하며 걷기 시작했다. 비로소 눈동자 깊은 곳에서부터 굳어 있던 눈물이 풀려 흐르듯 미노루의 뺨 위로 흘러나왔다.

이미 더 이상 걸을 수 없을 정도로 미노루 앞뒤로 어두움이 짙게 깔렸다. 얼굴 주위로 모기떼가 앵앵거리며 달려들고 있었다. 뒤돌아보자 어둠 속 이쪽저쪽에 솟아 있는 석탑 끝이 미노루 쪽으로 앉은뱅이걸음으로 우글우글 다가오는 것 같은 희미한 환영이 움직이고 있었다. 미노루는 자기 혼자 이 어둡고 적막한 곳에 남겨진 기분이 들어 빠른 걸음으로 묘지에 둘러쳐진 가시 담장 밖으로 나왔다. 그 주변을 어슬렁거리던 메이가 미노루를 발견하고 달려와 미노루를 올려다보며 온몸을 다해 꼬리를 흔들어댔다. 갑작스럽게 강아지를 보게 된 미노루는 이 세상에서 자신을 생각해 주는 단 하나의 그림자를 잡은 듯이 생각되어 그 개를 안아 주지 않고서는 견딜 수가 없었다.

"고마워."

강아지에게 이렇게 말하자 미노루는 또 눈물이 났다. 미노루는 태어나 처음으로 길거리를 울면서 걷는다고 생각했다. 미노루는 오른쪽 소매로 눈물을 훔치며 집 쪽으로 걸어갔다.

8

미노루는 밖에 서서 한동안 집 안을 살핀 후 들어갔다. 다실 전깃불을 켜고 그 주위를 둘러보자 거기에는 좀 전에 요시오가 던진 재떨이에서 떨어진 담뱃재와 발로 엎었던 밥상 음식과 그릇들이 더럽게 어지러이 흩어져 있을 뿐 요시오는 없었다. 잠시 있다가 미노루가 더러워진 방을 청소하고 있을 때 2층에서 사람이 자다가 뒤척거리며 내는 털썩 하는 소리가 들렸다. 미노루는 요시오가 2층에서 잔다고 생각했다. 말라빠진 턱, 어린아이같이 가는 목, 위로 팔짱 낀 양쪽 팔꿈치 안으로 얼굴과 머리를 묻고서 다다미 바닥을 뒹굴고 있을 요시오의 모습이 이 순간에 떠올랐다.

그런 요시오 앞에서 미노루의 마음은 약해져 이미 누그러지고 있었다. 자기가 글을 쓴다는 것이 요시오가 바라는 '일'이라는 의미가 되어 요시오를 기쁘게 해 줄 수 있다면, 그것은 어떤 창작이 아닌 일일 뿐일 것 같은, 여자다운 편안한 그 기분으로 되돌아왔다.

오랫동안 세상살이에 허덕이며 오늘날까지 아무것도 붙잡지 못한 미노루는 어느새 겁쟁이가 되어 마음속은 이미 피로를 느끼고 있었다. 미노루는 아무리 힘을 내어 분발해도 곧 샛별처럼 이렇게 사라져 갔다. 그래서 역시 단 한 사람, 요시오의 정에 끌려 살아갈 수밖에 없는 스스로 의 덧없는 슬픔을 미노루 자신이 옆에서 바라보고 있는 듯이 여겨져 자 신의 몸을 남자 앞에 내던져 버리는 것이 고작이었다.

  미노루는 그 다음날부터 매일 책상에 앉아 절반 분량 써 놓았던 어떤 이야기를 이어서 쓰기 시작했다. 걸핏하면 싫어져서 몇 번이나 그만두 려고 했는지 몰랐다. 전혀 쓸 기분이 나지 않았다.
  책상 서랍 속에 넣어 둔 지금껏 쓰다만 글은 마음에 들지 않았다. 자 신의 예술이 한번 밟고 들어간 경계에서 지워지지 않는 불쾌한 냄새가 났기에 결국엔 펜을 내동댕이쳤던 그 글이었다. 때문에 미노루는 글 후 반부를 곧바로 이어 나가기 전에 좀 더 그 전반부를 손봐야 했다. 예술 에 대한 미노루의 정직한 마음이 스스로 내동댕이친 작품을 그대로 밝 은 곳으로 끌어내는 짓은 할 수 없게 했다. 독자를 우습게 볼 수 없었기 때문이다. 미노루는 계속해서 그 전반부를 만지작거리고 있었다.
  "당신은 언제까지 그러고 있을 거야?"
  미노루의 이런 모습을 발견한 요시오는 곧바로 이렇게 말하고 미노 루 옆으로 다가갔다.
  "도저히 마음에 안 들어요. 그만둘래요."
  "실패해도 괜찮으니까 해 봐."
  "역시 난 안 돼요."
  미노루는 그렇게 말하고 자신 앞에 있던 원고를 어지럽혔다.
  "이런 건 말이야. 작품이 좋건 나쁘건 간에 상관없어. 단지 당신 운에 좌우되는 거지. 작품이 안 좋아도 운이 좋으면 잘 될 테니까 끝까지 써 봐. 우물쭈물 하다간 시간에 못 맞춰."

요시오는 미노루가 계속 손보던 전반부를 가져가 버렸다. 그 모습을 바라본 미노루는,

'그저 쓰기만 하면 되는 건가요?'

이런 의미가 역력히 담긴 눈으로 요시오를 바라보았다. 그 내면에는 뭔지 모르게 자포자기의 기분이 서려 있었다. 오직 요시오의 강요대로 글을 쓰고 그것을 요시오 앞에 던져 주면 그만이라는 듯 자포자기의 심정이었다.

"내가 만약에 아무리해도 안 쓴다면 당신은 어쩔 셈인가요?"

"그럴 일 없을 테니까 써."

"쓸 수 없어요. 마음에 안 들어요."

"마음에 안 들 일 없을 테니까 술술 써 내려가."

"마음에 안 드니까 싫어요."

"나쁜 버릇이야. 그런 말 하는 한가한 동안에 두세 장은 쓸 수 있지 않아?"

요시오는 날짜를 헤아려 보았다. 규정 매수까지는 아직 200매나 남았는데 날짜는 불과 20일도 남지 않았다. 요시오는 어떤 일도 단번에 해낼 수 없으면서 말만 잘하는 이 여자가, 콩을 볶다가 얼굴에 튀어 아플 때처럼 부아가 치밀어 밉살스러웠다.

"역시나 당신이란 여자, 안 되겠군. 마음대로 해. 마음대로 하라고."

요시오는 그렇게 말하고 일단 가져갔던 원고를 책장에서 꺼내어 미노루 앞에 펄럭 내던졌다. 고개 숙인 요시오의 눈에 예전에 없던 차가운

그늘이 져 있었다.

"관두면 어쩔 셈이죠?"

미노루는 책상에 기대어 오른손으로 머리를 짚으며 남자의 얼굴을 비스듬히 보고 있었다. 요시오의 얼굴은 깜빡거리는 눈과 파리한 얼굴 근육의 움직임, 그리고 부들부들 떨리는 입술이 뒤섞여 전등불에 비춰졌다.

"헤어질 수밖에."

요시오는 여자를 뿌리치듯 이렇게 툭 내뱉었다. 미노루가 아무것도 할 수 없다는 것이 밝혀졌다. 그와 동시에 요시오는 곧바로 명백하게 부담이 느껴졌다. 요시오에게 있어 두 사람의 관계를 유지하는 것은 애착이 아니었다. 힘이었다. 자신이 갖고 있지 않은 힘을 배우자인 여자가 얻어 내지 못한다면 함께 살고 싶지 않았다. 여자가 주는 부담을, 특히 미노루처럼 제멋대로인 여자가 주는 큰 부담을 억지로 끌고 가는 것은 자신의 몸을 점점 인생의 수렁 속으로 빠뜨리게 할 뿐이라고 생각했다. 요시오는 이제 이 여자를 떼어 내야만 했다. — 이럴 때에는 항상 상대하기 만만찮은 저항을 미노루에게 보이는 남자였다. 곧장 그 자리에서 누군가는 이 집을 나가야 한다는 기세를 확실히 보여 주는 남자였다. 거기에는 특히 남자가 미노루 한 사람에 대해 생각하는 사랑 따위는 티끌만큼도 끼어 있지 않았다.

"쓸게요. 할 수 없죠."

미노루는 이미 눈물을 글썽이고 있었다. 그리고 주변에 흩어진 원고를 정리했다.

9

미노루는 무서운 기세로 글을 써 내려갔다. 자신을 채찍질하는 것 같은 남자의 눈이 많은 시간 미노루의 책상 앞에서 빛나고 있었다. 미노루는 그 눈빛을 무서워하며 무조건 썼다. 모기장 안에 램프와 책상을 들여놓고 잠시 죽은 듯 위를 향해 쓰러져 있다가 벌떡 일어나 다시 쓰는 일도 있었다. 아침부터 저녁까지 집 안으로 내리쬐는 여름 햇살을 이리저리 피해 다니다가 구석 벽으로 가서 머리를 쿵쿵 찍고서 또 쓰기 시작한 적도 있었다.

그렇게 해서 완성한 것이 최종 마감일 오후였다. 요시오는 거기에다 미노루의 이름을 적어 넣고 소포로 만들어 자기가 직접 우체국에 들고 갔다. 미노루는 땀 범벅이 된 엷은 남색 유카타 옷자락으로 얼굴을 훔치면서 요 십여 일간의 자신을 돌이켜보았다. 남자에게 쫓겨 쓴 펜 끝에는 자신이 생각하고 있는 아름다운 예술 같은 건 전혀 찾아볼 수 없었다. 단지 남자의 처분을 두려워한 맹목적인 힘만 있을 뿐이었다. 그 맹목적이고 비예술적인 힘만으로 움직인 자신의 손이 무엇을 만들어 낼 수 있을까? 그렇게 생각하자 미노루는 실망하지 않을 수 없었다.

그것은 8월 중순을 넘긴 후의 일이었다. 어느 날 아침 그날 신문에 우연히 미노루의 마음을 사로잡는 기사가 있었다.

미노루는 요시오가 출근하고 난 뒤, 집 출입문에 못을 끼워 두고 외출했다. 그리고 히로코지에 가서 에도가와江戶川행 전차를 탔다.

색이 바랜 여름 홑옷을 입고 역시 색이 바랜 남보랏빛 양산을 쓴 미노루는 잠시 뒤 뜨거운 햇살 때문에 일대가 희뿌옇게 보이는 우시고메牛込의 어떤 좁은 거리를 헤매고 있었다. 길바닥에 깔려 있는 작은 자갈 하나하나가 게다 양쪽 굽 틈 사이에 끼어 걷기가 무척 힘들었다. 게다 굽이 자갈에 낄 때마다 심장이 뛰어 땀이 겨드랑이 밑으로 흘렀다. 땅에서 옷자락 안으로 뿜어 들어오는 열기와 위에서 내리쬐는 햇볕의 뜨거운 열이 따끔따끔 미노루의 얇은 피부를 자극했다. 미노루의 얼굴은 익어서 새빨개졌다.

미노루는 다리 모퉁이에 있는 파출소에서 '청월靑月'이라는 건물을 물어보았다. 그리고 거기에서 에도江戸강변 쪽으로 돌아갔다. 청월은 그 거리 오른쪽에 있었다. 원래 무사의 저택이었는지 그런 구조를 한 옛날 집이었다. 미노루는 그 집 현관 입구 마루에 서서 손님을 맞으러 나온 하녀에게 고야마小山라는 사람을 찾았다.

미노루는 곧 안으로 안내되었다. 넓고 횅한 다다미방에서 미노루는 정원 쪽을 뒤로 하고 만나기로 한 사람이 나오기를 기다렸다. 모든 문이 열려 있는데도 바람이 전혀 통하지 않았다. 여름 대낮의 열기에 모든 것이 숨죽이고 있는 듯 힘겨운 더위와 적막함이 군데군데 빨갛게 된 다다미 구석으로 자취를 감췄다. 미노루는 손수건으로 얼굴을 닦으며 열심히 부채질했다.

몸집이 작은 남자가 재떨이를 들고 안쪽에서 나와 미노루 앞에 앉았다. 까만 눈동자에 속눈썹이 긴 눈은 낮잠이라도 잔 듯 부어 있었다. 오사카大阪 사람들에게서 흔히 볼 수 있는, 입 꼬리에 침을 바르는 버릇이 있었다. 웃으면 여자처럼 그 작은 얼굴에 애교가 가득 넘쳤다.

고야마는 미노루의 이름은 몰랐지만 요시오의 이름은 알고 있었다. 고야마는 미노루의 명함을 손으로 만지작거리며 미노루와 얘기를 나누었다.

고야마는 자신들이 준비하고 있는 극단에 대해 말을 꺼냈다. 그리고 이전 첫 번째 흥행은 어떤 흥행사에 의해 조직되었기 때문에 사람들로부터 좋지 않은 오해를 받았지만, 이번 두 번째는 사카이酒井와 유키다 行田라는 사람의 도움을 받아 극히 예술적으로 조직한다는 내용을 장시간 피력했다. 그리고 여배우는 품행 방정하고 성품이 상스럽지 않은 사람을 선발한다고 말했다. 거침없는 오사카 사투리가 더운 공기 속에 탁해져 졸린 듯 윙윙 하고 울렸다.

고야마는 대화하는 동안 미노루가 조금은 얘기가 통하는 여성이라는 표정을 짓고 이따금씩 미노루의 말을 거들며 자신의 말을 이어 나갔다.

"그런 열정이시라면 사카이 선생님과 유키다 선생님한테도 한번 잘 의논 드린 후에 답변해 드리도록 하겠습니다. 아마 괜찮을 거라고는 생각하지만 제 생각대로만 할 수도 없는 일이라서. 나중에 엽서로 연락 드리지요."

이것으로 얘기를 마치고 미노루는 고야마에게 인사를 하고 밖으로 나왔다.

아무도 없는 집 처마에 축제 제등 하나가 더운 응달을 빗겨서 흔들리고 있는 것을 바라보며 미노루가 집에 들어갔을 때는 이미 정원의 절반 정도가 그늘져 있었다. 미노루는 땀에 젖은 옷을 벗지도 않고 열어젖힌 다다미방 한가운데에 앉아 뭔가를 생각했다.

밤이 되어 미노루는 요시오와 참배하러 제례가 있는 신사로 외출했다. 묘지를 끼고 있는 뒤쪽 마을에는 빨간 등불이 바깥의 번화함을 조금 잘라온 양 여기저기에 부옇게 번져 있었다. 그 빛 그림자에 여자들의 하얀 유카타 소매가 나부끼는 아름다운 모습이 비치는 집도 있었다. 거리로 나가자 언제나 적막했던 묘지 끝 마을은 상점의 불빛과 인파의 옷자락이 섞여 현기증이 날 정도로 새로운 세계가 움직이고 있었다.

두 사람은 사람들에게 뒤로 밀려가며 신사 안으로 들어갔다. 빨간 그릇을 산처럼 쌓아 둔 단팥죽 노점상 앞에서 옆으로 들어가, 마흔 정도로 보이는 가무잡잡한 여자가 소매를 걷어붙이고 큰소리로 호객 행위를 하는 가설 흥행장 앞으로 나갔다. 막이 오르내리는 곳 앞에 서서 안을 들여다보니 가타기누肩衣, 어깨에서 등으로 걸쳐지는 소매 없는 옷-역자주를 걸친 젊은 두 여자가 조루리淨瑠璃, 샤미센 반주에 맞춰 특수한 억양과 가락을 붙여 엮어 가는 이야기의 일종-역자주라도 하는 것 같은 모습이 반쯤 보였다. 그중 한 여자는 눈이 휘둥그레질 정도로 미인이었다. 어스름한 가설 흥행장 안에서 사람들 쪽으로 이따금씩 던지는 여자의 눈에는 풍부한 표정이 움직이고 있었다. 광택 없는 호분胡粉처럼 새하얗게 문질러 바른 백분이 화려한 유젠 기모노 가슴 언저리에 짙게 칠해져 더욱 더 이 여자를 예쁘게 보이게 했다. 코가 오뚝하게 높고 입이 조그마했다.

"어머나, 미인이네요."

미노루는 요시오의 소매를 잡아당겼다.

"저게 로쿠로쿠비轆轤首, 목이 길게 늘어나는 괴물. 주로 가설 흥행장 등에서 요금을 받고 보여 주는 구경거리였음-역자주지."

요시오도 웃으면서 들여다봤다. 위쪽 간판에 가타기누를 걸친 여자의 몸에서 꿈틀거리며 나온 시마다島田, 주로 미혼 여성이 틀어 올리는 전통 머리 모양-역자주 머리 모양을 한 여자의 목이 군중들을 내려다보고 있는 그림이 그려져 있었다. 요시오는 이런 수준 낮은 여자 예능인의 백분을 좋아했다. 요시오는 그 여자의 눈에 마음을 빼앗기며 또다시 걸음을 옮 겼다.

두 사람은 미카와시마三河島 쪽이 멀리 바라보이는 벼랑 위 간이 찻집 앞으로 돌아갔다. 갈대를 둘러쳐 놓은 집집마다 꽈리 등불이 걸려 있어 사이다 유리병과 빙수 가게 현수막 위로 그 불빛을 비추고 있었다. 거기 서 산 군밤을 먹으며 요시오는 벼랑에서 내려오는 입구에 서서 바다와 같이 검은 미카와시마 쪽을 바라보고 있었다. 제례가 있는 이 신사 경내 로 들어오는 사람들이 아래쪽에서 끊임없이 두 사람이 서 있는 앞을 지 나쳐 갔다.

"당신한테 상의드릴 게 있어요."

미노루는 이렇게 말하면서 경내의 혼잡함을 뒤로 하고 내려가려고 했다.

"뭔데?"

"한 번 더 연극을 하려고요."

"당신이? 거 참."

두 사람은 벼랑을 내려와 건널목을 건너 닛포리日暮里 쪽으로 걸어 나 왔다. 미노루는 걸으면서 사카이와 유키다가 준비 중인 신극단에 들어 갈 작정이라고 말했다. 유키다는 요시오가 알고 있는 사람이었다. 외국 에서 막 돌아온 신진 극작가였다. 그 사람이 만든 일막짜리 극본을 상연하기로 했고 어려운 여주인공역을 맡을 여배우가 없어서 곤란해 한다고 낮에 고야마가 말한 것에 미노루는 희망을 걸고 있었다. 하지만 거기까지는 말하지 않고 무대에 나가도 괜찮은지 요시오에게 물어보았다. 요시오는 말없이 군밤을 먹으며 걸었다.

요시오는 미노루가 결혼 전에 여배우가 되겠다고 해서 야단법석이었던 적이 있음을 익히 알고 있었다. 하지만 이 여자에게 어떤 기량이 있는지는 알지 못했다. 그 당시 미노루가 어떤 극단에 들어가 뭔가 연기했었을 때 아무런 소문도 없었다는 점을 생각해 보면 무대 위의 기교는 그다지 없는 것 같았다. 게다가 미노루의 얼굴로는 무대에 선다고 해도 관객을 사로잡을 수 없다고 요시오는 생각했다. 아름다운 외국 여배우의 얼굴에 익숙한 요시오는 이 평평한, 보통보다도 못한 용모를 가진 미노루가 무대에 선다는 자체가 무모하기 짝이 없다고 생각했다.

"이제 와서 왜 그런 생각을 한 거지?"

요시오는 군밤을 씹으며 이렇게 물었다.

"전부터 생각하고 있었어요. 단지 좋은 기회가 없어서 기다리고 있었던 거예요."

요시오는 무대 위 미노루를 확신할 수 없어 좀처럼 허락해 주지 않았다.

"왜 안 돼요?"

미노루는 이제 달려들 기세였다.

요시오는 알몸으로 툇마루에 엎드려 담배를 피우고 있었다. 미노루는 그 앞에 버티고 앉아서 밋밋한 요시오의 몸을 바라보았다.

"그게 그렇게 만만한 생활이 아니니까."

요시오는 그렇게 말하고 생각에 잠겼다. 미노루가 연극에 소질이 있어서 돈을 많이 벌 수 있다면 괜찮다. 하지만 앞날을 예측할 수 없는 불안한 세계에 또다시 발을 디뎌 놓아 결국은 어디로 어떻게 변해 갈지 모를 그 결과를 생각하니 요시오는 오히려 부담으로 여겨졌다. 게다가 자신이 매일 출근하는 작은 회사 사람들, 그들 중 짓궂은 동료들에게 무대 위에서 아름답지도 않은데다가 연기도 못하는 아내를 보이는 일은 요시오에게 있어 굴욕이었다. 그런 생각을 할 시간에 미노루가 고정적인 수입원이 되는 일이라도 해서 자신을 도와주는 편이 더 나을 것 같았다.

항상 그랬듯 생활을 생각하지 않고 이렇게 예술적으로 즐기려고만 드는 여자가 또 싫어졌다.

"당신은 그저 글만 쓰면 되잖아."

"뭘 쓰죠?"

"글쓰기를 할 수 있는 일을 찾는 거지."

"문예 쪽은 아무리 생각해 봐도 세상의 인정을 못 받지 않아요? 이번이 좋은 기회니까 다시 한 번 연극계로 나갈래요. 나, 자신 있어요. 게다가 사카이 씨와 유키다 씨가 무대 매니저라면 꼭 성공할 거예요."

미노루는 눈을 반짝이며 이렇게 말했다. 미노루는, 실은 스스로 글쓰기에 정나미가 떨어졌다. 이번 일로 그것을 깨닫게 되었다. 펜 끝에 새로운 생명을 창조하고 있다고 은근히 자부했던 미노루는 요전 일로 그것이 전혀 발휘되지 않았던 점을 스스로 반성해 보고 글쓰기가 싫어졌던 것이다. 하지만 요시오에게는 그렇게 말하지 않았다. 왜냐하면 그때 미노루는 요시오를 향해 '자신의 소중한 펜을 그런 도박 같은 것에 사용하지 않아요.'라고 큰소리로 닦아세웠기 때문이다. 그렇게 말했기 때문에라도 미노루는 뻔뻔스럽게 글쓰기에 정나미가 떨어졌다고 요시오에게 얘기할 수 없었다.

스스로 글쓰기를 단념한 이상, 한번 더 무대에서 고생해 보고 싶었다. 신문에서 본 신극단 여배우 모집 기사는 지금의 미노루에게 물을 건너려는데 마침 나루터에 배가 있는 것과 같았다.

"나는 당신이 글쓰기가 가능한 사람이라고 생각해. 그러니까 그쪽으로 일해서 생활에 보탬이 되는 게 좋지 않겠어? 우선, 그쪽 일을 하기에 당신 나이가 이미 많잖아?"

"연극 예술에 나이가 있나요?"

"그거야 연극 예술가가 할 수 있는 말이지. 당신은 이제 시작이잖아?"

"그렇다면 됐어요. 나는 나대로 할 테니까요. 당신을 위한 연극이 아니라면 당신을 위한 일도 아닐 테죠. 제 예술이니까, 제가 할 일이예요. 그런 이유로 당신이 나를 막을 권리가 어디에 있나요? 당신이 안 된다고 해도 나는 할 거예요."

이렇게 말해 버리자 미노루의 가슴에는 오랜만에 욕망의 화염이 마구 불타올랐다. 그리고 자신을 깔보는 이 남자를 무대에서 좋은 연기와 예술로 어떻게든 굴복시켜야만 한다고 생각했다.

"그걸 준비할 돈은 어디서 변통하려고?"

"제가 알아서 빌릴 거예요."

10

미노루를 극단에 참여시킨다는 고야마 측으로부터 엽서가 도착하고 얼마 지나지 않아 대본 읽는 날을 통보 받았다.

이렇게 하루하루 새로운 일이 미노루 앞에서 순차적으로 진행되는 것을 보자 요시오는 정신이 없었다. 태연한 얼굴을 하고 어딘가 먼 곳에 걸려 있는 소망의 그림자를 눈을 크게 뜨고 응시하는 것 같은 미노루의 모습을 곁에서 보고만 있을 수 없는 날도 있었다.

"무대가 시원치 않으면 나는 더 이상 회사에 안 나갈 거야. 당신의 연기 하나로 모든 걸 잃어버리니까 그럴 작정으로 임해."

그 말을 들으니 미노루는 사회생활의 반경이 좁은 요시오가 그 속에서 체면을 차리려고 하는 것을 확실히 본 것 같아 불쾌한 기분이 들었다. 왜 이 남자는 이렇게 신실함이 없을까 생각했다. 자신의 예술에 대한 열정을 조금도 같이 헤아릴 줄 모른다고 생각하니 화가 났다. 그래서 그 작고 깊이 없는 남자의 얼굴을 일부러 냉담하게 바라보곤 했다.

"그럼, 헤어지면 되잖아요. 그렇게 하면 당신이 나 때문에 부끄러워하지 않아도 되죠."

이런 말이 이번에는 여자 쪽에서 나왔지만 지금의 요시오는 그 말에 반격할 정도로 성격이 모나 있지 않았다. 여자가 화려한 무대에 나간다고 하는 것에, 여자에 대한 일종의 천박한 흥미를 가져 볼 마음도 들었다.

"당신에게 그만큼의 자신이 있으면 됐어."

요시오는 그렇게 말하고 입을 다물었다.

미노루는 청월에서 사카이도 유키다도 만났다. 두 사람 모두 미노루가 본 적 있는 사람이었다. 사카이라는 사람은 한편으로는 이상적인 연극을 부흥시키고자 극히 내실 있는 내용으로 많은 학생을 양성하는 어떤 박사 밑에서 일하는 사람이었다. 미노루는 이 사카이가 만든 햄릿을 보고 그 새로운 기예에 도취되었던 적이 있었다.

눈과 코 주변이 서양인같이 생겼지만 키가 작은 사람이었다. 유키다는 유달리 키가 큰 사람이었다. 항상 눈에 생각을 담아둔 것 같은 표정을 지었다. 웃어도 머릿속으로 웃는 듯한 모습이었다.

날카롭고 단정한 사카이와 육중하고 구부정한 유키다는 언제나 같이 무릎을 딱 붙이고 연습실 다다미방 한쪽에 나란히 앉아 있었다.

고야마는 속눈썹이 긴 애교가 넘치는 눈을 하고서 연습실 이쪽 구석에서 저쪽 구석으로 움직이며 그 작은 몸을 종종걸음으로 돌아다니고 있었다.

여배우는 미노루 외에 서너 명 있었다. 모두 젊고 예뻤다. 하야코早子라는 여배우는 얼굴은 말랐지만 눈을 감으면 인상이 강하고 어두운 그늘이 감돌았다. 그리고 수다스런 여자였다. 쓰야코艶子라는 여배우는 얼굴 윤곽이 사다얏코貞奴, 일본 최초의 여배우-역자주를 닮아 고상한 아름다움이 있었다. 여배우들 중에서 미노루는 유키다가 쓴 희곡의 여주인공으로 결정되어 있었다.

그 희곡의 여주인공은 노처녀 음악가였다. 그런데 갑자기 사랑의 감정을 느끼기 시작하면서 지금까지 자신을 차갑게 감싸고 있던 예술 세계에서 벗어나 그 연인과 따뜻한 가정을 꾸리려고 했다. 그때 그 연인의 부인으로부터 가정 생활의 절반을 질투로 보냈다는 얘기를 들은 후, 또

다시 원래대로 외로운 예술 세계에서 끝까지 혼자 살려고 결심한다는 내용이었다.

다른 배우들은 모두 그 각본을 보고 웃었다. 그들은 삼류 정도의 기예를 갖춘 아마추어 배우 중에서도 좀 더 나은 실력으로 뽑힌 사람들이었다. 그들 중 이 각본의 등장인물로 정해진 남자가 두 사람 정도 있었다. 그들의 머리로는 도저히 해석할 수 없는 어려운 말이 계속해서 나왔기 때문에 입을 다물고 웃고 있었다.

미노루가 꾸준히 연습하러 나가게 되었을 때는 이미 차가운 비가 계속되는 초가을이었다. 비가 들치는 청월의 툇마루에 서서 후줄근해진 홑옷 한 장만 입은 배우들이 가을 추위를 불평하는 날도 있었다. 미노루가 아침 일찍 청월에 가서 혼자 대사 연습을 하고 있을 때 젖은 외투 차림의 사카이가 목덜미 쪽이 춥다는 듯이 연습실로 들어온 적도 있었다. 서로 인사를 할 때 나온 입김이 차가운 공기에 곱아들 것 같은 아침이 많아졌다.

유키다도 사카이도 항상 아침 일찍 정해진 시각까지는 나왔다. 그리고 게으른 배우들이 두리번거리며 모일 때까지 매일같이 두 사람은 계속 시간을 허비하고 있었다. 예술적 분위기에 긴장하고 있는 이 두 사람과 유랑 연예인처럼 거칠고 일관성 없는 불평투성이 배우들 사이에는 언제나 뒤틀린 감정이 오가고 있었다. 특히 사카이는 불같이 화를 내며 연예 근성을 버리지 못하는 배우들을 드러내 놓고 질책하거나 했다. 사카이가 번역한 피에로 희극은 모두 들쭉날쭉한 이 배우들이 하기로 되

어 있었다. 연습이 전혀 이루어지지 않는다며 사카이는

"전혀 예술품이 아니야. 그렇게 모두 다 따로 놀면 소용없어."

라며 혼자 속을 태웠다.

하지만 연극을 생계로 하는 이 배우들은 사카이를 비롯해서 여러 사람들로부터 대사 하나 하나까지 지적받는 일에 대해 확실히 악감정을 가지고 있었다. 배우들은 팔짱을 끼고 침묵으로 반항했고 사카이의 잔소리에 불쾌한 표정을 짓는 일이 많았다.

"처음부터 약속한 거니까 조금 마음에 들지 않는 게 있어도 단결해서 하지 않으면 곤란합니다. 어떻습니까? 여러분, 이제 며칠 남지 않았으니 일치단결해서 열심히 대사를 외워 주지 않겠습니까?"

사카이 옆에 앉아 있던 고야마가 이런 말을 하고 입에 주름을 만들며 맞은편에 모여 있는 배우들을 바라보는 일도 있었다.

이러는 와중에도 여배우들만은 좋은 평을 받았다. 모두가 무대감독이 말하는 사항을 잘 듣고 연습에 충실했다.

"여배우가 이렇게 중요한 역할을 하는 것은 이번이 처음이라서 각오를 단단히 하고 훌륭한 예술을 보여 주길 바랍니다. 여배우의 기예에 의해 이 신극단의 운명이 정해진다고 생각하고 최선을 다해 연기해 줬으면 합니다. 여배우를 깔보면 안 된다는 것을 이번 흥행으로 세상에 보여 줬으면 합니다."

사카이는 이렇게 말하고 여배우들을 능숙하게 치켜 올렸다.

이러는 중에 미노루는 예의 그 나쁜 버릇이 도지기 시작했다. 자신은 이 배우들에게 휩쓸리지 않겠다고 다짐한 것이 백팔십도로 변해 연극에 대한 집착을 내다 버린 것이다. 미노루는 연기하는 것이 이미 싫어졌다. 그리고 자신의 수준을 떨어뜨려 언제까지고 이 배우들의 낮은 수준과 화합해야 하는 노력에 점점 지쳐 갔다. 청월에 있던 자신을 되돌아보았다. 경박하고 교육 받지 못한 여자가 되어 있었다.

싫은 것이 한 가지 더 있었다.

미노루의 상대역 여배우 중 로쿠코錄子라는 사람이 있었다. 과거에 배우로 활동했던 사람으로 미노루보다 나이가 많았다. 눈이 크고 코가 높은 전형적인 배우 얼굴을 한 아름다운 여성이었다. 미노루는 로쿠코와 함께 있으면 시종일관 세상에 닳고 닳은 이 여자에게 밀리듯 묘하게 자신의 사기가 저하되는 고통이 계속되었다. 로쿠코는 여자 연극인이 된다는 것은 게이샤가 되는 것이기도 하다는 양, 강한 기질과 고집으로 세상을 헤쳐 왔다. 상대가 누가 되었던 간에 언제든 싸울 준비가 되어 있어 상대방을 확 밀쳐 낼 것 같은 태도를 보였다. 미노루는 거기에 주눅 들어 로쿠코를 무서워했다. 미노루는 자신의 예술에 권위가 있음을 알고 있었지만 로쿠코가 미노루 연기에 이래라 저래라 요구하는 것에 말대꾸를 할 수가 없었다.

미노루는 어릴 적 초등학교에 다니게 되면서부터 매 학년마다 자신을 괴롭히는 같은 반 친구가 꼭 한두 명 있었다. 미노루는 그 아이들에게 매일 아침 뭔가 싸 들고 가 비위를 맞췄다. 그래서 학교 가는 것이 싫어서 견딜 수 없던 시절이 있었다. 딱 지금 로쿠코를 대하는 것이 그때와 비슷한 느낌이었다.

로쿠코는 여주인공 연인의 부인 역할이었다. 유키다도 사카이도

"저걸로는 안 돼."

라고 말하며 예전 연극에 익숙해져 버린, 그리고 머리가 돌아가지 않는 로쿠코에게 애를 먹고 있었지만 로쿠코는 그런 것에는 태연했다. 하지만 연극에는 열심이었다. 결국 미노루는 이 로쿠코에게 지고 말았다. 그래서 주인공 역을 하지 않겠다고 유키다에게 말했다. 그때 미노루는 울고 있었다.

"그렇게 센티멘털해져선 안 돼요. 지금 당신이 그만두면 곤란하죠."

말이 느린 유키다는 한가지만을 반복해서 말하며 사카이를 데려왔다. 사카이는 기둥 쪽으로 엉거주춤 앉으며,

"지금 그렇게 말하면 이 연극은 무대에 못 올리게 돼요. 그러니까 부디 참으세요. 우리들이 끊임없이 칭찬할 정도로 당신의 기예는 훌륭해요. 우리들을 위해서라도 제발 힘내세요. 제가 나가고 있는 학교에서 지금 헤다Hedda, 1890년 노르웨이의 극작가 입센이 지은 희곡 〈헤다 가블러 Hedda Gabler〉의 여주인공. 이 작품은 애정 없이 결혼한 가블러 장군의 외동딸 헤다가 옛 애인에 대한 사랑과 질투로 자살하기까지의 과정을 그리고 있으며, 근대 여성의 병적 성격을 사실적으로 묘사하고 있음-역자주를 연기하고 있는 여학생이 있는데도 당신의 이번 연기에 대해 얘기하고 있을 정도랍니다. 제발 다시 생각해 주세요."

사카이는 재빠르게 미노루를 달래 주었다.

하지만 미노루는 아무래도 싫어졌다.

이 극단의 권위를 인정할 수 없게 된 것과 동시에 자신이 가진 최고의 예술이 이런 곳에서 엉망이 된다는 게 막무가내로 싫었다. 하늘을 찌

르는 이런 거만함 때문에 어느 누구의 말도 따르려 하지 않았다. 내일부터 연습에 나오지 않겠다는 결심으로 미노루는 집으로 가 버렸다.

그렇지만 미노루의 눈앞에 요시오가 버티고 있었다. 연극을 그만두겠다고 얘기하면 요시오는 분명히 말만 앞세우는 사람이라고, 아무것도 못하는 끈기 없는 여자라고 한층 더 강하게 비판하고 경멸할 것이 분명하다고 미노루는 생각했다. 하지만 요시오에게 이 사실을 이야기할밖에 다른 도리가 없었다.

"관두는 게 좋겠지."

요시오는 간단하게 이렇게 말했다. 그리고 요시오는 미노루가 상상한 대로 미노루에 대해 생각하고 있었다.

"난 이제 어디에도 갈 데가 없어졌네요."

미노루는 그렇게 말하고 허공을 보며 쓸쓸한 표정을 지었다.

11

객관적으로 생각해 보면 미노루의 행동은 품위 없이 그저 사람을 곤란하게 만든 것에 지나지 않았다. 역시 결국은 연습실에 나가야 했다.

처음에 요시오는 미노루에게 이렇게 얘기했다.

"자기가 들어간다고 해 놓고 또 마음대로 그만둔다는 건 도리가 아니지. 정말 당신이 싫다면 내가 당신을 못 나가게 하는 걸로 해 둘게."

요시오는 그렇게 극단 사무소에 그만둔다고 알렸다. 그 때문에 극단 이사도 유키다도 미노루를 나오게 해달라고 요시오에게 졸라댔다.

극단 쪽에서는 미노루를 대신할 여배우를 찾는 것이 어려운 일이 아니었을지 모르지만 저렇게 어려운 역할을 다시 연습시키기에는 시간이 여유롭지 않았다. 첫 상연일은 이미 닥쳐오고 있었다. 경영상의 손실을 생각하자면 고야마는 어떻게든 미노루를 나오게 해야만 했다. 유키다 도 요시오 앞으로 장문의 편지를 보냈다.

"꼴사나우니까 그 정도로 하고 나가 봐. 나도 귀찮아."

요시오는 이렇게 말했다. 언제나 살아 있는 생명을 반쯤 죽여 놓고 그대로 내버려 두듯 하는 미노루의 무책임함이 짜증났다. 그리고 이 여자로부터 떠나려는 마음속 결단이 이때도 요시오의 눈 속에서 번뜩였다. 이삼일 지나고 미노루는 청월에 다시 나가기 시작했다.

연극에서의 미노루의 평가는 나쁘지는 않았다. 모두가 이 참신한 연기를 칭찬했다. 하지만 또, 동시에 미노루의 용모는 누가 봐도 무대에 설 만한 자격이 없다고 분명히 생각하게 했다.

예술 본위의 연극 평에서는 미노루의 연기가 여배우의 생명을 처음으로 개척한 것이라고까지 칭찬한 사람도 있었다. 하지만 기존의 연극계에서는 미노루를 혹평했다. 미노루의 태도가 상스럽고 야바 여자矢場女, 활 연습장에서 화살 줍는 여자. 표면적으로는 활 연습장을 경영하면서 화살 줍는 여자에게 매춘을 시키는 곳도 있었음-역자주 같다고 평가한 사람도 있었다. 미노루의 용모는 정말로 추했다. 봐 줄만한 것은 눈밖에 없었다. 그 외에는 평범한 여성의 용모보다 나은 것이 없었다.

미노루는 스스로 못생겼다는 것을 잘 알고 있었다. 거기에 굴하지 않고 무대에 서고 싶었던 것은 오직 예술에 대한 열정에서였다. 무대 위에서 불같이 타오르는 힘이 미노루를 대담하게 이끌어 갈 뿐이었다. 하지만 여배우는 ─ 무대에서는 여자는 어느 정도까지는 예뻐야 했다.

여자는 금강석 같은 예술적 힘이 있어도 꽃처럼 예쁜 용모를 지니지 않으면 균형적인 매력을 갖출 수가 없다. 미노루의 무대는 어떤 일면에서는 진흙 세례와도 같은 조소를 받은 것이다.

미노루는 그런 것에도 실망이 된다는 사실을 확실히 깨달았다. 미노루는 어느 날 연극이 끝난 뒤 우산을 들고 비가 그친 연못가를 걸었다. 오늘 밤도 관람석에서 미노루의 무대를 본 요시오가 함께였다.

미노루는 이때만큼 요시오에게 미안한 마음이 든 적이 없었다. 요시오는 이 연극이 시작되고부터 매일 밤 연극을 보러 왔다. 그리고 그 작은 눈은 미노루의 평가를 한마디도 빠뜨리지 않으려고 언제나 흠칫흠칫 떨고 있었다. 요시오의 친구들도 많이 보러 왔다. 이들 앞에서 무대 위의 예쁘지 않은 여자를 보며 태연한 얼굴을 해야만 하는 것이 이 남자로서는 상당한 고통이었다. 연기는 형편없어도 무대 위에서 사람들을 놀라게 할 만한 미모를 지닌 여자인 쪽이 이 남자가 바라는 바였다. 요시오는 그 때문에 매일 출근하는 회사에 가도 끊임없이 쓴웃음을 띠어야 하는 괴로운 고통과 맞닥뜨렸던 것이다.

요시오도 지쳐 있었다. 두 사람의 신경은 어떤 슬픔에 직면했다. 그리고 서로에게 그 슬픔을 허공 속으로 내던지듯 흥분에 휩싸였다.

"오늘 무대는 어땠어요? 조금은 잘된 것 같아서."

"오늘밤은 상당히 좋았어."

두 사람은 이렇게 한마디씩 주고받으며 걸었다. 매일 밤, 무대 위에서 마지막 피 한 방울까지 쥐어짜듯 혼신을 다해 연기를 펼쳤다. 연기에 대한 집착으로 인해 생기는 피로가 이렇게 걸어가는 미노루를 먼 슬픔의 경계로 소용돌이치듯 끌어당겨 갔다. 그 아름다운 동경憧憬의 번민을 통과하여 비웃음 소리가 송곳처럼 미노루의 불타는 감정을 찔렀다. 연못가 등불을 바라보며 걸어가는 미노루의 눈은 어느 샌가 눈물을 머금고 있었다.

"당신은 연극 쪽에 상당히 재능이 있어. 나도 이번엔 정말 감동했지. 하지만 얼굴이 안 받쳐 준다는 건 몇 배나 손해야. 당신은 외모 때문에 큰 손해를 봤어."

요시오는 절실하게 이렇게 말했다. 요시오는 자기 마누라를 앞에 두고 그 얼굴을 비평해야 하는 것이 싫었다. 동시에 미노루가 그 모든 것을 군중들에게 당해야 하는 기회를 만든 것에 대해 불만이었다.

"관뒀으면 좋았을 걸."

요시오는 이런 말을 반복하지 않고서는 견딜 수가 없었다.

12

연극은 짧은 기간에 끝나 버렸다. 미노루가 경대를 인력거에 싣고 집으로 돌아간 마지막 날 밤은 비가 왔다. 함께 했던 배우들이 또다시 오랫동안 헤어지는 마지막 날 밤에는 누구라고 할 것 없이 담담한 슬픔에 휩싸였다. 남자 배우들은 분장실에서 사용했던 여러 도구들을 보자기에 싸거나 가방에 넣고 한 손에 든 채, 모자챙을 다른 한 손에 쥐고서 서로 인사를 했다. 이 극단이 해산하면 또 어디로 돈을 벌러 갈지 모르는 방랑의 슬픔이 그들의 창백한 뺨에 떠돌고 있었다. 단단한 토대가 없는 이 새로운 극단은 이제 이것으로 모든 것이 사라져 버릴 운명이었다. 어떤 기운에 편승할 작정으로 이렇게 모였던 배우들은 또 여기서 떠나 내일부터 당장 제각기 먹고 살 것을 걱정해야만 했다. 미노루는 인력거에서 이렇게 헤어지는 배우들의 뒷모습을 전송했다.

연극을 하는 동안 미노루와 가장 친했던 여배우는 하야코였다. 신파극에서 말단 역할인 여장 남자 역을 한다던 귀여운 하야코의 남편이 미노루와 같이 쓰던 분장실로 하야코를 보러 자주 왔었다. 하야코에게는 병이 있었다. 전날 밤 피를 토한 다음 날은 옆에서 보기에도 그 몸이 약해져 꺼져 간다고 생각될 정도로 힘없이 축 늘어진 모습이었다. 매일 싸운다고 말하면서도 남편이 오면 가발을 다시 손질하고 분장한 얼굴을 보고 다시 화장을 고치거나 했다. 이번에 급료 건으로 고야마와 자주 언쟁이 있었던 사람도 하야코였다. 미노루는 이 하야코를 잊을 수가 없었다. 헤어질 때 조만간 놀러 온다고 했던 하야코는 며칠이 지나도 미노루 집에 오지 않았다.

또다시 작은 화로 앞에 마주 앉아 마음속으로 서로의 모습을 바라보는 일상으로 돌아왔다.

어느새 가을이 깊어져 가장자리 햇빛이 물색으로 바래지고 있었다. 그리고 가을의 쓸쓸함은 앞머리에 이는 바람에만 담아 둔 것처럼 야나카의 숲은 언제나 은자와 같은 조용한 모습으로 움직임이 없었다. 그 숲은 눈에 띌 정도로 곁에서부터 딱히 어디라고 할 것 없이 점점 푸른색이 벗겨져 갔다.

　두 사람의 생활은 더더욱 힘들어졌다. 추워져서 옷을 장만하려고 해
도 도무지 예산이 서지 않았다. 집을 막 마련했을 때에는 두 사람의 애
정이 짙었기에 빈약한 가재도구에도 쓸쓸함을 느끼지 못했었다. 그러
던 것이 각자 딴 마음으로 자기만을 고집하는 요즘에 들어서는 추위가
시작되는 이 공허한 다다미방 안에서 오직 서로의 마음을 황량하게 할
뿐이었다. 미노루는 그것이 싫어 직접 서적 등을 팔고 와서 비싼 서양
꽃을 사 와 여기저기 꽂아 두거나 했다. 그런 행동을 하는 미노루의 무
절제가 요즘 요시오에게는 결코 조용히 넘길 수 없는 일이었다.

　마치 애인과 놀면서 지내는 듯한 생활은 무슨 일이 있어도 못 하게
해야 한다고 요시오는 계속 생각했다. 칠순을 넘겼는데도 용돈이라도
벌고자 아직 마을 대표를 맡고 계시는 고향 아버지를 생각하면 요시오
는 정말로 눈물이 났다. 아버지에게 과자 값 한번 보낸 적이 없었다. 요
시오도 힘닿는 데까지 일하고 있는 것은 사실이다. 그런데 항상 이렇게
비참하고 궁박한 생각이 드는 것은 오직 미노루의 방종 탓이다.

　요시오는 또, 옛날에 술집 여자와 동거했던 때가 떠올랐다. 그때는
지금만큼의 수입이 없었는데도 어떻게든 다른 사람들과 비슷한 수준의
생활을 했었다. ─ 요시오는 미노루의 방종을 몹시 원망했다.

　이 여자와 헤어지기만 하면 한번 잃었던 문예계 쪽 일도 다시 얻을
수 있을 것 같은 기분도 들었다. 요시오는 미노루가 자신의 팔에 엉겨
붙어 있는 바람에 대담하게 세상에 나갈 수 없다는 생각이 들었다. 미노
루의 존재가 자신에게 해가 되니까 내쫓아 버려도 이상한 일이 아니라

고 생각했던 적이 있었다.

"뭐든 일을 찾아서 나를 도와줄 수는 없겠어?"

요시오는 매일같이 이런 말을 되풀이했다.

끝내는 남자에게서 버려질 때가 왔다고 미노루는 의식하고 있었다.

십 몇 년간 미노루는 단지 어떤 하나를 얻기 위하여 쭉 동경해 왔다. 왠지 모르게 자기 눈앞에서부터 먼 하늘 사이에 한줄기 빛이 있다고 생각되었다. 그 빛은 항상 미노루의 마음을 더듬어 보고는 희망의 색을 펼쳐 보여주었다. 하지만 그 빛은 좀처럼 미노루에게 다가오지 않았다. 미노루는 요시오의 마음을 읽고서 자신에게만 심술궂은 그 인생을 곰곰이 바라보았다.

"다 단념해. 당신은 운이 없으니까. 그리고 당신은 지나치게 의지가 약해. 당신은 평범한 생활에 안주하도록 태어났어."

미노루는 요시오가 했던 이 말을 떠올렸다. 하지만 미노루는 역시 그 한줄기 빛을 언제까지나 좇고 싶었다. 끝내 자신의 손에 잡히지 않는 운명이라 해도 평생 그 한줄기 빛을 좇고 싶었다. 그렇게 해서 그 빛을 좇는 동안 자신의 삶에 의미를 부여해 보고 싶었다.

두 사람은 어느 날 밤 닭날酉日 장터에서 돌아와 이별에 대해 진지하게 이야기를 나누었다.

"첫째 당신에게도 미안하다. 내 일이라는 게 보통 남자보다 못한 수준이니까. 나는 확실히 당신 한 몸 부양할 능력이 없으니까 잠시 떨어져 있자. 그 대신 당신을 호강시킬 수 있게 되면 다시 합치자."

헤어지기로 결정한 때 요시오가 한 말이었다.

'요시오와 헤어지면 나는 어떻게 하나. 어떻게 살아가나.'

미노루는 곧바로 이렇게 생각했다. 이렇게 갑자기 자신의 곁을 지켜주던 동반자를 잃는다는 것이 허전하여 참을 수 없었다. 오랜 시간을 거쳐 지금껏 기대어 온 따뜻한 온기를 지닌 기둥으로부터 멀어진다는 고독감이 미노루의 마음을 쉽게 결정하지 못하게 했다.

"메이와도 작별이네요."

미노루는 정원에서 놀고 있던 강아지를 보면서 이렇게 말했다. 이 강아지는 두 사람의 오랜 세월을 자연스럽게 연결해 준 깊은 인연이었다. 두 사람을 자주 위로해 준 것도 이 강아지였다. 미노루는 자기도 모르게 눈물이 났다.

"당신과 헤어지는 것보다 메이와 헤어지는 게 더 슬프네요. 이상하게요."

미노루는 농담조로 말하고 하염없이 울었다.

13

미노루는 일단 어머니가 있는 친정으로 가기로 했다. 요시오는 있는 세간을 팔아 치우고 한동안 하숙하기로 결정했다.

운명의 손이 여기까지 끌고 왔으면서 갑자기 이 두 사람을 야유라도 하듯 생각지도 않게 행복을 쿵하고 두 사람 머리 위로 떨어뜨렸다. 그 행복이란, 이번 초여름에 요시오가 억지로 쓰게 했던 미노루의 원고가 당선된 것을 두고 일컫는 말이다.

때는 11월 중순이었다. 바깥 날씨는 맑았다. 미노루가 아침 부엌일을 하고 있을 때 이 행복한 소식을 알리러 온 사람이 방문했다.

그 사람은 2층에서 미노루에게 얘기했다. 그 사람이 돌아간 뒤 두 사람은 안방에서 잠시 서로 얼굴을 마주보며 앉아 있었다.

"정말로 당선된 건가."

요시오는 힘없는 어조로 이렇게 말했다.

미노루의 손에 백 엔짜리 지폐 열장이 올려진 것은 그로부터 5일도 채 지나지 않은 때였다. 두 사람에게 암적인 존재는 바로 경제적 고통이었다. 그러나 이 돈 덕분에 그 고통으로부터 처음으로 구제 받을 수 있었다.

"다 내 덕이야. 내가 그때 얼마나 화를 냈는지 알고 있겠지? 결국 당신이 말을 안 들었으면 이런 행복은 오지 않았을 거야."

요시오는 자신이 미노루에게 행복을 준 것처럼 말했다.

'누구의 덕분도 아니야.'

미노루는 정말 그렇게 생각했다. 미노루는 언젠가 요시오가 생활을 사랑할 줄 모른다고 화를 냈을 때, 미노루는 울면서 자신은 예술을 아끼고 보호하려고 한 것이라고 슬퍼했었다. 그런 일에 자신의 펜을 거칠게 다룰 거라면 좀 더 다른 글쓰기로 돈을 벌어 보려고까지 생각했었다.

하지만 요시오에게 채찍질당하며 저렇게 써 냈던 글이 이런 좋은 결과를 만든 것을 생각하면 미노루는 요시오에게 감사해야만 했다.

"전적으로 당신 덕분이에요."

미노루는 그렇게 말했다.

이 결과가 자신에게 하나의 새로운 길을 열어 줄 발단이 될지도 모른다고 생각하자 미노루는 다시 태어난 듯 기쁨을 느꼈다.

"이걸로 헤어지지 않아도 되네요."

"그럴 때가 아니야. 이제부터 당신도 나도 열심히 일하는 거야."

심사위원 중에는 무코지마의 선생님도 있었다. 그 사람의 점수가 낮아서 미노루의 글은 위태한 상황에 놓여 있었다. 요시오는 온갖 말로 무코지마 스승을 원망했다. 그리고 요시오는 미노루를 위해 오히려 그 사람에게 버려진 것을 축복했다. 그 외에 두 사람의 심사위원이 있었다. 그 사람들은 미노루 작품에 높은 점수를 주었다. 요시오는 미노루에게 이 사람들을 찾아가라고 권유했다. 한 사람은 현대 소설의 대가였다. 이 사람은 병환 중이어서 자택에는 없었다. 또 한 사람은 와세다早稲田대학 강사로 현대 문단에 권위를 가진 평론가였다. 미노루는 그 사람을 찾아갔다. 요시오는 미노루가 나갈 때에 미노루가 예전에 써서 소중하게 간직해 둔 단편을 가져가도록 일렀다. 그 사람이 발행하고 있는, 현재 문단 세력을 쥐고 있는 잡지에 게재되도록 부탁하고 오는 것이 좋겠다고 한 것이다.

미노루는 요시오의 말대로 그 단편을 들고 나갔다. 지금까지의 미노루라면 이런 경우에는 적어도 자신의 자존심을 내세워 처음 보는 사람에게 갑자기 자신의 작품을 들이미는 짓은 하지 않았을 것이다. 하지만 미노루의 생각은 갑자기 마비되었다.

미노루가 방문했을 때, 때마침 그 사람은 집에 있었다. 그리고 미노루를 만나 주었다.

"그 작품은 확실히 예술품이었습니다. 좋은 작품이었어요."

그 사람은 여윈 얼굴을 숙이며 팔짱을 끼고 그렇게 말했다. 미노루가 내민 단편 원고도 이 사람은 "보겠다."며 받았다.

그 사람은 여성이 쓰는 글은 곁가지가 많아서 안 된다고 말했다. 뿌리를 파내는 법을 모른다고 했다. 그것이 여성의 작품에 나타나는 결점이라고 했다. 미노루는 그런 말을 되새기면서 집으로 돌아왔다. 그리고 만나는 동안에 그 사람 입에서 나온 많은 학술적 언어를 하나하나 계속해서 곱씹었다.

14

'그 글쓰기에는 전혀 권위가 없어.'

미노루는 곧 그렇게 느끼기 시작했다. 한 손에 움켜쥐면 끄트머리도 보이지 않는 백 엔짜리 지폐 10장은 순식간에 없어졌다. 그것은 적은 돈 때문만은 아니었다.

요시오에게 강요당해서 완성한 글쓰기의 결과는 생각지도 않게 이 가정에 행복을 가져다 줬지만 미노루의 그 글쓰기에는 조금도 권위가 없었다. 사회적 권위가 없었다. 일에 있어서 권위를 따지자면 한편으로 조소를 받았던 연극 쪽이 오히려 더 뜨거운 피가 끓었다고 미노루는 생각했다.

미노루의 마음은 다시 점점 뒷걸음쳐 갔다. 요시오가 행운의 손으로 두 사람을 헹가래친 듯 기쁘게 만든 것에도 부족함이 존재했다. 두 사람의 머리 위로 갑자기 떨어진 것은 행운이 아니라 단지 두 사람의 인연을 다시 한 번 이어주기 위한 신의 장난일 뿐이었다. 두 사람의 생활은 지금까지처럼 반복되게끔 정해져 있었다.

미노루는 확실히 '어떻게든 해야 한다.'고 생각했다. 한 번 더 다시 시작해야 한다고 생각했다. 공간을 찌르는 자신의 힘을 더욱 더 강하게 만들지 않으면 안 된다고 생각했다. 미노루의 권위 없는 글쓰기는 어디에도 영향을 미치지 못했지만 그 일부분이 바람 따라 세상에 알려지게 되었다는 사실은 미노루의 마음을 사회적으로 움직이게 한 효과는 분명히 있었다.

그 후 미노루는 신경질적으로 공부를 시작했다. 지금까지 항상 졸려 하던 그 눈이 확실히 떠졌다. 그와 동시에 요시오는 자신의 마음으로부 터 완전히 멀어져 갔다. 요시오를 상대해 주지 않을 때가 많아졌다. 요 시오가 무슨 말을 해도 자신은 자신이니까라고 생각할 때가 많아졌다. 미노루를 지배하는 것은 더 이상 요시오가 아니었다. 미노루를 지배하 는 것은 처음으로 미노루 자신의 힘에 의한 것이었다. 빈번히 요시오를 미워했던 미노루의 거만함은 요즘 들어 요시오로부터 보이지 않는 곳 에 숨겨졌다. 그리고 그 감춰진 장소에서 미노루의 거만함은 한층 더 강 하게 작용했다.

"내 덕분이라고 해도 되지 뭐. 내가 억지로 강권했으니까."

요시오의 이런 말을 미노루는 요즘 들어 짓궂은 미소로 받아들이게 되었다. 요시오의 채찍질에 의한 여자의 글쓰기는 요시오가 바라는 돈 이 되어 보상 받았다. 거기에는 남자의 은혜로운 의리가 있을 리 없었 다. 또 새롭게 자신의 길을 열어야만 한다고 여기는 미노루의 새로운 노 력에 대해서 남자는 더 이상 아무것도 해 줄 것이 없었다.

여자의 이런 태도가 요시오의 마음에 조금씩 배어들어 갔다. 남자를 마음에서 끊어 버리고 자기만 재빠르게 어떤 단계를 올라가려는 여자 의 뒷모습을 요시오는 이따금씩 바라보았다. 저 약한 여자가 이렇게 점 점 강해져 간다 ― 이렇게 이 여자가 꽉 조여져 강해지게 된 동기는 역 시 세상에 발표된 그 글쓰기의 결과라고밖에 생각되지 않았다. 그런 강 한 자각을 부여해 준 사람도 역시 자신이라고 생각했다.

하지만 요시오는 어떤 말도 하지 않았다. 미노루의 글쓰기는 어쨌든 미노루의 글쓰기였다. 미노루의 예술은 어쨌든 미노루의 예술이었다. 미노루는 자신의 힘을 스스로 발견하고 움직이기 시작한 것이다. 요시오는 그것에 대해 참견하지 않았다. 요시오는 그러한 생각을 했을 때, 이 여자로부터 한발 한발 뒤처져 가는 불안을 느꼈다.

어느 날 이 두 사람을 찾아온 남자가 있었다. 요시오와 같은 고향 사람으로 제국대학 문과생이었다. 이 남자로부터 미노루는 예전에 자신의 작품을 실질적으로 심사한 심사위원 한 사람을 더 알게 되었다. 미노무라蓑村라고 하는 신진 작가였다. 신문에 발표된 심사위원 중 한 사람은 병환 때문에 그 문하생이던 미노무라 문학사文學士가 대신 심사했다는 것을 이 남자를 통해서 안 것이다. 이 대학생은 미노무라 문학사를 사숙私淑, 마음속으로 존경하고 그 사람의 인격이나 학문을 본으로 삼고 배움- 역자주 하던 남자였다.

미노루는 곧바로 이 대학생을 따라 미노무라 문학사를 찾아갔다. 그 사람의 집은 가구라자카神樂坂 위쪽에 있었다.

그 집에 들어갔을 때, 미노루는 입구 쪽 어슴푸레한 다다미방 안에서 장롱 쪽으로 서 있는 남자를 보았다. 처음 방문한 손님을 안으로 안내할 때까지 거기에 숨어서 기다리고 있는 듯한 모습이었다. 그쪽 미닫이문이 열려 있었기 때문에 미노루 쪽에서 훤히 다 보였다.

예전에는 얼마나 아름다웠을지 상상이 가는 연배가 좀 있는 여자에게 안으로 안내되어 기다리고 있으니, 방금 맞은편을 바라보고 서 있던 사람이 들어왔다. 미노무라 문학사였다. 말투며 몸짓까지 무게가 있는 사람이었다.

이 문학사는 당선작을 뽑았을 때 고충이 많았다고 했다. 미노루의 원고가 문학사의 손에 있었을 때 여름 폭풍우와 홍수를 만나 원고가 완전히 젖어 버릴 상황이었는데 문학사의 부인이 걱정이 되어 집에서 들고 나왔다는 이야기였다. 그때 산사태로 집이 무너져 버려 이 집으로 이사했다고 한다.

"그 작품을 읽었을 때 처음에는 그렇게 좋다고는 생각하지 않았는데 중반부터 재미있어졌어요. 그렇지만 말이죠, 100점을 줄 정도는 아니라고 생각했는데 우리 집에 아리노有野라는 남자가 왔지요. 그 사람한테 얘기했더니 점수를 후하게 주지 않으면 모처럼 재미있는 작품이라고 생각한 이쪽의 생각이 통하지 않을 테니 120점을 주라고 하지 않겠어요? 아리노는 자신이 책임질 일이 아니니 그런 무책임한 말을 했지만 나로선 아무리 그렇더라도 그렇게는 할 수가 없었어요. 그래서 큰맘 먹고 당신 점수와 다른 사람 점수를 2-30점 차이를 뒀어요. 다른 심사위원의 점수를 보니 당신은 좀 위험했어요."

문학사는 이 여자의 운이 완전히 자신의 손에 달려 있었다고 말하듯 새삼스런 얼굴로 미노루를 바라보았다. 그리고 그 작품에서 좋았다고 생각한 부분을 인용하며 칭찬했다.

미노루는 이 문학사의 어딘가 예술적인 풍취가 가득한 언어에 도취되어 듣고 있었다. 그리고 자신에게 운을 안겨 줬다는 듯한 얼굴을 한 사람이 여기에도 한 명 더 있구나 생각했다.

방금 말한 아리노라는 문학사가 마침 찾아와 만나게 되었다. 그 사람은 야윈 무릎을 오므리듯 작게 앉아 한 손으로 얼굴을 문지르며 말했다.

"하지만 말이죠, 하지만 말이죠."

라고 말하는 버릇이 있었다. 그 '말이죠'라는 울림과 얼굴에서 점점 웃음을 자아내는 표정에 사람을 끄는 귀여움이 있었다.

미노루는 이 안에서, 오랜만에 자신의 감정이 화려하게 춤추는 듯한 기분이 들었다. 미노무라와 아리노는 각자 생각하고 있는 것에 대해 종잡을 수 없는 말로 이야기하고서는 또 마음대로 자신이 원하는 화제로 상대방을 끌어가려고 했다. 미노루는 그 두 사람이 서로 자기식대로 얘기하는 것이 재미있었다.

그러던 중 미노무라 부인이 집으로 돌아왔다. 예전의 여장 남자 배우한테 보이던 딱딱한 느낌의 미인이었다. 그리고 젊은 러시아인이 이 부인에게 춤을 배우러 오기도 했다.

미노루는 상기된 얼굴로 밤늦게까지 붙들려 있었다. 그리고 다시 대학생과 함께 이 집을 나섰다. 함께 집을 나왔던 아리노 문학사와는 컴컴한 골목을 벗어나 작별 인사를 하고 헤어졌다.

집으로 돌아왔을 때 요시오는 2층에 있었다. 요시오는 미노루를 보며 이 여자의 상기된 눈언저리에 흐트러진 감정이 아직까지 비춰지고 있음을 알았다. 요시오는 요즘 들어 자신이 책임져야 하는 여자에게 질투를 느꼈다. 미노루가 무슨 말을 해도 잠자코 있었다.

"내가 들어갔을 때 말이에요. 미노무라라는 사람이 입구 쪽 다다미방 구석에 맞은편을 향해 서 있었어요. 그게 제 쪽에서 완전히 다 보이는 거예요."

미노루는 이 말만 반복하며 혼자서 웃고 있었다.

그날 밤 미노루는 이상한 꿈을 꿨다. 그것은 미라의 꿈이었다.

남자 미라와 여자 미라가 혼령의 가지茄子로 된 말馬과 같은 모양을 하고 위 아래로 서로 겹쳐 있었다. 그 색은 쥐색이었다. 그리고 목각 인형 같은 눈만 큰 여자 얼굴이 위를 향해 있었다. 그 입술은 역력히 새빨간 색을 하고 있었다. 그것이 큰 유리 상자 속에 들어 있는 것을 옆에 서서 미노루가 바라보던 꿈이었다. 자신은 그것이 뭔지 몰랐지만 누군가가 미라라고 가르쳐 준 것 같은 기분이 들었다.

아침에 일어나자 미노루는 재미있는 꿈이라고 생각했다. 자기가 화가라면 그 색을 정확히 그려 보일 텐데라고 생각했다. 그리고 그것이 미라라고 하는 의식이 확실히 남아 있는 것이 이상했다.

"제가 이런 꿈을 꿨어요."

미노루는 요시오 옆에 가서 이야기했다. 그리고,

"그건 뭔가의 암시가 틀림없어요."

라고 말하면서 그 모양만이라도 그려 보려고 책상 앞으로 갔다.

"꿈 얘기는 제일 싫어."

그렇게 말한 요시오는 추운 양지에서 여윈 개의 몸을 빗으로 긁어 주고 있었다.

포락의 형벌炮烙の刑

1

밖은 이미 대낮처럼 밝았다. 방문은 아직 꼭 닫힌 채였지만 햇살이 미닫이 문틈 창호지로 새어 들어오고 있었다. 집안 사람들은 벌써 일어나 일을 하고 있었다. 그러나 집 안 어디에도 물건 소리나 말하는 소리는 나지 않았다. 밤새 피를 볼 것처럼 싸워대던 주인 내외의 부부싸움에 기가 눌린 하녀들은 침만 삼키며 곤혹스러운 마음에 그저 쥐 죽은 듯이 있었다. 오늘 하루 사이에 무언가 무서운 일이 이 집에서 일어날 것 같은 징후처럼 온 집 안은 어둡고 음산한 기운에 싸여 있다. 밖은 슬픈 바람이 거세게 불었다.

혼돈과 졸음 속에 빠져 있던 류코龍子는 이따금씩 깜짝 놀라 눈을 떴다. 그때마다 심장이 두근거려 베개에 눌려진 귀에서는 고막이 찢어질 듯 심장에서 두뇌로 올라가는 피 소리가 울렸다.

돌연, 머리 위로 새카만 그림자가 덮이는 것을 보고 놀라서 깰 때도 있었다. 눈을 감으면 그림자는 사라지고 눈을 뜨면 그 그림자는 또 드리워진다. 그리고 확실하게 눈을 떴을 때에는 여자 얼굴에 한층 더 짙은 그림자가 덮였다. 그 그림자는 자신을 보려고 가까이 다가온 남자 얼굴이었다. 류코는 비명을 지르며 일어났지만 거기에는 아무도 없었다. 어슴푸레한 방 안은 음울하게 조용하고, 사방의 미닫이와 맹장지광선을 막으려고 안과 밖에 두꺼운 종이를 겹바른 장지-역자주를 바른 장지문이 틈 없이 꼭 닫혀 있었다.

지금도 류코는 무언가에 부딪친 것 같아 놀래서 깼다. 역시나 방 안은 음울하게 조용했고 아무것도 없었다. 그러나 그때, 옆방에서 어떤 희미한 소리가 들렸다. 거친 펜 소리는 살인을 저지른 남자의 호흡같이 절망감과 참담함, 회한의 울림이 뒤엉켜 끊임없이 광적으로 들렸다.

'게이지慶次가 뭔가 쓰고 있어. 뭘 쓰는 거지?'

류코는 고개를 들어 주위를 둘러보았다. 펜 소리가 더 가깝게 들렸다. 게이지의 펜 소리다 ─ 류코는 다시 한 번 확신했다. 맹장지 하나 간격을 둔 저편에서 뭔가를 쓰고 있는 게이지의 모습을 문득 생각했다. 그러자 조금 전 무섭게 격노하던 남자의 형상이 떠올라 류코의 가슴은 파도치듯 두근거렸다. 심장 고동이 하반신까지 뻗어 내려가 허벅다리에서 차가운 무릎까지 떨렸다.

류코는 게이지가 무엇을 쓰고 있는지 상상할 수 있었다. 게이지 자신이 말한 것처럼, 저 남자는 여자를 죽인 뒤에 남겨 둬야만 하는 것을 적고 있는 게 분명하다.

류코는 이렇게 있을 수만은 없다고 생각했다. 자기를 죽이려고 하는 저 남자의 손에서 벗어나야만 한다. 도망쳐야 한다. 나는 도망갈 거다. 도망갈 테다. 도망치지 않을 이유가 없다. 도망가리라. ─ 저 남자는 결코 여자를 용서하지 않겠다고 말했다. 여자의 죄악을 용서하지 않겠다고 했다. 자신은 저 남자로부터 자기가 행한 어떤 한 가지 행위 때문에 무섭고 참혹한 앙갚음을 받지 않으면 안 되는 것이다. 자기가 저지른 일 때문에 ─ 자기 생의 파멸! 자기가 저지른 일 때문에 받아야 하는 ─

반쯤 졸음에 잠긴 류코의 머릿속에, 바로 좀 전까지의 두 사람의 격한 싸움이 꿈처럼 펼쳐졌다. 지난 밤 내내 여자는 자신의 행위가 밝혀져 수치심과 징벌적인 모욕을 당했다. ─ 남자는 여자를 짐승이라고 욕했다. 짐승처럼 여자를 발로 찼다. 그리고 여자를 호되게 때렸다.

'내가 뭘 했는데? 무슨 짓을 했냐고?'

그 청년을 사랑하는 것도 게이지를 사랑하는 것도 모두 내 의지가 아닌가. 나는 결코 나쁜 짓을 한 게 아니야. 나는 게이지를 깊이 사랑하고 있었다. 내가 저지른 일이 게이지가 생각하는 것처럼 증오해야만 하는 죄악이라 해도 그 죄악 속에 단 하나의 진실은 있는 게 아닌가. 자신이 무슨 일을 하고 있든 누구보다도 게이지를 사랑하고 있다는 것은 하나뿐인 나의 진실이었다.

"당신을 사랑해요."

이 말은 자신의 마음에 항상 진실로 살아 있었다. 그렇지만 게이지는 그것도 음부淫婦의 허튼소리라며 욕했다.

"당신은 그걸 죄악이라고 생각하지 않는 거야? 대체 당신이 한 짓을 뭐라고 생각하는데? 그건 관계한 거나 마찬가지야. 죄악이라고 생각하지 않아? 내 앞에서 그 입을 잘도 놀리는군. 무슨 이런 뻔뻔한 여자가 다 있담."

류코는 그 말을 곱씹어 떠올리고 발끈했다. 허공을 바라보는 류코의 눈 주위가 피가 솟구친 것처럼 새빨개졌다. 미워하고, 미워하고 또 미워해도 모자라는 남자다. 류코는 남자에 대한 증오심이 더 깊어졌다.

"죄악이 아니에요. 나는 절대로 사과하지 않아요. 차라리 당신 손에 죽을 거예요. 죽이세요. 죽여 줘요."

이렇게 퍼붓고, 화가 난 남자 앞에서 자신의 몸을 내동댕이쳤다. 게이지에 대한 반항이 온몸이 떨리도록 격분하는 류코의 가슴속에 싹텄다.

뭐라 말할 수 없을 정도로 미운 남자다. 저 남자는 나를 죽일 것이다. 어떻게든 죽인다고 했다. 내가 무슨 짓을 했나. 어떤 일을 저질렀나. 왜 나는 남자의 노여움을 사 죽임을 당해야만 하나. 어느 누구도 안 당해 본 무섭고도 참혹한 지경으로 왜 나 혼자 들어가야만 하나. 대체 왜 저 남자가, 게이지가, 오랫동안 같이 살았던 저 게이지가, 나를 죽이려는 무서운 짓을 하려는 걸까. 나로서는 저 남자의 분노를 어떻게 할 수 없다.

질투와 격노의 쇠꼬챙이가 등줄기에 꽂힌 듯, 나로서는 그것을 어떻게 해 볼 도리가 없다. 나는 무섭다. 나로서는 그것이 얼마나 무서운 것인지 알 수 없다. 나는 저 사람을 사랑하고 있지 않은가. 거짓말이 아니다. 나는 정말로 저 남자를 사랑한다. 그런데 왜 저 남자는 나한테 그런 참담한 짓을 하려는 걸까? 그것 때문에? 내가 딴 남자를 사랑했기 때문에? 그것 때문에?

하지만 나는 저 남자의 화를 누그러뜨리려고 내가 한 일을 결코 사과하지는 않으리라. 그건 싫다. 내가 한 일은 내가 한 일이다. 나는 결단코 그것을 죄악이라고는 생각지 않는다. 끝까지 죄악이 아니라고 주장해서 죽임을 당한다 해도 말이다. 다른 사람 손에 죽는다는 것이 내 숙명이라면 어쩔 수 없다. 나는 죽을 때까지 저 남자를 욕할 것이다. 독설을 퍼부을 것이다. 그리고 죽으리라.

나는 저 남자를 사랑했다. 살해당한다는 것은 얼마나 무서운 일일까. 저 남자가 덤벼들 때조차 나는 이렇게 무서움에 벌벌 떤다. 왜 저 남자가 나를 죽이려는 걸까? 왜? 나는 이렇게 무서운데, 왜 나를 죽이려는 걸까. 무섭다. 죽기 싫다. 어째서 게이지가, 저 남자가, 나를 죽이려는 걸까. 내가 뭘 했나? 어떤 짓을 했나? 저 사람 손에 죽는 건 싫다. 나는 저 남자를 사랑했다.

게이지가 뭔가 말하고 있다. 나를 보고 웃고 있다. 여느 때처럼 웃는 얼굴이다. 무슨 말을 하고 있는 걸까. 저건 화났을 때의 얼굴이 아니다. 여느 때의 얼굴이다. 아아. 평소 모습이다. 당신은 화난 얼굴을 해서는 안 돼. 절대로 화난 얼굴을 해서는 안 돼. 화난 얼굴이 얼마나 무서운지 몰라. 얼마나 무서운지 몰라 —

류코는 또 무언가에 놀라 눈을 떴다. 류코의 의식은 깨어난 순간 곧바로 방 안 주위의 날카로운 소리로 향했지만, 아무 소리도 없었다. 펜 소리를 들으면서 자신은 무언가를 생각하고 있었는데 하고 류코는 생각했다. 펜 소리는? 하고 귀를 기울였지만 펜 소리도 멎어 있었다. 류코는 바로 누운 채 숨을 죽이고 뭔가 갑자기 덮칠 것 같은 불안한 그림자를 가만히 응시했다. 그러나 어떤 소리도 나지 않았다. 심장 박동소리가 머리에서 발끝까지 울렸다. 그대로 2분 정도 지났을 때 삐걱 하고 방 입구 발판 소리가 났다.

게이지가 서 있다 ─ 류코는 무심코 다시 이부자리에서 일어났지만, 그 발자국 소리는 계속해서 사다리 모양의 계단을 조용히 내려갔다. 그녀는 한 손으로 이불깃을 움켜쥐며 몸을 뻗어 아래층으로 내려간 게이지의 모습을 들으려고 했다. 아래층에서는 더 이상 어떤 소리도 들리지 않았다. 류코의 입술은 계속 차갑게 떨렸다.

그녀는 계속 누워 있으면 안 된다고 생각하고 손을 뒤로 해서 기모노 끈을 풀려고 했다. 그러나 덮고 있던 이불을 걷어 내자 어깻죽지에서부터 살이 아플 정도로 스머드는 오한 때문에 참을 수 없이 불쾌했다. 류코는 손동작을 멈추고 이부자리 위에 앉은 채 잠시 동안 가만히 있었다. 피가 몽롱해져 무감각해지고 머리가 깨질 듯 묵직했다. 살이 부어오른 듯 고통스러웠고 온몸이 저렸다. 그녀는 갑자기 자신의 생활에 큰 변화가 일어났다고 생각하며 붉은 빛깔의 이불을 바라보았다.

밖에서 거칠게 부는 바람 소리가 류코의 귀에 들려왔다. 류코는 오늘이 며칠인지 잠시 생각해 봤지만 확실히 며칠인지 알 수 없었다.

류코는 일어났다. 기모노를 입은 채 자는 바람에 옷매무새가 흐트러져 허리띠를 풀어 다시 고쳐 입었다. 그리고 하녀를 불러 주위 방문을 열게 했다. 하녀는 문을 다 열고 류코 옆으로 와서는 걱정스러운 얼굴을 하고 서 있었다.

"게이지는?"

류코는 작은 목소리로 하녀에게 물었다.

"외출하셨어요."

예기치 못한 게이지의 외출에 하오리羽織, 기모노 위에 입는 반코트 길이의 외투-역자주를 걸치려고 했던 손을 도로 빼고 하녀의 얼굴을 보았다. 하지만 곧 어디로 갔는지 상상이 갔다. 흉기를 구하려고 여기저기 다니는 게 아닐까 - 류코의 뇌리에 게이지의 살기등등한 모습이 선명하게 떠올랐다.

'그래. 그 남자가 돌아오기 전에, 지금 이 집을 나가자.'

거친 바람 소리에 잠깐 귀 기울이는 것처럼 보였던 류코의 눈은 어느새 힘이 들어가 강하게 빛났다. 그렇게 결심한 찰나, 갑자기 시커먼 어둠 속으로 비틀거리며 들어간 것처럼 일시적으로 기氣가 오르고 정신이 없어져 판단이 어려워졌다. 하지만 곧 모든 것이 명료해졌다. 마음이 밝아졌다. 그와 동시에 번뜩이듯 히로조宏三의 모습이 떠올랐다. 그녀는 조금 오랫동안 히로조를 생각했다.

"어디 편찮으세요?"

류코가 어딘가 우물쭈물하고 있는 것처럼 보였던지 하녀가 서둘러 버선을 집어 들며 그렇게 물었다. 류코는 하녀에게 물을 데워 달라고 이르고 아래층으로 내려 보냈다. 그리고 서둘러 방 안 구석에 있는 책상 앞으로 가 편지를 썼다.

저는 갑자기 당신에게 이별을 고해야만 합니다.
모든 게 다 알려졌어요. 제가 당신을 사랑한다는 것을 알고 게이지가 불같이 화를 냈지요. 저는 무서운 상황에 직면해 있습니다. 게다가 그 남자는 저에게 복수할 거라는군요.

그리고 당신에게도요.

저는 지금 바로 여기를 떠날 거예요. 저는 여기를 나와 곧바로 조선朝鮮에 계시는 아버지에게 갈 작정입니다. 당신을 한번 만나서 모든 것을 얘기한 후에 떠나려고도 생각했지만, 그냥 갑니다. 지금 헤어지면 이제 당분간은 만날 수 없을 것 같아요. 조선으로 건너간 뒤에는 어떻게 될지 모르겠어요.

갑자기 헤어지게 되었지만 너무 슬퍼하지 마세요. 못 만나고 가는 것을 원망하지 마세요. 저는 지금, 당신을 생각하는 것이 너무나 싫습니다. 당신을 만나는 게 싫어요. 안정이 되면 당신에게 한 번 더 편지를 쓸 생각이지만, 이것으로 헤어지고 싶어요. 당신에게 드리는 편지도 이것이 마지막일지도 모릅니다. 부디 어떤 일에도 슬퍼하지 마세요. 그리고 버려 주세요.

류코는 편지를 봉투에 넣고 받는 사람의 주소와 이름을 썼다. 문득 류코의 눈에 상냥한 히로조의 화사한 손가락 끝이 보였다. 햇빛을 울적하게 바라보는 버릇이 있는 체구가 작은 젊은이의 아름다운 눈, 그녀는 헤어지는 사람을 돌이켜보듯 그 남자의 눈을 마음속에 그렸다. 환영 속 남자의 눈은 류코의 마음에 여러 가지 일들을 떠올리게 했지만 류코는 일부러 외면하며 다른 생각은 하지 않으려고 했다.

2

류코는 서둘러 준비를 했다. 언제 갑자기 게이지가 눈앞에 나타나더라도 당당히 대적하리라 생각하며 가장 필요한 것만 골라 작은 가방에 넣고 덮개를 꽉 닫았다. 경대 위의 앵초 꽃에는 평화로웠던 지난날들이 원망이 되어 남아 있었다. 그리고 버리고 가려는 그녀의 물건들에서 차가운 파멸의 색이 움직이고 있었다.

류코는 나갈 때, 좀 전에 머리를 묶을 때 보이지 않았던 장식 핀이 주위에 떨어진 것은 아닐까 하고 옆방 문을 열어 보았다. 큰 핀은 도코노마 기둥 앞에 떨어져 있었다. 핀과 함께 책상 위에 있는 편지 한 통이 눈에 들어왔다. 류코는 핀을 주워 머리가 헝클어지지 않도록 머리 매듭 중심을 고정시키면서 봉투 겉면을 바라보았다. 수신인은 자신이었다. '노시로 류코野代龍子 귀하'라고 쓴 글자는 게이지의 필적이었다. 류코는 이상하게 생각하면서 편지 봉투를 뜯었다.

대체 당신이 왜 그랬을까? 왜 그런 일을 저질렀나? 나는 이런 말밖에 반복할 수 없다.

나는 더 이상 화낼 힘도 없다. 일시적인 화로 당신을 때리고 욕한 것을 후회한다. 당신같이 약한 사람에게 난폭하게 행동한 것을 스스로 부끄러워한다. 나의 행동을 용서받고 싶다.

당신은 자신이 행한 것을 죄악이 아니라고 말했다. 당신에게는 그 생각이 정당한 것일지도 모르겠다. 하지만 나는 어디까지나 그 일을 큰 죄악이라고 믿는다. 당신은 나쁜 짓을 저질렀다. 나의 사랑을 배반하고 천지가 개탄할 대죄를 저질렀다. 그것과 다름없다고 나는 생각한다.

당신이 새벽녘이 되어서야 잠든 것을 나는 알고 있다. 나는 미닫이문 밖에 서서 오랫동안 당신의 숨소리를 들었다. 그리고 당신을 죽여도 모자라는 미운 여자라고 생각했다. 당신은 다른 남자 입술에 갖다 댄 그 입술을 내 앞에 가지고 와서도 태연했다. 대체 이만큼 큰 죄악이 또 있을까? 당신은 그것을 죄악이 아니라고 했다.

그러나 나는 어떻게도 할 수 없다. 연애라는 독립된 존귀한 것에 대해, 그것을 파괴한 나 역시 죄인일지도 모른다. 나는 그저 가만히 있을 수밖에 없다. 당신에게 무서운 제재를 가할 거라고 맹세했지만 당신에게 어떤 짓도 할 수 없다. 당신을 때린 것조차 후회한다. 당신을 어떻게 하지 못한다. 나는 비열한 남자다. 나는 어리석은 남자다. 그러나 어쩔 수 없다. 나는 당신을 어떻게 하지 못한다.

당신은 지쳐 잠들었지만 나는 자지 않았다. 그리고 여러 가지로 생각했다. 당신을 용서할까도 생각했다. 마음으로부터 용서하려고도 생각했다. 그리고 만약 당신이 기뻐해 준다면 나는 당신과 다시 새로운 생활을 회복시킬까 생각했었다. 과거는 잊자. 그 사건을 잊자. 그래서 당신이 그 남자를 잊을 수 있게 만들자. 나는 이렇게 생각했다.

자신의 행위를 죄악이 아니라고 부정하는 당신이 그 죄를 용서 받는다는 게 당신에게 있어서 오히려 모욕일지 모른다. 당신은 분명히 그렇게 말할 것이다. 그러나 나는 당신을 용서하려고 생각했다.

당신에 대한 미련 때문에 이런 생각을 한 것이다. 하지만 그것도 나로서는 할 수 없는 일이다.

나의 이 질투를 어찌하면 좋을까.

나는 역시나 당신이 밉다. 도저히 이 질투를 잊을 수 없다. 현재 우리 두 사람 사이, 당신의 눈을 보고 당신의 입술을 보면서 과거를 잊고 예전 생활로 돌아간다는 것은 내게는 고통이다. 당신의 모든 것은 이제 내 것이 아니다.

나는 부끄럽다. 당신이 내게 자신의 행위를 죄악이 아니라고 주장하는 그 대담함에 대해서도, 나는 나의 비열함을 부끄럽게 생각한다.

그러나 나는 당신을 어떻게 하지 못한다.

당신은 나를 사랑한다고 말했다. 하지만 당신의 사랑은 이중적으로 나타나지 않았나. 일찍이 나의 사랑은 도리에 어긋난 이 중적인 모습을 보인 적이 없을 것이다.

끝내 완벽한 타개책을 찾을 수가 없다. 나는 어찌하면 좋을까? 나에게 일어난 이 무서운 사실이, 어떤 징벌로 하늘에서 내리는 참형이라고 생각하고 잠자코 있을 수밖에 없는 것인가?

단지 분노에 떨면서 당신의 몸을 바라보지 않으면 안 된다. 말할 수 없는 고통이다. 그 몸을 책하여 찢어 버리지도 못하고 나는 그저 바라봐야만 한다. 나로서는 견딜 수 없는 고통이다.

당신과 헤어지려고 한다. 당신이 나에게 요구했듯이 당신과 헤어지려고 한다. 나는 도쿄東京를 떠난다. 나는 여행을 떠난다. 지금부터 정처 없는 여행을 떠난다. 그리고 당신을 잊으려고 한다.

류코는 편지를 조용히 책상 위에 올려놓았다. 좀 전에 나던 펜 소리는 이것을 쓰고 있던 소리였다고 류코는 생각했다. 몸이 움츠려지도록 광포해서 불쾌하게 들리던 그 펜 소리가, 쉭쉭 하고 공단을 부드럽게 훑듯 상냥한 그리움을 띤 소리가 되어 그녀의 귀로 되돌아왔다. 좀 전에 이걸 쓰고 있었어, 이 편지를 쓰고 있었던 거야라고 류코는 다시금 생각했다. 펜 소리에 이어 곧바로 삐걱 하고 났던 발판 소리가 그녀의 귀를 때리듯 강하게 울렸다. 그 사람의 발자국 소리가, 집을 나가는 ― 자신과 헤어지는 게이지의 마지막 발자국 소리였다고 류코는 생각했다.

류코는 입술을 조금 벌리고 눈을 크게 떴다. 책상을 짚은 한쪽 손은 팔꿈치까지 힘이 없어 붕 뜬 것 같았다. 얼굴 가운데에 하얀 것이 넓게 퍼져 갔다. 하늘의 환영도 아니었다. 들판의 환영도 아니었다. 그저 하얀 것이 끝없이 넓게 퍼져 갔다. 류코는 그것을 응시했다. 가버린 사람의 뒤를 쫓으면서 무작정 소리쳐 부르고 있는 초조한 자신의 목소리가 메아리치고 있었다. 하지만 머릿속의 하얀 환상은 고요히 가라앉았다.

류코의 마음에 일시적으로 슬픔이 몰려왔다. 절규하고 싶을 정도로 슬픔이 들이닥쳤지만, 가죽 같은 것으로 심장을 조이는 고통이 남아 가슴이 메말라 있었다. 입술도 눈도 메말라 있었다. 근육이 입 꼬리부터 귓바퀴까지 죄어 오는 것 같아 그녀는 울 수가 없었다. 뺨에서 눈꺼풀까지 살이 떨려 눈물이 나지 않았다. 류코는 자신도 모르게 소매에 얼굴을 묻고 책상 위에 엎드렸다. 초조해져 자신의 몸을 비틀고 비틀어, 비틀어 짜듯 마음 졸이며 소매에 얼굴을 깊이 묻고 엎드렸다.

하지만 류코는 또 곧바로 고개를 들었다. 그리고 당황하여 일어섰다. 게이지가 사무치게 그리웠다. 그녀는 단 한 가지 생각으로 뭔가에 골몰했다. 얼굴이 새빨개지고 핏기 없는 눈은 험한 빛을 띠어 눈동자가 탁해 있었다.

류코는 편지를 품에 넣고 게이지 뒤를 쫓아갈 작정으로 아래층으로 내려갔다. 아래층에서 만난 하녀에게 게이지가 나간 시간을 물어보았다. 하녀는 딱 한 시간쯤 지났다고 말했다.

"어떤 차림이었어?"

"보통 때처럼 외투를 입으셨어요."

"게이지가 어디로 갔는지 모르겠어."

류코는 그렇게 말하고 하녀의 얼굴을 보았다. 류코는 문득 이런 말을 한 후에야 비로소 게이지가 어디로 갔는지 모른다는 당혹감이 의식되었다.

"어쩌지? 어디로 갔을까? 벌써 한 시간이나 지났으면 이 주변에는 없을 텐데."

류코는 뒤집힐 것 같이 떨리는 눈으로 하녀에게 의논하듯 물었다.

"곧바로 돌아오실 것 같은 모습이셨어요."

"아니야. 이제 안 와. 안 온다 하고 나갔으니까."

류코는 그렇게 말하고 선 채로 생각했다. 하녀는 무슨 말인지 몰라 불안해 하는 주인의 모습을 잠자코 지켜보았다.

"정거장에 가 봐야겠어. 거기서 물어보면 어디로 갔는지 알 수 있을지 몰라."

류코는 또다시 의논하듯 하녀에게 그렇게 말했다. 게이지가 나간 지 아직 한 시간정도밖에 지나지 않았다는 것이 그녀에게는 또 은근히 희망이 되기도 했다. 밖으로 나가면 반드시 게이지와 만날 수 있을 것 같은 기분이 들었다. 다시 한 번 만나서 꼭 해야 할 말이 있다. 마음이 초조했다.

그녀는 조금 전 자신이 버리고 가려 했던 이 집을 하녀에게 잘 보라고 단단히 이르고, 자기가 이대로 나가서 당분간 집에 오지 않아도 걱정하지 말라고 일러두었다. 그리고 약간의 돈을 맡기고 집을 나왔다.

류코의 집에서 E정거장까지는 십사, 오 초町, 60칸間에 해당하는 거리의 단위. 1초町는 약 100미터-역자주 정도의 거리였다. 언덕 위로 허공 속에서 소용돌이치듯 바람이 불기 시작했다. 류코의 기모노는 밑에서부터 완전히 벗겨질 듯 맞바람에 펄럭였다. 줄지어 늘어서 있는 교외의 집들은 찬바람을 맞아 회색으로 바싹 말라 있었다. 하늘가로부터 얇고 차가운 햇빛이 검게 덮치듯 불안한 날씨 속을 통과하여 언덕 위에서 아래로 또 다른 그림자를 내던지고 있었다.

그녀의 청신경聽神經은 삐걱 하던 발판 소리에 예민하게 각인되어 있었다. 류코는 언덕에 둘러쳐진 검은 울타리를 따라 이따금씩 숨을 참고 뛰었다.

3

류코는 작은 정거장에 들어가서 잠시 서 있었다. 안쪽에서 개찰구 남자 직원이 나왔다. 류코가 아는 얼굴이었다. 류코는 미소를 지으며 남자 옆으로 다가갔다.

이 정거장은 단순히 교외에서 도쿄로 통과하는 전차 승강장이었다. 개찰 직원은 부근에 사는 사람들의 얼굴은 알아도 이름은 알지 못했다. 류코는 이름을 얘기하고 한 시간 정도 전에 게이지가 이곳으로 왔는지 물어보았지만 개찰구 남자 직원은 모른다고 했다. 류코는 게이지의 인상착의를 얘기하고 개찰구 직원이 아는 승객의 얼굴과 부합시키려고 했다. 하지만 직원은 도무지 생각해 내지 못했다. 그러다 겨우 생각이 난 듯, 30분 정도 전에 그 사람과 닮은 사람이 우에노上野행 표를 끊었다고 말했지만 그것도 미덥지 못한 대답이었다.

류코는 그 얘기에 기대를 걸고 자신도 우에노행 표를 끊어 전차 승강장으로 내려갔다. 류코는 장갑을 낀 한쪽 손에 표를 쥐고 기둥 뒤편에 서 있었다.

류코의 얼굴 쪽으로 찬바람이 불었다. 언덕 위에 서 있는 나무가 뿌리째 뽑힐 듯 바람이 좌우로 세차게 불어댔다. 류코는 바람에 어지러이 움직이는 잡목림의 검은 그림자를 올려다보고 있자니 염세적인 침울한 기분이 들었다. 슬픔이 심연으로부터 점점 풀려져 갔다. 눈물이 나서 눈물이 눈꺼풀로 넘쳐흘렀다.

류코는 발을 움직이며 눈물을 감추려고 했다. 뒤쪽 의자에 앉아 보기도 하고 서기도 하고 걷기도 했다. 그리고 또 기둥 뒤편에 서서 현재의 자신의 처지를 명료하게 생각해 보려고도 했다.

하지만 모든 것이 곧 소용돌이가 되어 생각을 흐트러뜨렸다. 아무것도 알 수가 없었다. 그저 어두운 슬픔이 계속해서 엄습했다. 그녀는 눈물이 흐르는 대로 내버려 두고 얼굴을 들어 잡목림을 올려다보며 서 있었다.

십분 정도 지나자 전차가 왔다. 전차를 타자 류코는 문득 이 전차 안에 히로조가 있을 것 같은 기분이 들었다. 히로조가 사는 방향과는 완전히 다른 장소였음에도 불구하고 류코는 이렇게 직감하고 가슴이 철렁했다. 류코는 정녕 두려웠다. 다리가 후들거렸다. 입구에 서 있던 그녀는 전차 안에 들어갈 수 없을 정도로 공포에 휩싸였지만 입구 근처 안쪽에 있는 사람들의 시선이 자신에게 향한 것 같아 안으로 들어갔다. 그녀는 제일 끝에 앉아 숄로 얼굴을 반쯤 가리면서 몰래 전차 안을 훑어보았다.

안은 비어 있었다. 히로조는커녕 히로조를 닮은 남자조차 보이지 않았다. 그녀는 그것으로 안심했다. 그녀는 달리는 전차의 흔들림에 모든 감각을 맡긴 채 겉으로는 아무렇지 않은 양 멍하니 있었다. 문으로 가로막혀 바깥의 바람 소리가 들리지 않는 것이 그녀로서는 다행스럽게 생각되었다. 이렇게 있자니, 달리는 차창 밖으로 스쳐 지나가는 숲과 나무들이 바람을 맞지 않는 것처럼 보였다. 침묵하고 있는 전차 안 사람들 모습도 조용히 그녀 눈에 들어왔다.

그러나 그것도 잠시였다. 우에노에 도착한 뒤에는 게이지의 행선지를 어떻게 확인할까 하는 불안감 때문에 진정되었던 기분은 곧 깨졌다. 정처 없이 찾아 헤맬 수는 없었다. 게이지의 행선지를 알기 위해 게이지와 친하게 지내는 사람들에게 전보라도 쳐 볼까 생각했다. 그러나 그런 소동을 일으킬 수도 없었다. 무엇 때문에 게이지가 집을 나갔나요? — 사람들에게 그런 질문을 받는 게 괴로웠다. 죄악이라고 욕먹었던 자신의 행동이 생각지도 못하게 스스로 세상을 좁혀 간다는 사실을 깨달았다. 싫다는 생각이 들었다.

이렇든 저렇든 두 사람 사이가 깨져 버린 것이 아닌가. 자신이 깨 버린 게 아닌가. 처음에 결심한 대로 일단은 게이지를 떠나 당당하고 분명하게 자신의 처지를 이끌어 가는 것이 맞는 게 아닐까. 왜 나는 그것을 다시 뒤엎으려고 하는 걸까? 게이지로서는 오히려 지금보다 더 나은 생활을 할 수 있을지도 모른다. 그것을 방해하려는 것은 아니다. 게이지가 가는 대로 내버려 두면 되지 않나. 그리고 나는 나대로 생활을 한다. 그것으로 두 사람 사이가 끝나 버리면 그것으로 그만인 것이다.

'내가 뭘 하고 있는 거지?'

류코가 이렇게 생각하고 자신의 마음을 떠본 순간, 게이지에 대한 그리움이 불처럼 타올랐다. 그리움은 모든 것을 지워 버렸다. 그녀의 마음은 오직 게이지를 만나면 좋겠다는 어린아이와 같은 바람으로 가득 찼다.

그리고 게이지를 찾아 이리저리 헤매고 있는 자신의 모습을 마음속으로 그려 보니, 자연히 눈물이 글썽거려졌다. 만약에 이대로 게이지를 만날 수 없는 운명이라면 어떻게 하나. 그런 생각이 들자 그녀는 더 슬퍼졌다. 자살까지 생각해 볼 정도로.

류코는 정말 죽을 것 같은 기분이 들었다. 이대로 게이지를 만나지 못한다면 분명히 살 수 없을 거라고 생각했다. 류코는 쓸쓸하고 슬퍼서 견딜 수 없었다. 그녀는 귀에서 떠나지 않는 삐걱 하던 발판 소리를 생생하게 몇 번이고 떠올리며 슬픈 생각을 참으려고 이를 악물었다.

우에노에 도착하자 그녀는 곧바로 큰 정거장으로 들어갔다. 어떤 기차가 출발할 시간이었다. 사람들이 술렁거리며 대합실에서 개찰구 쪽으로 나갔다. 역무원이 '닛코日光행' 출발을 알리고 있었다.

류코는 갑자기 기둥 옆에 서서 주위의 소란스러움에 정신을 빼앗긴 채 저쪽 편을 향해 밀려가는 군중의 뒷모습을 보고 있었다. 짐을 짊어진 짐꾼이 류코의 팔을 치면서 지나갔다.

저 군중 속에 게이지가 있을 것 같았다. 류코는 근처로 가서 찾아볼까 생각하며 불쑥 앞으로 나가려고 했다. 그때 갑자기 류코가 서 있던 자리 옆쪽 대합실에서 밖으로 나오는 남자가 있었다. 검은색 목면에 가죽으로 모양을 낸 남자의 휴대용 주머니가 외투 밖으로 나와 있었다. 그 주머니를 본 기억이 있다. 류코는 자기도 모르게 정신이 번쩍 들었다. 기둥 뒤로 몸을 숨기듯 뒷걸음질쳤다. 그 사람은 게이지였다.

류코의 가슴은 두근두근 떨렸다. 피가 일시적으로 솟구쳐 그녀의 얼굴은 빨개졌다. 순간적으로 눈앞의 모든 것이 가루가 되어 흩날릴 것 같은 느낌이 들었다. 텅 빈 곳에서 혼자 우두커니 서 있는 것처럼 완전히 노출된 기분으로 그녀는 잠시 가만히 있었다. 하지만 큰맘 먹고 몸을 반쯤 내밀어 한 번 더 그곳을 살펴보았다. 게이지는 거기에 없었다. 이리저리 살피다가 개찰구 근처에 있는 그의 뒷모습을 발견했다.

그녀는 쫓아가듯 대여섯 걸음 앞으로 나아가다 다시 멈춰 서서 게이지의 뒷모습을 바라보았다. 이윽고 게이지의 모습은 무리 속에 섞여 보이지 않았다. 플랫폼 위를 여기저기 뛰어가는 많은 사람들의 모습이 류코의 눈에 들어왔다.

류코는 후회했다. 왜 가까이 가지 못한 것일까, 어째서 주눅이 들었나, 자신도 몰랐다. 하지만 순식간에 생각을 바꿔 서둘러 닛코행 표를 사서 곧바로 게이지의 뒤를 쫓았다. 어느 객실에 게이지가 있는지 알아보려고 류코는 기차 앞에서 머뭇거렸다. 그러나 출발이 가까워져 류코는 조금 허둥대며 머뭇거리던 그곳에서 꽤 떨어져 있는 이등석 객실 안으로 들어갔다.

4

기차는 곧바로 움직이기 시작했다.

류코가 탄 객실은 중앙에 쿠션 분리대가 있는 좁은 칸이었다. 저쪽에 평상복 차림을 한 스님 같은 사람이 한 사람 타고 있었다. 류코 앞쪽에 본견正絹으로 만든 하카마袴, 일본의 전통 의상. 통이 넓은 주름 바지-역자주

112

를 입은 덩치 큰 남자가 외투를 입은 채 고개를 위로 하고 자고 있었다. 류코는 자신의 무릎 앞, 한 자尺, 중국 은나라 시대부터 사용되어진 신체척身體尺으로 원래는 엄지손가락 끝에서 중지 끝까지의 거리를 이르는 말임. 일본에서는 메이지明治시대 이후 한 자는 약 30.303cm로 정해짐-역자주도 되지 않는 거리에서 자고 있는 그 남자가 지저분해서 참을 수 없었다. 류코는 얼굴을 돌렸다. 고개를 위로 젖히고 자고 있는 입술이 두꺼운 남자의 얼굴이 가능한 한 눈에 들어오지 않도록 애쓰면서 류코는 구석 쪽으로 자신의 몸을 누르듯이 앉아 있었다.

게이지는 어디까지 타고 갈 생각일까. 류코로서는 생각이 잡히지 않았다. 정차할 때마다 게이지가 보이는지 신경 써야 한다고 생각하고 빗을 꺼내어 헝클어진 머리를 빗었다.

기차는 도시에서 멀리 벗어날수록 정거장에서 정거장까지의 시간이 길어졌다. 창밖으로 누렇게 거칠어진 밭이 보였다. 숲의 우듬지가 보였다. 덤불 가장자리 움푹 팬 땅에 넘쳐흐를 듯 촘촘히 꽃이 피어 있는 흰 매화 노목이 있었다. 여자아이 세 명이 팔짱을 끼고 곧장 논길을 달려가기도 했다. 막다른 곳에 빨간 도리이鳥居, 신사神社 입구에 세워둔 문. 두 개의 기둥에 기둥 꼭대기를 서로 연결하는 가사기笠木라고 불리는 가로대가 놓여 있음-역자주가 있었다.

게이지도 차창 밖으로 같은 풍경을 바라보고 있을까 생각했다. 생각지도 않게 정거장에서 게이지를 본 것이, 지금 생각하면 불가사의한 기쁨이었다. 5분만 더 늦었더라도 거기에서 만날 수 없었을 것이다. 두 사람의 운명의 실이 미묘한 장소에서 연결되어 있었다. 두 사람의 약속은 영구한 것인지도 모른다고 류코는 생각했다.

기차가 흔들릴 때마다 게이지의 몸도 동시에 같은 진동을 느낄 거라는 생각도 해 보았다. 마침내 자신이 게이지 앞에 등장하게 될 때를 생각하고 그녀는 처음으로 기쁨이라는 감정을 맛보았다. 이러한 애틋한 감정을 벌써 며칠째 느끼지 못했다는 생각이 들었다. 얼굴을 마주보고 서로 손을 한 번 잡으면 그것으로 게이지의 고통도 소멸되어 갈 것 같았다. 모두 이 찰나의 기쁨이라고 하는 감정 속으로 두 사람 사이는 용해되어 버릴 것처럼 생각되었다. 첫사랑의 감정이 또다시 만들어질 수 있다 ─ 류코는 그것을 꿈꾸었다.

류코는 기차가 정차할 때마다 창문을 열어 하차하는 사람들을 바라보았다. 시간이 다소 오래 경과되었다. 스님 같아 보이던 남자는 이미 훨씬 전에 내리고, 자고 있던 남자만 남아 있었다. 류코는 게다를 벗고 이쪽에서 저쪽으로 쿠션 분리대를 건너뛰어 맞은편 의자로 갔다. 그리고 그곳에 혼자 있었다. 지난밤부터 끼니를 거른 채였지만 류코는 아무것도 먹고 싶지 않았다. 오늘 하루도 벌써 오후 3시를 넘기고 있었다.

기차가 달리면 달릴수록 류코의 마음은 평담平淡해져 갔다. 큰 강이 졸린 듯 흐르고 있었다. 흐린 서쪽 하늘가에 희미하게 보이던 산이 그림자가 겹쳐져 점점 짙어져 갔다. 북쪽 하늘에도 산이 보였다. 류코는 모든 그리움으로 산을 바라보았다. 담대한 산의 모습은 류코의 감각을 크고 새롭게, 그리고 느긋하게 만들었다. 류코는 처음으로 자유로운 기분이 들었다. 갖가지 마음의 피로가 마음 바닥에서 사라져 갔다. 산의 마음이 자신의 영혼을 울리는 듯했다. 자연스레 그녀의 정신이 깊고 크게 밝아져 갔다.

'어쩌면 이렇게 친숙한 빛을 띠고 있을까?'

류코는 그렇게 생각하고, 공상적인 적갈색 산등성이를 바라보았다.

기분이 상쾌했다. 류코는 한동안 산을 보며 살고 싶다고 생각했다. 어느 누구도 만나지 않고, 단지 산만 보고 하루하루를 보내고 싶다고 생각했다. 그리고 거기서 조용히 생각하고 싶다. 하루라도 진심으로 생활해 보고 싶었다.

기차가 정차하면 류코는 신경질적으로 곧바로 얼굴을 내밀고 하차하는 사람들을 주의 깊게 살펴보았다. 승차하고 나서 벌써 3시간 정도는 지난 것 같았는데 게이지가 내리는 모습은 보이지 않았다. 닛코까지 갈 작정인가 하고 류코는 생각해 보았다. 아니면 다른 정거장에서 내린 것을 놓쳐 버렸을지도 모른다. 만약 그렇다면 이대로 혼자서 닛코까지 가자. 그리고 혼자가 되어 혼자서 생각해야겠다.

누구와도 만나지 않고 어느 누구의 감정에 대해서도 고민하지 않고 나는 그곳에서 내 문제를 생각할 것이다. ― 나는 혼자서 깊이 생각해야만 했다. 나는 내 행위에 대해서 깊이 생각하지 않으면 안 된다. ―

어젯밤부터 그녀에게 일어난 모든 일이 조용히 그녀의 뇌리에 떠올랐다. 굴욕이 자신의 주위로 점점이 떨어졌다.

K라는 큰 마을 정거장에서 기차가 멈추었을 때, 류코는 자신이 타고 있던 객실로부터 뒤쪽에서 내린 게이지가 자신의 객실 앞을 지나가는

것을 보았다. 그 모습을 확인한 순간, 이대로 게이지를 만나지 말고 헤어져 버릴까라는 생각이 문득 들었다. 그러나 류코는 기계적으로 문을 밀고 기차에서 내려 버렸다. 그리고 몰래 게이지의 뒤에 붙어 계단을 올라갔다. 네다섯 명의 발소리에 섞여 두 사람의 발소리가 발판 위로 박자를 맞추듯 울렸지만 게이지는 뒤돌아보지 않았다. 류코는 일부러 뒤에서 따라갔다. 개찰구로 나올 때까지도 간격을 두고 걸었다. 표를 건넬 때, 게이지는 우연히 뒤를 돌아보다가 류코를 발견했다. 게이지는 놀란 눈으로 류코를 보았다.

류코는 게이지를 따라서 개찰구를 나와 게이지 옆에 서서 말없이 얼굴을 바라보았다. 게이지의 얼굴은 창백했다. 하루 만에 뺨이 수척해져 있었다.

"어디로 가시는 거예요?"

류코가 얌전한 말투로 이렇게 물었다.

"어떻게 왔어?"

"뒤따라……"

게이지도 자기 옆에 서 있는 류코의 얼굴을 바라보았지만 말없이 마을 쪽을 향해 걷기 시작했다. 류코도 게이지와 나란히 걸었다. 큰길 맞은편은 큰 여관 건물이 몇 채인가 이어져 있었다. 건물 처마에는 등이 켜져 있었다. 살을 에는 듯한 산바람이 류코의 얼굴과 다리를 덮쳐 왔다. 류코는 추위에 떨면서 시골 마을의 등불을 신기하게 쳐다보거나 했다. 해는 아직 완전히 지지 않았다. 어스레한 빛이 언제까지고 떠돌 것처럼 지붕과 지상의 황혼 빛을 반사하여 석양의 밝음을 띄우고 있었다.

게이지는 큰길에서 오른쪽으로 꺾었다. 게이지는 속도를 상당히 늦추어 어슬렁어슬렁 걸었다. 뭔가를 생각하는 것 같기도 하고 그렇지 않은 것도 같은 얼굴은 정면을 향해 있었다. 그리고 이따금씩 한숨을 작게 내쉬며 뚜벅뚜벅 발소리를 내며 걸었다. 도로의 폭이 좁아지고 양쪽으로 처마가 낮은 작은 요릿집이 쭉 늘어서 있었다. 가나假名, 일본 고유의 문자. 한자를 흘려 쓴 형태의 히라가나ひらがな와 한자의 일부만을 쓴 형태의 가타카나カタカナ가 있음-역자주로 상점 이름을 쓴 간판의 행등行燈, 나무 등으로 궤를 만들어 종이를 바르고 가운데에 기름접시를 두어 점화하는 소형의 조명기구-역자주이 연붉은 등불 빛으로 감싸여 있고, 사람들이 왕래하는 땅 위로 그림자가 비치고 있었다. 류코는 등불 빛을 좇으면서 가만히 걷고 있었다. 피로가 몰려왔다.

요릿집이 늘어선 한 구역이 끝나자 옆으로 작은 하천이 있었다. 거기에 다리가 놓여 있었다. 류코는 다리를 건너면서 하늘을 보았다. 흐린 하늘에는 반달이 조그맣게 스며 있었다.

주위가 어두워졌다. 등불 같은 것도 보이지 않는 어두운 벽을 따라 마을 같은 곳을 길게 통과했다. 게이지는 계속해서 말없이 걷고 있었다. 류코에게 한마디 말도 걸지 않았다. 류코는 몇 번이나 멈춰 서려고 했다. 그러면서도 무턱대고 뒤를 따라갔다. 그녀는 캄캄한 마을이 참을 수 없을 만큼 싫었다. 그곳을 걸어서 몇 초町인가를 돌고 돌았을 때, 엔니치緣日, 신불神佛과 이 세상과의 인연이 강하다고 하는 날-역자주처럼 번화하게 등을 밝힌 노점이 전방 네거리의 한 모퉁이에 보였다. 어두운 공간이 밝은 등불로 인해 차차 밝아졌다.

이윽고 두 사람은 번화한 시장 옆 길을 가로질러 다시 어두운 마을로 들어섰다. 게이지는 곧 걸음을 멈추고 류코 쪽을 보았다. 그리고 잠긴 목소리로,

"나는 볼 일이 있어서 여동생 집에 온 거야."

라고 말했다.

류코는 그제야 생각이 났다. 여기에 시집간 게이지의 여동생이 살고 있었다 —

"하지만 오늘 밤 당신과 함께 거기에 묵을 수는 없어. 당신도 싫겠지?"

게이지는 그렇게 말하고 잠시 생각했다. 류코는 시선을 어두운 땅 위로 떨어뜨리고 가만히 있었다. 게이지의 목소리가 멀리서 울려오는 것처럼 생각되었다.

"어디 이 주변의 여관에라도 가자."

게이지는 이렇게 잘라 말하고 다시 뒤쪽으로 되돌아갔다. 류코는 게이지를 따라갔다.

5

두 사람은 정거장 부근까지 되돌아가서 어떤 여관에 들어갔다. 안내받은 방은 이층 오른쪽 복도에서 꺾어진 막다른 곳이었다. 6조疊, 다다미를 세는 단위. 크기는 지방마다 조금씩 다르나 대략 1조는 약 90x180cm임-역자 주 다다미방에는 맹장지로 된 칸막이에 묵으로 그린 사군자 당지唐紙 그림이 한 장 붙어 있었다. 류코는 코트도 벗지 않고 여종업원이 가져온 화로 앞에 앉아 손을 쬐었다. 길에서 서로 놓쳐 버린 두 사람이 다시 만

난 것 같은 가벼운 기분이 들었지만, 두 사람은 오랫동안 말없이 앉아 있었다. 게이지는 류코의 얼굴을 보지 않으려고 고개를 숙이고 담배를 피웠다. 낯설어 하는 두 사람을 책망하는 양, 전등 불빛이 높은 천정 아래에서 속을 빤히 들여다보듯 빛났다.

"더 이상 돌아가지 않을 참이었나요?"

"응."

이런 간단한 말이 오가고, 또다시 두 사람은 말이 없었다. 류코는 머리가 지끈지끈 아파 왔다. 여종업원이 목욕 준비가 되었다고 알리러 왔을 때, 게이지는 방을 나갔다.

방 주위는 고요했다. 한두 칸 건너 앞 방에서 장부를 다음 장으로 넘기는 것 같은 소리가 이따금씩 깊은 생각에 빠져 있는 것처럼 조용히 들려왔다. 멀리서 악대의 반주 음악 소리가 났다. 살그머니 귀를 기울이자니 뭐라고 말할 수 없는 형편없는 악대의 장단 속에서 나오는, 둥 하고 울리는 노예의 대답과 같은 저음이 와자지껄한 잡음 속에서 났다. 그 소리는 특히 어떤 한 가지 소리와 함께 어우러졌다. 높고 날카로운 군중들의 사투리와 어우러진 그 소리는 시골 마을의 산만한 공기를 흔들고 있었다. 류코는 지금 걸어왔던 마을의 모습을 떠올렸다. 어두운 등불이 곳곳에 있었다. 작은 다리가 있었다. 흘러가는 하천은 까맸다. 검은 판자 벽이 길게 이어져 있었다. ― 그 가운데를 걸어서 돌던 자신의 모습과 게이지의 모습을 발견해 내고 류코는 쓸쓸한 기분에 휩싸였다.

류코는 게이지에 대해 생각했다. 자신을 보고 놀랐을 때의 게이지의 표정 ― 의외로 게이지의 얼굴이 야위었다고 류코는 안쓰러워 했다. 게이지를 만나 한마디씩 말을 한 뒤부터 이미 게이지에 대한 일종의 반항심이 극히 미미하게 싹트기 시작했다. 하지만 이렇게 있자니 역시나 남자를 더 그리워하게 되었다. 헤어지기는 싫다는 육적인 어리광이 바싹 다가왔다. 게다가 오랜만에 게이지와 여관에 묵게 되었다는 사건만으로 그녀에게 어떤 추억이 떠올랐다. 류코는 그 옛날 여행했을 때의 감정을 또다시 느꼈다.

그 후로 벌써 8년이 지났다고 류코는 생각했다. 두 사람은 도쿄에서 도망쳐, 교토京都 기온祇園의 한 여관에 숨었던 적이 있었다. 정확히 5월 초순이었다. 마루야마円山 공원에 철 늦게 핀 벚꽃이 그제야 잎이 나 있었다. 매일 매일 비가 왔다. 류코는 겹옷을 입고 있었다. ― 방 양쪽의 흰 벽에는 서양식 건물에나 보일 법한 창문이 두 개씩 나 있었다. 류코가 창문에 팔꿈치를 대고 석등에 조용히 내리는 비를 바라보고 있으면, 게이지가 어깨에 손을 얹고 언제까지고 몸을 누르곤 했다. 류코는 객실을 따라 가로로 긴 4조 다다미방으로 들어가 여종업원으로부터 교토풍 머리 매듭으로 머리 손질을 받았다. 게이지의 스승이 돈을 가지고 찾아왔을 때, 류코는 그 4조 다다미방에 들어가 반나절이나 숨어 있었다. 류코가 빗속에 여종업원과 함께 기요미즈淸水 사원에서 참배하고 왔을 때에도 게이지는 아무 데도 나가지 않고 자고만 있었다. 두 사람은 그곳에서 무슨 일이 있어도 반드시 함께하자고 약속했다. 무슨 일이 있어도 헤어지지 않겠다는 약속을 했다.

그것은 두 사람의 과거의 곁면에 붙여진 아름다운 그림 중 하나였다. 그 그림만은 시간의 힘에 좀먹지 않고 언제나 신선한 진홍색 복숭아꽃처럼 사랑스런 색채를 띠고 있었다.

그림 속에 그려진 인물은 자신과 게이지밖에 없었다.

하지만 그림은 그림이었다. 그림이 되어 버렸던 것이다. 그 당시의 두 사람의 호흡도 그 당시의 웃던 입술도 그림 속에서 다시 살아 나올 수는 없었다.

류코는 계속해서 그림을 쫓았다. 그리고 가만히 응시했다. 보고 또 봐도 그림은 그림인 채로 둘둘 되감겼다.

"목욕하고 오지 그래?"

뜨거운 욕탕에서 돌아온 게이지가 류코를 보자 이렇게 말했다. 류코 는 아래쪽을 응시한 채 고개를 가로저었다.

곧 여종업원이 밥상을 들고 왔다. 류코는 하루 종일 아무것도 먹지 않았다는 사실을 다시 떠올리고 젓가락을 들었지만 입 안이 버석거려 아무 맛이 나지 않았다. 그래서 자신은 대충 먹고 게이지가 밥 먹는 것 을 약간 얄미운 기분으로 바라보았다.

"안 먹는 거야?"

게이지는 먹는 도중에 류코에게 물었다.

식사가 끝나자 두 사람은 작은 화로로 다가가 손을 쬐었다. 류코는 머리가 계속 아팠다. 두통을 참으며 여동생 집은 어디냐고 게이지에게 물어보았다. 게이지는 여동생 집의 생김새, 시골 마을의 초라한 풍경 등 을 말했다. 그 사이사이에 이야기가 이어지지 못하고, 뚝 하고 실이 끊 기듯 서로 말없이 생각에 잠길 때가 있었다.

그것은 생각에 잠겨서가 아니었다. 두 사람 모두 어젯밤부터 쌓인 심적 육체적 피로로 인해 마치 몽롱하게 병적인 수면이 덮쳐 오는 것 같았기 때문이다. 그러나 류코는 그것이 잠이 오는 것이라고는 생각할 수 없었다. 때때로 의식이 혼미해져 가는 것을 스스로 바늘을 찌르기라도 하는 것처럼 정신을 바짝 차리려고 했다. 그리고 게이지의 야윈 얼굴을 보았다. 게이지가 잠자코 있는 게 류코로서는 고통스러워 견딜 수 없었다. 하지만 스스로 입을 열기는 싫었다. 한마디라도 말을 하면 그 문제를 언급하지 않으면 안 된다는 사실이 귀찮았기 때문이다.

게이지는 행복했다. 류코가 자신의 뒤를 쫓아 왔다는 사실이 게이지로서는 기뻤다. 이것만은 틀림없는 여자의 진실인 것 같았다. 이제 이것으로 모든 것이 지나가 버린 것도 같았다. 류코의 죄악도 자신의 질투도 그 격노도 모든 것이 지나가 버린 것 같았다. 과거가 사라지고 새로운 사랑의 매듭이 두 사람 사이에 이어져 있는 듯 생각되었다.

하지만 게이지는 뭔가 해결해야만 할 것 같았다. 뭔가 구명해 두어야만 할 것이 있는 듯 여겨졌다. 두 사람 사이가 이대로 예전으로 돌아갈 수는 없을 것 같은 느낌이 들었다. 그것만 매듭지어지면 모든 것이 해결될 것이라고 생각했다.

그것은 단지 여자의 사죄 한마디였다. 그것만 들을 수 있다면 자신은 완전히 되살아난 것처럼 새로운 기쁨 속에서 여자를 안을 수 있을 거라고 생각했다. 하지만 류코는 계속해서 아무 말도 하지 않았다.

"올 때 차에 치어 죽은 사람들을 묻은 센닌즈카千人塚, 재앙이나 전쟁으로 인해 많은 사람들이 죽어 한 곳에 매장한 무덤-역자주가 있었지?"

게이지가 문득 생각해 냈다.

"몰랐네요. 어디쯤이었죠?"

"이쪽에 훨씬 가까이 와서야."

잠시 서로의 가슴속에서 무서운 환영이 비쳤다. 류코는 게이지의 얼굴을 바라보고 있었다.

"난 그걸 보고 소름이 쫙 끼쳤어."

"왜요?"

게이지는 이유를 말하지 않고 그냥 있었다. 그리고 오늘 아침 집을 나와서 몇 번이나 죽으려고 했는지 모를 정도로 마음이 연약해졌던가를 생각했다.

미워해야만 할 여자! 게이지는 마음속으로 되뇌었다. 어젯밤처럼 광폭한 감정이 갑자기 꿈틀거려 피가 끓어올랐다.

"왜 내 뒤를 쫓아 온 거지? 왜 같은 기차를 탔어?"

게이지는 류코에게 물었다.

"당신을 찾으러 우에노 정거장에 갔어요. 때마침 당신이 거기에 있었어요. 하지만 —"

류코는 이렇게 말하고, 주눅이 들어 도무지 게이지를 부를 수 없었던 것을 스스로 생각해 보려고 말을 멈췄다. 게이지는 그때 비로소 류코의 얼굴을 찬찬히 보았다. 류코의 눈은 충혈되어 있었고 피로에 지친 뺨은 붉은 기를 띠고 있었다. 눈썹이 까칠까칠 서 있었다. 꼭 과음한 뒤 상기된 얼굴처럼 얇은 피부 속의 거친 혈류가 추하게 드러나는 것처럼 보였다. 그곳으로 남자 종업원이 숙박부를 들고 들어왔다. 게이지가 무언가를 쓰고 남자 종업원 앞으로 내던져 줄 때까지 류코는 맞은편 도코노마에 장식되어 있는 매화 그림을 바라보고 있었다. 남자가 나가자 류코는 또다시 무릎을 게이지 쪽으로 틀고 게이지의 얼굴을 물끄러미 쳐다보았다.

"그 길로 당신을 못 만나면 나는 죽으려고 했어요."

류코는 고개를 숙인 채 중얼거리듯 그렇게 말했다. 목소리가 떨렸다.

"어째서?"

"너무 사랑해서 — 어떻게 해야 좋을지 몰랐어요."

고개를 숙인 류코의 눈에서 갑자기 눈물이 떨어졌다. 류코는 손수건을 꺼내어 눈물을 훔쳤다. 닦아도 닦아도 눈물이 솟구쳤다.

"당신은 정말로 저와 헤어지려고 생각한 거예요? 집을 나가서 저를 잊으려고 한 거예요?"

게이지는 대답하지 않았다.

"당신은 그게 가능할지 모르지만 저는 헤어지는 거 싫어요. 저는 어디라도 당신 뒤를 따라갈 거예요. 헤어지기 싫어요."

"그렇지만 당신이 나한테 요구한 일이잖아. 당신이 헤어질 거라고 말하지 않았느냐 말이야. 당신이 무슨 일을 저질렀는지 생각해 보라고."

"아뇨, 저는 어쨌든 헤어지기 싫어요. 안 돼요. 당신과 헤어질 수 없으니까요. 당신과는 이별할 수 없어요."

울음 때문에 떨고 있는 목소리는 분한 듯 탄식이 섞여 있었다. 계속해서 무슨 말을 하려고 했지만, 오열 때문에 목이 메여 목소리가 나오지 않았다. 류코의 가슴이 터질 듯 요동쳤다.

게이지는 여자가 흥분해서 하는 말을 들으며 팔짱을 끼고 잠자코 있었다.

여자는 나쁜 짓을 저질렀다. 나를 버리고 다른 남자를 사랑했다. 내가 상상도 할 수 없는 애착의 달콤한 언어로 다른 남자의 마음을 유혹하고서 여자는 기뻐했다. 그 사실을 내가 알았음에도 여자는 태연했다. 자신이 벌인 일은 자신의 일일 뿐이라고 말했다. 그것이 못마땅하면 헤어지자고 말했다. ─

류코의 행위에 대한 극단적 분노와 증오가 갑자기 가슴을 치듯 일어나 입술이 부들부들 떨렸다.

"당신은 생각이나 하고 말하는 거야? 생각 없이 말하는 거야?"

"생각이라는 걸 하고서 하는 말이에요. 오늘 제가 어떤 생각을 했는지 당신은 상상도 할 수 없을 거예요. 제가 어떤 생각으로 당신 뒤를 쫓아 왔는지. ─"

류코의 눈물은 잠시 그쳤고 목소리가 분명해졌다. 류코는 자신의 목소리가 낯설었다 ─ 다른 사람의 목소리인 것 같아 문득 그 목소리를 삼켰다. 그리고 게이지를 보았다. 돌연 그녀의 육체 위로 어떤 감각이 엄청난 힘으로 덮쳐 왔다. 류코는 그것을 어떻게 할 수 없었다. 사지에 쥐가 나고 호흡이 가빠졌다. 류코는 입술을 깨물면서 계속 게이지의 얼굴을 응시했다.

"나는 어쨌든 헤어지려고 했어. 이것으로 안 보자고 생각한 거지. ─"

"절 죽이겠다고 했잖아요. 왜 그렇게 하지 않았나요? 그렇게 생각한다면 죽여 줘요. 죽여 버려요. 차라리 그러는 편이 나아요. 당신에게 죽든, 아니면 그보다 더한 상황으로 내몰리는 게 나아요. 더 참혹한 상황으로 말이에요. ―"

류코는 자신의 손을 꽉 쥐고, 게이지에게 몸을 들이밀며 말을 이어 나갔다. 자신의 몸이 찌릿찌릿했다. 자신의 온 몸을 모조리 태워 버릴 불 속에 내던져지고 싶을 만큼 살이 타들어 갔다.

"불에 태워 죽여 줘요."

류코는 낮고 강한 목소리로 이렇게 말하고 몸을 게이지에게 밀쳐댔다. 그러는 바람에 게이지의 몸이 이리저리 흔들렸지만 게이지는 아무런 행동도 취하지 않았다.

"모르겠어."

"뭘 모른다는 거예요? 알고 있잖아요. 나도 잘 알고 있고요."

"난 모르겠어 ― 난 집으로 돌아가지 않겠다고 말했지만 안 그럴 거야. 나는 내일이라도, 아니 오늘 아침에라도 뒤엎어 버릴까 생각했었어. 아무래도 당신을 그대로 둬서는 안 된다는 생각이 들었어."

게이지는 험악한 눈초리로 류코를 보았다. 그러나 게이지의 입언저리에 푸른 미소가 감돌았다. 그 미소를 본 류코의 눈은 순간적으로 모멸의 빛을 품고서 힐끗 움직였다. 류코의 마음이 순식간에 차갑고 분명해졌다. 류코는 잠시 동안 입을 다물었다.

"어떤 생각으로 당신이 내 뒤를 쫓아왔는지 ― 집을 나선 후부터 내가 얼마만큼 많은 생각을 했는지 ― 당신은 그 둘을 비교해서 생각할 수 있겠어?"

류코는 그 말을, 남자의 얼굴로부터 음미하려는 듯 비웃음을 띤 눈으로 바라보았다.

"당신은 이런 고통을 나한테 줬어. 나는 이제 아무것도 할 수 없어. 난 행복해질 수 없어."

증오해야만 하는 여자다 ─ 게이지는 또다시 이런 생각을 마음속으로 되풀이했다.

"당신은 내 앞에 와서 자신의 행위를 후회하는 건가?"

"아뇨. 후회 따위 하지 않아요. 결코."

류코는 차갑게 딱 잘라 말했다. 몸이 기울어져 게이지로부터 약간 뒤로 빠진 왼쪽 어깨가 올라가 보였다.

"후회하지 않는다고? 그렇군. 그걸로 모든 게 끝이야."

게이지는 무너질 듯한 목소리로 말했다. 게이지는 여자의 마음 밑바닥에 그늘로 둘둘 감겨 있는 적의의 감정을 본 것 같았다. 이 여자를 어떻게 하면 좋을까? ─ 게이지는 여자의 머리카락을 잡은 채로 깊은 바닥으로 쑥쑥 떨어지는 것처럼 무거운 음울함에 사로잡혀 손가락 하나 까딱하지 않고 가만히 있었다.

"오늘 아침 아버지가 계신 곳으로 갈 작정이었어요."

류코의 목소리가 낮고 쓸쓸하게 울렸다. 게이지는 문득 눈을 움직였다.

"당신에게 죽는 게 무서웠어요. 무서워서 견딜 수 없었어요. 그래서 도망치려고 했던 거예요. 제가 만약 그대로 당신 뒤를 쫓지 않았더라면 당신은 어떡하려고 했나요?"

"도쿄로 다시 돌아갔을지도 모르지. 아니, 분명히 다시 돌아갔을 거야. 그리고 당신을 찾았겠지."

"좀 전 K역 정거장에서 당신을 봤을 때도 보고 싶지 않아졌죠. 그대로 돌아갈까 생각했답니다. 하지만 역시 따라왔네요."

류코는 말을 멈추고 생각했다.

"후회만 하면 이번 일은 괜찮은 건가요? 당신 앞에서 사죄만 하면 되는 일이냐고요."

"그렇게 해 주지 않으면 당신을 용서할 수가 없어. 당신의 진실을 인정할 수가 없어."

"그래요? 전 용서 받지 않아도 돼요. 나쁜 일을 저지른 여자인 채로 당신에게 복수당하겠어요."

류코는 웃으려고 했지만 웃을 수 없었다. 가슴이 미어져 눈물이 조금씩 배어 나왔다.

"어떤 일이라도 달게 받죠. 당신 좋을 대로 하세요. 제가 당신에게 고통을 줬다면 어떤 복수라도 받겠어요. 좋을 대로 하세요. 결코 후회하지 않아요. 제가 한 일을."

류코는 결심한 듯 굳은 표정으로 말을 맺었다.

마음에 가책을 받는다고? 그 일로?

류코는 마음속으로 스스로에게 물어보았다. 그렇다. 그 일로 확실히 내 자신을 책망했다. 책망했다기보다 부끄러웠다. 사랑의 언어를 한쪽에 보내면서 두 남자 어느 쪽에도 확실히 행동하지 못했던 것이 비겁했기 때문에 부끄러웠던 것이다. 한 사람에게 마음을 빼앗기면서 다른 한 사람에게도 마음을 줬다는 것은 한 사람을 기만하고 다른 한 사람을 우롱한 것이 되었다. 그것이 너무나도 마음에 가책이 되었다. 나는 양쪽 모두에게 나쁜 짓을 했다고 생각했다. 그리고 자신의 장난을 괴로워했다. 동시에 양쪽에 거짓말을 했다. 내가 동시에 두 사람에게 집착하여, 그래서 동시에 그들의 영혼을 짓밟았다. 내가 한쪽에게 몸을 허락하지 않았다는 것은 어떠한 조건도 되지 않는 일이었다.

하지만 게이지 앞에서 내가 그 행동을 참회해야만 하는 것은 아니다. 나는 결코 그런 일은 하지 않을 것이다. 그건 싫다. 그 행동도 내 남자에 대한 사랑도 모두 나의 것이다. 내가 무엇 때문에 게이지에게 후회하는 내 마음을 보일 필요가 있는가. 그렇게까지 해서 게이지의 마음을 얻어야 한다고는 생각하지 않는다. 나는 이 사람을 사랑한다. ― 라고 스스로 생각하면 그것으로 족하다. 나는 가만히 있으면 되는 것이다. 후회하라고 이 사람에게 억지로 강요당하는 것은 모멸스럽다. 싫다. 나는 게이지에게서 어떤 것도 용서받아야 한다고 생각하지 않는다.

류코의 생각은 점점 묵직하게 심연으로 가라앉았다. 집을 나올 때 그토록 게이지가 그리웠던 것이 계속 슬픔으로 다가왔다. 눈물이 멈추지 않고 흘렀다. 복수할 수 있을 때까지 게이지 옆에서 가만히 지켜봐 주리라. 어떤 복수라도 감수하자. 오늘 아침처럼 그것이 두려워 남자로부터 도망치려고 했던 비겁한 일은 절대로 하지 말자. 복수를 당할 때까지 나는 가만히 있으리라. 그리고 조용히 받으리라. 그러는 편이 내 입장이 분명해져서 오히려 마음이 편하다. 그러는 편이 좋다. ― 류코는 그렇게 생각했다.

그리고 류코는 내일 아침 일찍 혼자서 도쿄로 돌아가기로 결정했다.

두 사람은 오랫동안 말이 없었다. 복도 덧문이 바람 때문에 덜컹덜컹

흔들렸다. 비쩍 마른 여종업원이 필요한 게 없는지 물으러 왔다가 곧 다시 나갔다.

"왜 그런 짓을 했어?"

게이지가 갑자기 세찬 목소리로 말했다. 류코는 돌아보지 않았다. 더이상 이 남자와 말을 섞을 일은 없다고 생각했기 때문이다.

"불쌍하게 여겨줘, 나를."

게이지의 눈에서 눈물이 떨어지고 있었다. 게이지는 팔짱을 낀 채 오열했다.

6

게이지는 아직 깊이 잠들어 있었다.

류코는 일어나 복도에 서서 밖을 바라보았다. 맞은편에 있는 정거장 지붕이 보였다. 그 지붕 뒤로 산이 보였다. 하늘을 가르는 굴곡진 산 윤곽이 류코의 눈앞을 가로막고 있었다. 하늘이 납빛으로 검게 찌푸려 있었다. 류코는 산을 보았다. 그리고 산과 지붕 사이로부터 한줄기 짙은 연기가 조금 오른쪽으로 휘감겨 피어오르는 것을 가만히 지켜보았다. 그녀의 마음은 음울했다. 주위 풍경과 같이 그저 어둠만이 마음을 감싸고 있었다. 류코는 또 안으로 들어가 미닫이문을 닫았다.

기적 소리와 차량 소리가 멀리서 하늘을 가로질러 사라져 갔다. ─ 남자인지 여자인지 분간되지 않는 아이들이 사투리가 섞인 목소리로 노래를 부르고 있는 게 바로 아래층에서 들려왔다. 주위의 객실은 어젯밤처럼 쥐죽은 듯 고요했다.

류코는 게이지 쪽을 보지 않고, 잠옷 자락에 손을 찔러 넣은 채로 앉아 있었다. 그리고 남자의 눈물을 봤던 그 순간부터 정情이 꿈처럼 허물어져 버린 것을 생각했다. 류코는 그저 마음을 닫았다. 그녀는 색깔도 빛깔도 사라진 것 같은 적막함이, 부서진 사랑의 마음을 허무하게 엮고 있음을 스스로 느끼고 그것을 조용히 응시했다.

류코는 거기에 그렇게 있을 수 없어 다시 일어났다. 일어나 뒤쪽 창문을 열어 밖을 보았다. 이 여관의 한쪽을 돌아 흐르는 작은 개울물이 바로 아래에 있었다. 깨끗한 물이었다. 물이 졸졸 흔들리며 흐르고 있었다.

이 물은 왜 저렇게 흔들거리며 흐르는 것일까 하고 류코는 생각했다. 류코는 다시 하늘을 보았다. 하늘은 역시 납빛으로 검게 흐려 있었다. 그래서 몸을 쭉 뻗어 담 밖의 늘어선 마을을 바라보았다. 가게 이름을 가나假名로 쓴 작은 요릿집 종이 행등이 하나 보였다. 이 길은 어젯밤 게이지와 걸었던 좁은 옆 길이라고 류코는 생각했다. 여기를 곧장 가면 작은 다리가 있다. 그 다리 위에서 구름에 가려진 반달을 발견했던 것이다 — 추운 바람이 살을 에듯 불었다. 류코는 창문을 닫고 또 어두운 방 안에 앉았다. 노란색 비단 잠옷과 벗어 던져 놓은 집 안에서 입는 쥐색 솜옷이 류코의 눈에 울적하고 답답하게 비쳤다.

류코는 곧바로 기차를 타고 도쿄로 돌아가고 싶어졌다. 게이지 옆에 단 한 시간이라도 이렇게 앉아 있는 게 견딜 수 없이 싫었다. 그래서 게이지를 깨우려고 그쪽으로 눈을 돌렸지만, 게이지가 잘 자고 있는 모습을 보자 이대로 두고 자기만 여기를 나갈까 하는 생각이 들었다. 류코는 아래층으로 내려가 욕실에서 머리를 매만지고 얼굴을 씻었다.

"눈이 온다."

"눈이네."

이렇게 말하는 목소리가 접수대 쪽에서 났다.

이층으로 올라온 류코는 복도에 서서 눈을 보았다. 어느덧 이제껏 아무것도 보이지 않던 아주 투명했던 공간이 재처럼 작은 눈으로 매워지고 있었다. 눈은 바람에 날리며 내렸다.

다음 기차가 발차할 때까지 아직 두 시간이나 남았다는 사실을 아래층에서 들었기 때문에 류코는 그 시간을 어떻게 보낼까 생각하면서 방으로 들어와 옷을 고쳐 입었다. 게이지가 일어나 류코 쪽을 보았다.

류코는 그것을 알아챘지만 아무 말도 하지 않았다. 게이지는 침상에서 나와 그대로 복도 밖으로 나갔다. 류코는 게이지가 자신이 뭔가 하려고 하는 일을 방해하는 미운 그림자 같은 기분이 들어 게이지의 뒷모습을 바라보았다.

'누가 뭐라든 돌아간다고.'

류코는 그렇게 결심하고 하오리 끈을 묶었다.

게이지는 류코가 지금 바로 도쿄로 돌아간다는 얘기를 듣고,

"그러는 편이 나아."

라고 말한 채 반대하지 않았다.

"당신은요?"

"나는 이삼일 여동생 집에 있을까 해."

게이지는 가라앉은 목소리로 낮게 말했다.

게이지는 좀 전 눈을 떴을 때부터 류코와 함께 4~5일 여행을 떠나 같이 시간을 보내고 싶다는 생각을 했다. 류코는 분명히 그 계획을 좋아할 거라고 생각했다. 여행을 떠나 마음을 달랜다면 자연스럽게 자신의 질투도 수그러들겠지. 류코도 자신의 집념에 괴로울 일이 없어 서로 당분간이라도 모든 것을 잊고 아무 일도 없었던 날로 되돌아갈 수 있을 거야 — 게이지는 그렇게 생각하고 새로운 기쁨으로 충만하여 눈을 떴다. 그리고 침상에서 일어났다. —

그렇게 생각했는데, 뜻밖에도 류코로부터 도쿄로 돌아가겠다는 말을 듣고서 갑자기 뒤집힐 듯 불쾌한 일이 연상되었다. 의혹의 검은 구름이 가슴에 퍼져 신경이 놀란 듯 전율했다. 겨드랑이 아래에서 식은땀이 났다.

게이지는 퀭한 눈을 아래로 떨어뜨린 채 마음속으로 무언가를 생각했다.

"그럼, 그렇게 하세요. 전 집에 가서 기다리고 있을게요."

류코의 목소리가 여느 때처럼 명랑한 것도 게이지에게는 반감을 주었다. 게이지는 대답하지 않았다.

두 사람은 또 밥상을 나란히 마주하고 늦은 아침 식사를 마쳤다. 시각은 벌써 정오를 지나고 있었다. 여종업원이 미닫이문을 여닫을 때마다 밖에서 눈이 보였다. 눈은 바라보는 동안에도 점점 더 많이 내릴 것 같은 기색이었다.

'일단, 다른 사람을 사랑한 여자다.'

게이지는 이 생각을 끊임없이 반복했다. —

류코는 침묵하고 있는 자기 머릿속에 어떤 번민이 검은 그림자를 끌고 다니며 가만히 넓게 퍼져 가는 것을 느끼고 있었다. 그 어두운 그림자 속에 류코의 정서를 자아내는 남자의 목소리가 숨어 있었다. 류코는 그것을 자신의 눈으로 쫓지 못하게 막으려는 것처럼 이따금씩 하늘을 보고 눈을 깜박거렸다. 류코의 가슴은 점점 떨칠 수 없는 번민으로 매워져 갔다.

"이렇게 눈이 많이 오는데 간다고?"

갑자기 게이지의 목소리가 들렸다. 류코는 멍하니 "네." 하고 말했다.

"여기서 하루 더 묵고 가지 그래?"

급하게 여자의 마음에 매달리듯 목소리가 부들부들 떨렸지만 류코는 마음속으로 그것을 강하게 물리쳤다.

"아뇨, 갈래요. 당신은 나중에 오세요. 이삼일 더 머무를 거면 더 계세요. ─"

류코는 게이지의 얼굴을 보지 않고 말했다.

게이지는 이도 저도 다 포기했다는 듯 일어서서 창 쪽으로 걸어갔다. 창문을 열고 계속해서 내리는 눈을 바라보았다.

좀 전에 류코가 거기를 바라보고 어젯밤의 정경을 떠올린 것처럼 게이지도 처마가 낮은 차야茶屋, 손님에게 음식과 유흥을 제공하는 것을 업으로 하는 집. 손님을 유곽으로 안내하기 위해 잠시 머무르는 요정을 일컫는 경우도 있음 -역자주가 즐비하게 늘어서 있는 마을을 보고 어젯밤의 일을 곱씹었다. 자신은 그때, 여자를 버리고 곧바로 가 버릴 작정이었다. 자신의 뒤를 쫓아 온 여자를 보고 의외라고 생각했지만 여자에게는 다시 말을 하지 않을 작정으로 이 마을을 걸었다. 여자의 얼굴을 보면 곧바로 여자를 버릴 각오였다.

게이지는 그때부터 자신의 마음 경로를 한 번 더 되짚어 보았다. 거기에는 여자의 손에 질질 끌려 다닌 미련한 자신의 모습이 남아 있었다. 자신에 대해서는 껍데기 이외에는 아무것도 가지지 않은 듯한 여자의 모습이 남아 있었다. ―

"난 곧장 여동생 집으로 갈 거야."

게이지는 창문을 닫으면서 이렇게 말했다. 창에서 불어 들어온 찬바람에 몸을 떨었던 류코가 창백한 얼굴을 들어 게이지를 바라보았다.

어쩐지 이것으로 이별일 것 같아 류코는 끝내 슬픔이 몰려왔지만, 감정을 억누르고 미소 띤 눈으로 게이지가 자신 앞으로 오는 것을 맞이하고 있었다. 웃던 눈가에 희미한 거짓 주름이 잡혀 있었다.

"지금 바로 가는 거야?"

"아직 한 시간 정도 시간이 있어요."

게이지는 여종업원을 불러 여동생이 사는 A마을까지 갈 인력거를 부탁했다. 게이지는 그것을 끝으로 아무런 말도 하지 않았다.

"이삼일 지내고 꼭 돌아오세요. 조금 떨어져 있는 편이 좋을 것 같아요. 우리 두 사람…… 당신도 그동안 좀 생각하세요. 저도 생각할 테니까."

류코가 이런 말을 했다.

류코는 게이지로부터 떨어져 잠시 동안 혼자가 되고 싶어 했던 간절한 소망 때문에 오히려 잘됐다고 생각했다. 지금 게이지와 떨어져 혼자가 되어서 자신 앞에 처음으로 확실하게, 스스로 처리하고 결정해야 할 문제가 가로놓여 있는 것처럼 생각되었다. 그것을 앞에 두고 누구에게도 성가시지 않게 잘 생각해서 처리할 수 있을 것 같았다. 그 결과가 어느 쪽으로 나타날지는 몰랐다. 게이지와의 이별? 새로운 사랑과의 이별? 류코는 빨리 혼자가 되고 싶었다. 이 분란한 감정을 잠재우지 않으면 안 된다고 생각했다. 그녀는 침착한 모습으로 게이지 앞에 앉아 있었다.

인력거가 곧바로 왔다. 게이지는 외투를 걸치며,

"그럼."

하고 류코에게 인사를 했다. 류코는 목례를 했지만 마냥 슬퍼져 말이 나오지 않았다. 자신의 얼굴을 주시하는 게이지의 눈이 언뜻 빛나 보였다. 게이지는 방을 나갔다.

7

열차는 눈을 맞으며 달렸다. 시야 내에 있는 눈보라 속 모든 사물이 어딘가로 휩쓸려 가는 것처럼 보였다. 숲도 산도 평원도 나무도 눈보라에 말려 올라가 그 모습이 사라져 갔다. 때때로 강물이 눈보라를 부수고 광물처럼 결정結晶된 검은색을 점점이 띠고 있었다. 류코는 창문에 얼굴을 가까이 대고 한창 내리는 눈을 차례차례로 바라보았다. 창밖으로 아주 작은 물방울이 흘러내리고 있었다.

어떤 정거장이든 외투에 눈을 뒤집어쓴 사람들이 여기저기에 있었다. 눈보라를 뚫고 왔다는 듯 거만하고 웅대한 모습으로 열차가 하나하나 정거장으로 들어왔다. 그리고 또 눈을 맞고 나가는 열차의 의기양양한 모습을 정거장에 있는 사람들은 고개를 들어 일제히 배웅하고 있었다. 류코의 눈에는 누구라고 할 것 없이 생기 가득한 빛이 사람들의 눈에 넘쳐흐르는 것처럼 보였다.

무언가를 가만히 응시하는 듯한 눈으로 생각에 잠겨 있는 류코는 이따금씩 창에 얼굴을 기대고서는 그 풍경에 마음을 빼앗기고 있었다. 따뜻한 스팀이 발끝부터 피부에 익숙하게 휘감겼다. 쿠션에 몸을 기댄 그녀의 몸속에서는 피가 뚝뚝 소리를 내고 있었다. 이 칸에는 류코 외에는 아무도 없었다.

류코의 마음은 대담하게 어떤 생각 속에 완전히 잠겨 있었다. 그 생각은 그녀의 편안한 마음을 부드럽게, 조심스럽게 한쪽 끝에서부터 갉아먹어 갔다. 가벼운 미소가 그녀의 옅은 혈류를 움직이게 했다.

"저를 버리지 마세요. 무슨 일이 있어도. 반드시요."

이렇게 말하는 남자의 목소리가 젊고 발랄하게 울렸다. 그것은 누구의 목소리였나? 류코의 피가 또 부드럽게 흔들렸다.

"버리지 않아요. 당신을 버리는 경우가 생긴다면, 전 제 자신을 버리겠지요."

류코의 귀에 또다시 여자의 목소리가 발랄하게 울렸다. 누구의 목소리였을까?

여자는 비둘기를 소맷자락으로 감싸고 있었다. 두 사람 주위에 모여

든 많은 비둘기 중에서 한 마리가 갑자기 여자 쪽으로 날아와 품으로 파고들었다. 여자는 그 당돌한 비둘기의 사랑에 놀라면서 꼭 안아 비둘기의 부리에 입을 맞췄다.

"빨리 거기에 있는 쌀을 꺼내 줘요."

여자가 비둘기의 작은 머리를 살뜰하게 쓰다듬으며 남자에게 말했다.

남자는 유리 뚜껑을 열고 그 안에서 쌀과 콩이 가득 담긴 작은 토기 접시를 꺼내어 여자가 품고 있는 비둘기 옆으로 가지고 왔다. 여자는 그것을 받아 들고 비둘기에게 먹여 주었다. 남자도 기쁜 듯 바라보고 있었다.

"귀여운 비둘기네."

"그러네요."

많은 비둘기 무리가 유영하듯 두 사람 주위를 맴돌면서 구구, 구구, 하고 울었다. 두 사람은 비둘기와 함께 놀았다. 돌아가는 길에 남자가 한 말이 그것이었다. 여자가 대답한 말이 그것이었다.

류코의 추억이 아름다운 색을 띤 연무 속으로 엉키듯 계속해서 떠올랐다. 고뇌 깊은 남자의 마음이 류코의 마음에 집착하여 매달렸다. 이때쯤 되자 여자로부터 떨어지지 않으려고 한층 더 꽉 달라붙는 남자의 정념이 류코의 가슴에 아픈 슬픔을 띠고 확실히 비쳐졌다. — 우울한 눈을 가진 남자의 큰 눈이 문득 그녀를 엿보는 것 같이 느껴져 류코는 화들짝 놀랐다. 누구의 눈이었는지, 그 환영 속의 눈은 기억에 없었다. 류코의 가슴이 어슴푸레 고동쳤다. 자신은 지금, 자고 있었던 게 아닐까 생각했다. 그렇게 생각하고 류코는 지금까지의 의식을 찾기 위해 되짚어 보았다. 피를 흔들었던 어떤 생각이 꿈이 아니라 짙은 색으로 그녀의 뇌리에 남아 있었다. 그녀는 그것이라고 깨달은 찰나에 참을 수 없이 성가신 기분이 들었다. 그러한 생각으로 사로잡힌 자신이 울적해져서 싫었다. 하지만 그 생각 옆으로 남자의 정념이 슬며시 애달프게 그녀의 마음으로 덮쳐와 떠나지 않았다. 류코는 창밖을 보았다. 눈이 그녀의 눈언저리를 스쳐 옆으로 휙 지나갔다.

이 객실은 점점 승객이 늘어 갔다. 냄새 나는 담배 연기가 객실에 흘렀다. 신문을 넘기는 소리가 울렸다. 뚱뚱한 남자 목소리도 류코의 귀에 시끄럽게 들려왔다. 등불이 친숙한 깊은 색으로 실내를 비추고 있었다. 밖은 눈빛雪光을 남기고 점점 저물어 갔다.

문득 류코의 마음이 확 열려 갑자기 주위가 눈부셔졌다. 자신의 몸이 지금 완전히 자신의 것이다, 자신의 정신이 지금 완전히 자신의 것이라는 의식이 튕기듯 강하게 일어났다. 그녀는 자유로운 이 순간이 참을 수 없이 기뻤다. 어떤 생각을 하든 좋았다. 어떤 일을 해도 좋았다. 누구를 버려도 좋았다. 누구에게 배반당해도 좋았다. 누구든 정념에 자신의 마음을 귀찮게 하지 않아도 좋았다. 자신을 생각하는 것은 자신을 생각하는 사람의 마음이었다. 기만당했다고 생각하는 사람은 기만당했다고 생각하는 사람의 마음이었다. 조롱당했다고 생각하는 사람은 조롱당했다고 생각하는 사람의 마음이었다. ─ 류코는 이제부터 자신의 생이 자기 마음대로 움직여 갈 것처럼 생각이 들어, 마음이 크고 넓게 앙양되었다.

도쿄도 상당한 눈이 내렸다. 기차에서 내린 사람들은 정거장 한 모퉁이에 모여 제각기 인력거를 잡고 있었다. 눈 속에 떼 지어 모여 있는 인력거들은 하나같이 앞 덮개 안까지 눈이 들쳐 가득 쌓였다. 인력거꾼은 그것을 계속 털어 내며 사람을 태우고 있었다. "시로카네 산코초白金三光町 -" "간다神田 방향 니시키초錦町 -"라고 말하며 파란 모자를 쓴 중개인손님을 대신해서 인력거를 불러주고 약간의 수고비를 받는 사람-역자주이 인력거꾼을 부르고 있었다. 승객들은 불어대는 눈을 피하면서 힘든 모습으로 서성거리고 있었다.

류코는 끝내 교외로 가는 전차 정거장까지 가는 인력거를 구할 수 없었다. 류코는 눈 속을 뛰어갔다. 아주 짧은 시간에 머리도 기모노도 버선도 눈에 젖었다.

전차를 타고 집 근처 정거장에 도착해서도 류코는 집까지 눈을 맞으며 걸어갔다.

교외의 길은 흰 천처럼 하얬다. 걸음을 옮길 때마다 고마게다駒下駄, 굽을 따로 달지 않고 나무를 통으로 깎아 만든 왜나막신-역자주가 기모노 옷자락을 밟아 눈 속으로 푹푹 빠지면서 갔다. 온몸으로 눈을 맞으면서 걸었다. 얼굴에만 차가운 것이 흩뿌려지는 게 느껴졌다. 그녀의 온몸은 따뜻했다. 가끔 그녀는 하늘을 올려다보거나 언덕 저편을 건너다보기도 했다. 눈빛雪光이 끝없이 펼쳐져 있었다. 하염없이 내리는 눈빛을 통해서 어렴풋이 알아 볼 수가 있었다. 눈이 내리는 아래로 눈 쌓인 지붕이 희미하게 떠 있었다.

류코는 언제까지나 이렇게 목적 없이 돌아다니고 싶은 생각이 들었다. 고마게다에 힘을 줘 뽀도독 밟은 눈을 차며 걸었다. 일부러 깊게 호흡해서 불어오는 눈에 대항했다. 하지만 집에 도착했을 때에는 스스로 포기한 듯 호흡이 끊기고 모든 기운이 전부 소진된 기분이 들었다. 닫힌 문 문짝을 열었더니 입구에 있는 조릿대에 쌓인 눈이 후르르 하고 얼굴에 튀었다. 그것을 인지하면서도 현관에 걸터앉았을 때에는 반쯤 정신을 잃은 듯 맥박이 점점 잦아들어 가는 것 같아 멍하니 있었다.

류코는 젖은 옷을 모두 벗고 머리를 풀고 자기 방으로 들어갔다. 방에는 등이 환하게 켜져 있었다. 어제 아침 그녀가 모든 것을 버리고 나가려고 했을 때와 같은 위치에 여러 가지 물건이 잘 정리되어 있었다. 경대 위 기름병도 좁은 어깨를 움츠리고 구석에서 빛을 받고 있었다. 그녀는 울고 싶을 정도로 이 방 안의 모든 것이 사랑스러웠다.

'너희들은 아무것도 모르겠지만 난 어제부터 오늘까지 피를 모조리 짜낼 것처럼 많은 생각을 했어. 그렇지만 난 이 방에 다시 돌아왔어.'

류코는 이런 생각을 하면서 방 안을 둘러보았다. 그리고 하녀가 준비해준 고타쓰炬燵, 난방기구의 하나. 탁자 아래에 열원熱源을 붙이고 전용이불을 덮은 형태로, 전용 이불 속으로 발을 넣어 몸을 덥힘-역자주 속으로 들어가 잠을 잤다. 오랜만에 자신의 유젠友禅, 비단 등에 꽃·새·산수 등의 무늬를 화려하게 염색하는 날염법의 한 가지-역자주 이불 속에 포근하게 싸인 느낌이 들었다. 자신의 피부에 길들어진 이불의 부드러움이 위로하듯 그녀의 몸에 착 감겼다. 류코는 아무것도 생각하지 않고 밝은 전깃불 아래에서 편안하게 잠 속으로 빠져들었다.

꽤 깊이 잠이 들었을 때 류코는 머리맡에서 무슨 소리가 나 눈을 떴다. 하녀가 편지를 가지고 온 소리였다. 편지는 히로조에게서 온 것이었다.

저는 한 시부터 다섯 시 넘어서까지 기다렸습니다. 왜 오시지 않는 걸까 생각하고 또 생각했습니다. 설마 하는 생각에 한 시간, 또 한 시간 기다리다보니 결국 다섯 시를 넘길 때까지 기다리게 되었습니다. 하지만 오시지 않았습니다. 무슨 일이 생기신 건 아닌지 걱정하고 있습니다. 아프신 건 아닌지요? 곧바로 답을 해 주십시오. 그렇지 않으면 내일 한 번 더 그 정거장에서 기다리겠습니다. 오실 수 있으시면 와 주세요. 기다리고 있겠습니다.

이렇게 쓰여 있었다.

오늘이 그날이었다. 류코는 오늘 날씨가 좋으면 교외로 산책하러 가기로 약속했던 게 생각났다. 하지만 편지를 거기에 내던져 둔 채 다시 잠들어 버렸다.

8

다음날 아침 류코는 비교적 일찍 눈이 떠졌다. 밖은 맑았고, 햇살이 눈雪 위로 빛나고 있었다. 집 주위로 낙숫물 소리가 시끄럽게 났다.

류코는 몸에 열이 있었지만 이부자리를 나와 창문으로 파란 하늘을 바라보았다. 파란 하늘은 자신의 입에서 내뿜는 하얀 김을 아득하게 내려다보고 웃고 있었다. 그 얼굴 가득히 햇살이 넘쳐흐르고 있었다. 류코는 그 빛이 눈부시다고 생각하면서 거울 앞으로 가 자신의 얼굴을 비춰

보았다. 어제도 그저께도 거울에 얼굴을 비춰 봤지만 얼굴을 자세히 보지 않았다는 느낌이 들었다. 얼굴은 게이지처럼 여위지는 않았다. 눈에 그림자가 져 있기는 했지만 뺨도 턱도 살이 포동포동 붙어 있었다. 혈색도 좋았다. 류코는 손으로 뺨부터 턱살까지 어루만져 보았다.

류코는 잠시 밝은 햇살이 들어오는 다다미방 안을 잠옷 바람으로 여기저기 돌아다녔다. 문득 어젯밤의 히로조의 편지가 눈에 띄어 편지를 집어서 다시 읽어 보았다. 어젯밤에는 아무렇지도 않던 일이 오늘 아침에는 상당히 미안하게 생각되었다. 눈이 오는 추운 정거장에서 네다섯 시간이나 기다렸을 히로조의 모습이 그녀의 눈에 생생히 비쳤다.

류코는 내버려 둬서는 안 될 것 같은 생각이 들었다. 분명히 오늘도 자신을 기다릴지도 모른다. 무슨 조치를 취해야 한다고 류코는 생각했다. 하지만 그러한 생각과 함께 어떤 잔인하고 심술궂은, 될 대로 되라는 마음이 은밀하게 미소처럼 번졌다.

그냥 내버려 두자고 생각한 것이다. 그녀는 이 편지 한 구절 한 구절로부터 그 사람의 생각을 헤아리는 것도 귀찮게 생각되어 짜증이 났다.

'어떻게 되든 상관없어. 어떻게 되든 상관없어.'

라며 류코는 가슴 깊은 곳에서 계속 외쳤다. 여기에 대해 생각하는 것은 마치 노출된 몸 위로 물건이 딱 붙는 것 같은 느낌을 주었다.

류코는 편지를 마구 구기고는 가장자리부터 잘근잘근 씹었다. 그리고 자기가 저지른 행동이, 저질러진 채로 가로놓여 있는 것을 스스로 조소하며 차갑게 바라보았다. 류코는 창을 열어 두고 다시 이불 속으로 들어갔다. 밝은 햇살이 가루를 뿌리듯 그녀의 눈 주위로 쏟아졌다.

류코는 곧 잠이 들었다. 그리고 생생한 꿈속으로 들어갔다. 그 꿈은 전혀 꿈이라고 생각이 들지 않을 정도로 생생하게 움직이고 있었다.

류코는 키 큰 노송나무 담장을 따라 어떤 골목으로 들어갔다. 이리아라이入新井에 있는 히로조의 집으로 갈 작정으로 걸었던 것이다. 새로 지은 집 대여섯 채가 동향으로 북향으로 한데 모여 있는 그 일대도, 골목 막다른 곳에 있는 격자문의 히로조의 집도, 실제 그대로 꿈에 나타났다. 류코는 격자문 앞에서 뒤쪽으로 돌아 우물가 쪽을 보았다. 우물가에 밝은 햇살이 비치고 있었다. 거기서 히로조의 어머니가 빨래를 하고 있었다. 류코가 말을 걸자 어쩐 일인지 어머니는 자기 앞으로 와서 하염없이 울었다.

류코도 슬퍼져 잠시 울고 있었는데, 어느 샌가 자신은 히로조의 방에 들어와 히로조와 마주하고 있었다. 히로조가 자꾸 섰다 앉았다를 반복했다. 히로조의 맨발이 생생하게 류코의 눈에 비쳤다.

류코는 또 몹시 울었다. 소리 높여 울었다.

'전 어머니를 보면 늘 이렇게 슬퍼요. 정말로 언제 봐도 좋은 분이세요.'

류코는 이렇게 말한 것 같은 마음으로 계속 울었다. 그리고 전혀 울지 않는 히로조가 미웠다. 두 사람은 어머니 일로 어떤 언쟁을 했다. 그 사람은 게이지의 어머니라고 히로조가 말했다.

하지만 류코로서는 히로조의 어머니로밖에 생각되지 않았다. 얼굴도 히로조의 어머니와 똑같았다. 어두컴컴한 구석의 구석에서 어머니가 앉아 있는 그림자가 보였다. 류코는 거기로 가려고 일어섰지만 조금도 걸어지지가 않았다. 류코는 "어머니. 어머니." 하고 불렀으나 어머니는 가만히 있었다. 히로조는 어머니 옆으로 가 무슨 이야기를 했다.

류코는 히로조가 어머니와 둘이서만 이야기하는 게 분했다. 그래서 자신이 뭔가 말하려고 하자 히로조가 어느 샌가 자기 옆에 있었고 손을 잡으려 했다. 류코는 계속 거부하려고 했다. 하지만 어머니의 얼굴과 모습이 곧 눈앞에 점점 크게 나타났기 때문에 류코는 기뻐서 자신도 모르게 목소리를 높이며 어머니에게 매달리려고 했다. 류코의 꿈은 거기에서 끝났다.

왜 어머니가 꿈에 나타났는지 류코로서는 알 도리가 없었다. 류코는 일어나 앉아 밝은 방 안을 둘러보았다. 그곳에 꿈에서 보았던 어머니가 실제로 앉아 있는 것 같아 그립기도 하고 한편으로 기분 나쁘기도 했다.

그때부터 류코는 몸에 열이 더 올라 바로 꾸벅꾸벅 졸았는데 정오가 지난 무렵 손님이 왔다고 하녀가 깨워서 일어났다. 방문객은 히로조였다. 류코는 이부자리에서 나와 히로조를 만났다.

아래층 객실에서 기다리던 히로조의 얼굴은 창백했다. 히로조는 어쩐지 초조한 표정에 불안한 눈빛을 하고 있었다. 류코를 보자 쓸쓸하게 웃고 목례를 했다. 히로조는 망토를 입은 채 앉아 있었다.

"어젯밤 한숨도 못 잤습니다."

히로조는 떨리는 목소리로 그렇게 말했다. 류코는 기모노를 질질 끌어 히로조 앞에 잠시 서 있었다.

"무슨 일이세요?"

류코는 전혀 딴 얘기를 하는 기분으로 히로조의 얼굴을 보았다. 갑자기 슬픔이 밀려온 듯한 얼굴로 히로조는 아래를 가만히 응시하며 말이 없었다.

그 표정이 류코의 눈에 들어왔다. 이 사람은 무엇을 그토록 슬퍼하는 걸까 생각했다. 꿈에서 본 히로조의 얼굴이 그녀의 머릿속에 떠올랐다. 류코는 멍하니 선 채로 히로조의 얼굴을 보고 있었다.

"여기에 와서는 안 된다고 생각했지만 참을 수가 없었습니다. ― 어제는 왜 안 오셨어요? 오늘도."

히로조는 말을 끊고 류코를 올려다보았다. 아파 보이는 모습을 보자, 또 갑자기 걱정이 되었다.

"어디 안 좋으세요?"

"네, 조금."

류코는 히로조 앞에 앉을 수가 없었다. 그 앞에 앉아 버리면 자연히 결정될 게 있을 것처럼 생각이 들었다. 그래서 계속 서 있었는데 이번에는 기모노를 질질 끌면서 방 안을 걷기 시작했다.

"편지라도 주셨으면 이렇게 걱정하지 않았을 텐데."

히로조는 류코의 모습을 지켜보면서 중얼거렸다. 그리고 곧바로 일어나 돌아가려고 했다.

"가세요?"

"네. 이제 안심되었거든요. 얼마나 걱정했는지 모릅니다. 정말로 아프신 거면 몸조리 잘 하세요."

히로조는 류코가 자기 앞으로 와 주기를 선 채로 기다렸지만 류코는 멀리서 아무 말 없이 히로조의 얼굴을 바라보고 있었다.

"갑자기 오게 된 걸 용서해 주세요. 네?"

히로조는 자신의 갑작스런 방문을 류코가 불편해 하는 것이라 생각했다. 그것을 용서 받으려고 응석부리듯 이렇게 말했다.

"잘못한 거죠?"

"아니에요."

류코는 멀리서 머리를 가로저은 채 움직이지 않았다.

"그럼, 이만 가겠습니다."

히로조는 몹시 아쉬워하며 방을 나오려고 했다. 그러자 갑자기,

"기다리세요. 거기까지 배웅해 드릴 테니."

라며 류코가 큰 목소리로 말했다. 류코는 그대로 이층으로 올라갔다. 류코는 곧 준비해서 내려왔다. 생각에 잠겨 걷는 듯, 한 계단 한 계단 내려오는 발걸음이 느렸다.

"몸이 안 좋으시잖아요. 밖에 나가면 안 좋을 텐데요."

히로조가 사뭇 걱정 어린 어조로 말했다. 그리고 류코의 얼굴을 훔쳐보듯 했다. 류코는 대답하지 않고 먼저 밖으로 나갔다.

눈이 녹은 진창길을 조심하며 걸어가느라 두 사람은 꽤 오랫동안 말이 없었다. 류코는 이대로 말없이 정거장까지 배웅하려고 했다. 모든 얘기는 편지로 하면 된다. 그렇게 생각하면서 류코는 갑자기 걸음을 멈추고 히로조 쪽을 보았다. 히로조는 곧 류코 쪽으로 얼굴을 돌려 류코가 말하기를 기다리는 기색을 보였다. 그 입술은 붉고 아름다운 빛깔을 띠고 있었다. 모자를 벗었기 때문에 길고 짙은 머리카락에 햇빛이 반짝반짝 비추었다. 류코는 자기도 모르게 히로조를 향해 웃음을 흘렸다. 히로

조는 희미한 웃음으로 그것에 답했다.

그러나 그 미소를 본 순간 암울한 그림자가 쏴 하고 류코의 가슴을 메웠다.

"우리 이제 헤어져야 할지도 몰라요."

류코는 이렇게 말해 버렸다. 히로조는 어떤 예시를 받은 것 같은 번 뜩임을 담은 눈빛으로 류코 쪽을 돌아봤다. 그런데 류코는 그 다음 말을 이을 수가 없었다.

두 사람은 문을 닫은 가케자야掛茶屋, 길가나 유원지 등에서 발 등을 둘러 치고 통행인에게 차나 과자를 파는 간이식당-역자주를 돌아 언덕 위쪽으로 나왔다. 류코는 울타리 근처에 서서 서쪽 하늘을 바라보았다. 온 하늘이 맑았다. 눈雪이 반사되어 눈이 아팠다. 작은 요릿집 종이 행등이 내걸린 마을 하늘도 맑을 것처럼 보였다. 류코는 그저께, 여기서 세찬 바람 속을 뛰어갔던 자신의 모습을 돌이켜보고 괴로움과 고통스러움에 시달렸다.

"무슨 일이 있었던 건 아닙니까?"

히로조가 이렇게 말하면서 류코 옆으로 바싹 다가갔다.

"이것으로 헤어져야 한다면 당신은 싫으세요?"

류코는 멀리 서쪽 하늘을 보면서 반문했다.

"네, 싫습니다."

히로조가 분명히 말했다.

류코는 모두 말해 버릴까 망설였다. 그렇지만 말할 수 없었다. 그저께부터 일어난 일을 모두 이야기할 수 있다고 해도 자신이 게이지를 쫓아갔다는 사실을 히로조에게 말하는 게 싫었다. 거기에는 어쩔 수 없는 사랑의 허세가 있음을 그녀는 부끄럽게 생각했지만 어쩔 수 없었다. 류코는 계속 서쪽 하늘을 바라보며 생각했다.

"당신과 만나는 게 싫어졌어요. 요즘 들어 무턱대고 말이죠."

류코는 일부러 비아냥거리는 투로 말했다. 잔인함과 자포자기의 감정이 점차 일기 시작했다. 류코는 조소를 마음속으로 참으며 히로조 쪽으로 얼굴을 돌리지 않았다.

"왜 그런 말을 하십니까?"

히로조는 사실로 받아들이지 않는 양 조용히 말했다. 항상 여자의 손안에 있는 공처럼 아양스러운 남자의 온순함이 그 말에 드러나 있었다. 그것 때문에 신경질적으로 변한 류코의 기분을 건드렸다. 류코는 흥분하듯 발끈하며 다시 걷기 시작했다.

"정거장까지 배웅해 드릴게요."

"그것보다도 지금 하신 얘기를 해 주세요. 왜 그런 말을 하시는 건지."

"이유 같은 건 없어요."

라고 말했으나 생각을 바꿔,

"그 사람이 모든 걸 알고 있어요."

라고 내뱉듯 거칠게 말했다.

"그랬군요."

순간적으로 나온 히로조의 목소리는 불안과 절망이 섞여 울렸다. 햇살이 부드럽게 두 사람이 가는 길을 아련히 내리쬐고 있었다. 이따금씩 뜻밖의 장소에서 눈 녹은 물방울이 후두두 떨어졌다. 히로조는 그 이야기를 전부 들으려고 했지만 류코는 어제의 일도 그저께의 일도 입에 담지 않았다.

두 사람 사이가 깨졌다 — 라는 슬픔이 계속해서 히로조의 가슴을 파고들었다. 히로조는 류코도 그 사실을 슬퍼해 주길 바랐다. 그렇게 해달라고 조르듯 류코 쪽을 뚫어져라 보았다. 그리고 그 얼굴에서 약간이라도 동요하는 감정을 확인하고 싶었지만 류코는 차가웠다 — 오히려 밉살스럽게 굳은 표정으로 끝까지 입을 열지 않았다.

"뭔가 말씀이 없지는 않았겠지요? 노시로 씨 말이에요."

"네, 말했어요. 끔찍했죠. 죽이겠다고 했어요."

히로조는 그 말에서 두 사람의 싸움이 연상되었다. 어떤 일에도 아직 훈련이 덜 된 히로조의 초보자적 젊은 마음이 무서운 일격을 당한 것처럼 일시에 떨렸다. '죽이겠다'는 말 한마디를 잘 이해하는 것조차 히로조는 무서웠다. 자기 때문에 그런 무서운 악마의 손길이 류코에게 미친다는 것은 히로조로서는 상상도 할 수 없었다.

두 사람은 말없이 걸어갔다. 그리고 정거장에 들어갔다. 류코는 헤어지려고 했다.

"싫습니다. 이대로 헤어지는 건."

히로조는 류코의 손에 매달리듯 류코에게서 떨어지지 않으려고 했다.

"어떻게 하면 좋을까요? 당신은 어떻게 하실 건가요? — 오늘은 댁에 계실 건가요?"

류코는 잠자코 있었다.

"있잖아요, 류코 씨. 저는 각오하고 있습니다. 이제 부모님이나 집 생각은 하지 않을 겁니다. 당신이 하라는 대로 할 겁니다. 당신과 헤어지는 건 싫습니다."

히로조는 저쪽 편으로 얼굴을 돌려 흰 손수건을 꺼내 눈물을 훔쳤다. 손수건을 소맷자락에 넣고 또 류코 쪽을 바라보았다. 눈언저리가 빨개졌다. 류코는 그 눈을 주시했지만 류코의 얼굴에는 어떠한 감동의 빛도 드러나지 않았다.

"아무리해도 두 개의 길을 동시에 갈 수는 없으시겠죠. 어느 쪽이든 선택할 수밖에요. —"

히로조는 말하면서 아래를 내려다보고 서 있었다. 류코는 정거장을 나가 울타리 쪽에서 사방을 둘러보았다. 히로조에 대해 혐오감이 밀려와 참을 수 없었기 때문이다. 왜 그렇게 히로조가 귀찮고 싫어지게 된 건지 그녀 자신도 알 수가 없었다.

류코는 자신의 눈도 마음도 먼 하늘에 내던지고 있었다. 여기서 이대로 어디론가 가 버리고 싶었다. 자신이 저지른 일에서 멀리 벗어나고 싶었다. 비겁한 일이라 해도 멀리 벗어날 도리밖에 다른 길이 없다는 생각이 들었다. 남자의 집념 깊은 사랑도 다른 사람이 불 지른 게 아니다. 그 마음을 유혹한 건 류코였다. 류코가 남자에게서 장난삼아 끄집어낸 그 사랑은, 지금은 어떻게 할 수 없을 정도로 불타올랐다. 류코는 지금, 자신의 눈앞에서 확실하게 확인했다.

하지만, '내가 잘못했다.'고 하는 스스로의 반성조차도 더 이상 귀찮아져 견딜 수 없었다.

'귀찮아. 귀찮아.'

그녀는 자신의 머리를 쥐어뜯고 싶다고 생각하며 울타리를 꼭 붙잡았다.

"어떻게 하면 좋을까요?"

히로조의 목소리가 가까이서 들렸다.

히로조는 그저 이렇게 말하며 류코를 재촉했다. 두 사람의 결별 ─ 그것은 히로조로서는 참을 수 없는 슬픔이었다. 류코가 자신에게로 도망쳐 나와 주는 것 말고는 히로조로서는 더 이상 기다릴 일도 없었다. 그것이 단 하나의 바람이었다. 그리고 그것으로 인해 이 사랑은 더 깊고 강하게, 실제로 이루어지리라 생각했다. 히로조는 류코가 그것을 결심하지 못하고 있는 게 아닌가 생각했다.

"무슨 생각을 하고 계십니까?"

류코는 말이 없었다. 가끔 정거장으로 가는 사람들이 뒤쪽으로 지나갔다. 그 발소리가 두 사람의 마음을 방해하여 산만하게 만들었다. 두 사람은 태연한 얼굴로 하늘을 보거나 정면을 바라보거나 했다.

"무슨 생각을 하고 계신가요? 당신을 죽인다고 했다면 저도 함께 죽겠습니다. 무슨 일이 있어도 당신과 헤어지는 게 싫습니다. 그런 일은 있을 수 없어요. 이미 저는 그럴 수 없어요."

류코는 갑자기 가슴 깊은 곳에서 눈물이 터져 나올 것 같았다. 하지만 류코는 입술을 깨물고 참았다.

"전 이대로는 돌아갈 수 없습니다."

히로조는 그렇게 말했다.

전차가 서로 지나쳐 갔다. 류코는 그대로 말없이 돌아갈까 생각하며 뒤돌아서서 처음으로 히로조의 얼굴을 보았다. 히로조의 얼굴에는 류코의 마음을 흔드는 애처로운 슬픔이 떠돌고 있었다. 류코는 또 고개를 숙여 시선을 외면했다.

햇살이 눈부시게 반짝거렸다. 그 햇빛은 행복이었다.

"계속 이러고 있어도 소용없잖아요. 오늘은 헤어집시다."

류코가 상냥하게 말했다.

"당신은 어떻게 하실 겁니까? 저는 그게 걱정이 되어서."

"걱정하실 건 아무 것도 없어요. 편지로 자세히 말씀드릴 테니까요."

류코는 그렇게만 말했다. 아버지가 계시는 곳에 가려고 한 결심이 가장 좋은 방법이라고 생각했다. 역시 모든 것을 버리고 내일이라도 오늘이라도 멀리 아버지가 계신 곳으로 가려고 생각하고 있었다. 류코의 가라앉은 마음에 옅은 슬픔이 흘렀다.

"그럼, 안녕히 가세요."

류코가 그렇게 말했을 때, 히로조가 갑자기 뭔가에 놀란 목소리로 말했다.

"노시로 씨지요?"

히로조가 숨죽이며 말했다. 류코는 뒤돌아보았다. 게이지가 어제의 모습 그대로 고마게다를 신고 진창길을 두세 칸間, 척관법에서 길이의 단위. 약 1.82m-역자주 앞서 걸어갔다. 게이지는 이쪽을 쳐다보지 않았다.

"못 봤나요?"

"아뇨. 당신을 보고서 갔습니다. 제 얼굴도 봤어요."

히로조의 얼굴은 창백한 빛을 띠고 그 눈은 야릇하게 빛나고 있었다.

히로조는 게이지의 뒷모습에서 눈을 떼지 않았다.

"그럼, 당신은 돌아가시는 게 좋겠어요."

류코는 억지로 밀어붙이듯 히로조를 향해 재촉했다.

"노시로 씨는 또 무슨 말씀을 하시겠지요?"

"상관없어요."

"제가 노시로 씨를 만나겠습니다."

히로조가 결심한 듯 힘을 주어 이렇게 말했다.

"뭣 때문에요?"

류코는 차가운 눈빛으로 조용히 히로조를 바라보았다.

"당신은 돌아가시는 게 좋겠어요."

류코는 히로조가 게이지를 만나겠다고 한 것이 정말 주제 넘는다고 생각했다. 류코는 모욕감이 느껴져 불쾌해졌다.

"돌아가세요. 걱정하실 일 없으니까."

류코는 말로만 달래듯 말했다.

"정말로 편지를 주시겠습니까? 걱정이 돼서요."

류코는 말없이 고개를 끄덕였다. 히로조는 류코의 손을 잡고 뭔가 호소하듯 류코의 눈을 바라보았지만 말로 표현하지 못하고 류코의 곁에서 떨어졌다. 류코는 히로조를 그대로 놔두고 왔던 길로 다시 되돌아갔다.

뜻밖에도 게이지가 길모퉁이에 서 있었다. 류코는 게이지의 얼굴을 보았다. 살기를 품은 눈과 마주쳤을 때, 류코는 그 눈을 빤히 바라보며 말없이 지나가려고 했다.

"뭐하고 있었던 거야?"

게이지가 뒤에서 말을 걸었지만 류코는 대답하지 않았다.

"어디 가는 거야?"

게이지가 바싹 뒤따라와 류코의 팔을 잡았다.

"집에 가요."

류코는 얼굴을 가까이 대고 게이지의 얼굴을 빤히 쳐다봤다. 가슴이 쿵쿵 뛰고 피가 거친 파도처럼 몸속에서 요동칠 정도로 게이지의 얼굴을 보는 게 무서웠다. 무서움을 꾹 참고 게이지의 얼굴을 노려보았다.

"놔요. 무슨 짓이에요?"

류코는 그 손에서 팔을 빼내려고 발버둥 쳤지만 게이지는 놓아 주지 않았다. 두 사람은 그대로 앞으로 걸어갔다.

"당신이 말한 대로 태워 죽여 주겠어."

게이지는 신음하듯 낮게 말했다. 그 숨이 매우 가빴다. 류코는 말없이 끌려갔다. 공포가 전신을 덮쳐 왔지만 류코는 엄청난 힘으로 그것을 억눌렀다.

"어떤 경우를 당해도 괜찮아요. 당하게 해 주세요."

자신의 인생에 그런 기적이 일어난다 ― 류코는 냉소적으로 그렇게 생각하며 하늘을 보았다. 파란 하늘은 행복하게 빛나고 있었다.

그녀의 생활彼女の生活

1

그녀가 닛타新田와 결혼한 것은 스물한 살 때의 일이었다.

두 사람은 우연히 만나 알고 지내는 사이가 되었다. 그때부터 닛타는 그녀를 사랑하게 되었다. 마사코優子도 마찬가지로 남자를 사랑했다. 닛타는 마사코와 결혼하려고 했다. 하지만 그 당시 자기自己에 대해 생각할 줄 아는 총명한 젊은 현대 여성이 흔히 가지고 있던 두려움 때문에 마사코는 결혼에 대해서도 불안하게 생각했다. 마사코는 결혼이 두렵다고 생각하기보다 결혼 후의 자기 자신에 대해 지나치리만큼 깊이 생각했다. 특히 그녀는 결혼 후 남자로부터 어떤 대우를 받게 될지에 대해 의구심을 품었다. 그것은 젊은 그녀에게 새로운 시각으로 세상 모든 부부들의 생활을 탐구하게 만들었다.

거기에는 마사코가 분개하지 않고서는 견딜 수 없는 여자의 굴욕만

이 발견되었다. 어느 여성이라도 허리에 굵은 쇠사슬이 감겨 있었다. 마치 자신이라는 존재를 상실한 망령과 같은 창백한 얼굴만 있을 뿐이었다. 어떤 여자는 남자에 대한 사랑 때문에 생긴 질투와 자신의 생활에 대한 권태로 인해 히스테릭해졌고, 어떤 여자는 아침부터 온종일 갓난아기의 기저귀를 빠느라 물 한 모금 마실 때에도 헉헉댔으며, 또 어떤 여자는 남자에게 절대적으로 복종했다. 여성의 심장은 남편과 아이를 위해 억압되고 착취되며, 거기다가 청신清新하게 움직이는 모든 여성의 피는 먼지로 막힌 하수 도랑처럼 혼탁해져 있었다. 여성들은 순진한 사랑 등을 사색적으로, 교의적教義的으로 생각할 여유가 없었다. 개와 고양이가 자신이 낳은 새끼를 귀여워하는 것과 마찬가지인 저급한 본능적 애정으로 단순히 아이들을 잘 돌보는 것을 우선으로 하는 것 외에는 아무것도 몰랐다. 여성들은 또 가정에 있어 책임이라고 하는 것을 생각할 여유도 없었다. 여성은 가사에조차 책임 같은 것은 티끌만큼도 느끼지 않았다. 여성들의 가사라는 것은 단지 무언가 자신의 앞뒤로 조여 오는 일에 무의식적으로 손을 대는 것에 지나지 않았다. 정말이지 살림하는 여성 앞에는 산더미 같은 잡무가 쌓여만 갔다. 평생토록 여자의 면전에는 가족의 빨래가 하루도 빠짐없이 매일매일 쌓여 갔다. 이리하여 여성들은 책임이라고 하는 최대의 의미를 자신들의 생활에서 발견하는 것조차 지쳐 했다. 축제 수레 인형이 뒤에서 밀리고 앞에서 끌려 유영하며 움직여 나아가듯, 여성은 완전히 혼을 봉쇄당하여 인형처럼 뒤에서 밀리고 앞으로 끌리며 하루하루 맹목적인 나날을 보내고 있었다.

마사코는 이와 같은 여성의 생활을 생각할 때면 전율했다. 자신은 무슨 일이 있어도 그런 여자의 길을 따라가기 싫었다. 자신의 인생을 어디까지나 자기 자신으로 살아 내고 싶었다. 남자의 자아에 자신의 혼을 잃어버린 것 같은 결혼 생활은 안 된다. 자신은 어디까지나 존귀한 존재인 고로 혼자서 살 것이다. 사랑이라는 비겁한 구실로 결혼의 수렁에 빠져서는 안 된다고 마사코는 결심했다. 마사코는 자신을 물질적인 면에서도 안정적으로 잘 살 수 있도록 직업을 구해 일했다. 얇은 글재주이지만 생계를 위해 돈을 벌면서 마사코는 더욱 씩씩하게 자신의 향상된 정신을 지키려고 공부를 계속하고 있었다. 그러던 젊은 그녀가 어쩌다 우연히 닛타를 만났고 사랑에 빠졌다.

닛타는 마사코에게 결혼하자고 끊임없이 청했다. 닛타는 사랑하는 여자의 전부를 소유하고 싶었던 것이다. 그렇지만 마사코는 한동안 거기에 대답하지 않았다. 총명한 그녀는 미처 생각지도 못했던 사랑과 결혼이 일치해야 하는가에 대해 고민했다. 한번은 자신의 주장을 위해 사랑을 버려야만 하는지 갈팡질팡하기도 했다. 그리고 그것이 자신에게 있어 역시 부자연스러운 조치라고 생각 들었을 때, 마사코는 한층 더 괴로웠다.

"나는 어떻게든 자유롭게 살고 싶어요. 내 사랑도 자유롭게, 자연스럽게 놔두고 싶어요. 우리가 결혼을 해야만 하는 사랑의 의무는 지고 싶지 않아요. 결혼 따위를 피해서 서로 영원히 사랑의 자유 속에서 살아가는 것은 불가능한 걸까요."

라고 마사코는 닛타에게 말했다. 닛타로서는 마사코의 말이 육체적 사랑을 모르는 처녀의 공상으로밖에 들리지 않았다. 닛타는 오히려 진지한 마사코가 우스웠다. 그것과 동시에 자신이 얼마나 열렬히 마사코의 육체를 원하고 있는가를 마사코에게 솔직히 털어놓았다. 마사코는 닛타의 노골적인 말에 얼굴을 붉혔지만 남자의 욕망을 모욕할 수는 없었다. 마사코는 닛타의 욕망이 자연스러운 것이라고 생각했다. 하지만 마사코는 아무리 생각해도 결혼할 마음이 들지 않았다. 마사코는 남자가 육체를 원하는 감정보다도 결혼을 원하는 의지에 오히려 남자의 비겁함과 추함이 느껴졌다. 연인에게 육체를 허락하는 것은 마사코의 영원한 자유였지만 결혼에 응하는 것은 남자에 의해 자신의 평생을 갇히게 만드는 것이다. 남자가 자신에게 결혼을 재촉하는 것은 평생 갇혀 지내게 할 쇠사슬을 자신의 몸에 묶는 것과 같은 것이라고 마사코는 생각했다.

"결혼은 안 해요."

라는 마사코의 말에 대해 닛타는

"그 생각이 틀렸소."

라고 말했다.

"당신은 나를 세상 남자와 똑같이 보고 있는 것은 아니오? 나는 여자에 대해서 좀 더 새로운 이해를 가지고 있다고 생각하오. 나는 결코 당신을 나보다 열등한 존재라고 생각하지 않소. 어디까지나 나와 동권자同權者의 지위에 있어야 할 사람이라고 생각하오. 나는 당신의 독립된 의지를 존중하고 있소. 물론 우리들은 세상의 보통 부부와 같은 관계를 만들어서는 안 되오. 어디까지나 당신은 나의 반려이고, 나는 당신의 친구요.

나는 지금까지보다도 더 많이 당신의 자유를 인정하고 당신이 추구하려고 하는 길을 열어 주겠소. 당신을 자유로이 살게 하는 것은 나 자신도 자유롭게 살게 만드는 것이란 말이오. 나는 단순히 당신이 가정에 매인 여성이 되는 것을 원하는 게 아니오. 당신을 처로 맞이하는 동시에 당신을 영혼을 가진 여성으로서 존경하려는 점에 내 결혼의 이상이 있는 것이오. 그것이 진정한 결혼이라고 생각하오. 그리고 또 그것은 정신적인 결혼인 것이오. 그런 결혼이 아니라면 나 역시 결혼할 필요는 없소."
라고 닛타는 열심히 말했다.

마사코는 남자의 말을 상당히 기쁘게 생각했다. 그것은 진실로 여자를 이해해 주는 말이라고 생각했다. 단순히 자신을 이해해 준다기보다도, 더 넓게 여자라는 존재에 대해 깊은 이해가 담긴 말이었다. 이러한 말을 연인으로부터 듣는 일은 마사코에게 있어 한층 더 연인의 인격을 크게 생각하고 그의 감정이 숭고하다고밖에 생각할 수 없게 만들었다. 닛타가 말한 대로 그것이야말로 진짜 결혼이다. 남자는 나의 자유를 인정하려 한다. 그리고 내 의지도 예술도 존중해 주려고 하는 것이다. 마사코는 이 남자의 말을 믿지 않을 수 없었다. 나의 연인은 신인류다. 이 신인류의 새로운 이해에 의해 살아가는 자신은 여성들 중에서 가장 행복한 사람이라고 마사코는 믿었다.

두 사람은 결혼했다. 마사코는 닛타의 집에 들어가 명목상 닛타의 처로서 닛타와 아침저녁을 함께 보내게 되었다. 두 사람은 각자 다른 방에서 지내기로 했다. 마사코와 닛타는 서로서로 각자의 방에 함부로 들어

가지 않기로 했다. 마사코는 자기 방에서 공부를 했다. 남편이 자신을 부양하는 것을 굴욕이라 여기는 마사코는 작은 것이라도 자신의 힘으로 해내야 함을 잊지 않았다. 닛타는 철학자이며 현대 평론가이다. 닛타도 자신의 서재에 틀어박혀 집필과 독서에 몰두했다.

두 사람은 하녀를 들이기로 했다. 청소, 빨래, 밥 짓기, 이 모두를 마사코 혼자서 도저히 감당할 수 없었다. 특히 가정주부가 되어 자신의 사상이 좀먹게 된 것은 모두 그 가사로부터 시작되었던 것이다. 마사코도 닛타도 그것이 두려웠다. 마사코의 귀중한 공부 시간을 가사 때문에 빼앗기는 것이 닛타로서도 고통이었다. 그래서 두 사람은 하녀를 두기로 했다. 집에 오는 젊은 하녀가 자주 교체되었다. 두 사람이 생각하는 이상적인 하녀는 한 사람도 없었다.

어떤 하녀든 불결했다. 그들이 하는 일은 무질서하고 불규칙하고 칠칠맞지 못했다. 지시를 하지 않으면 그들의 우둔한 두뇌는 언제까지라도 녹슨 채 움직이지 않았다. 그들은 충실이라는 의미를 잘못 알고 있었다. 말한 것을 그대로 실행해야 충실히 수행했다고 생각했다. 그들은 말하지 않으면 어떤 일이든 그대로 방치했고, 말하지 않은 일을 먼저 나서서 하는 것은 주제 넘는 짓이라고 느끼고 있었다. 마사코의 주부의 일면이 거울처럼 하녀의 두뇌에 인지되어 말을 하지 않아도 그대로 실행해주는 이상적인 하녀는 도저히 찾을 수가 없었다.

마사코는 금세 지쳐 버렸다. 지시하는 것에 지치고 가르치는 것에 지쳤다. 마사코는 자기 서재에 있으면서 하녀에게 집안일을 순서대로 반복해서 지시하는 번거로움에 신경이 예민해져 갔다. 무지한 하녀의 거동 하나하나가 총명한 마사코의 신경을 거슬리게 했다. 마사코는 하루 종일 이렇게 하녀와 씨름하기보다도 자기가 혼자서 가사를 맡는 편이 오히려 덜 번잡하고 자신의 온전한 시간을 확보할 수 있다고 생각했다. 그들은 남편인 닛타도 마음대로 들어올 수 없는 마사코의 서재에 함부로 들어와서는,

"저건 어떻게 할까요? 이건 어떻게 할까요?"

하고 묻는 바람에 항상 마사코의 사색을 방해했다.

마사코는 하녀를 두지 않기로 결정했다. 집안일을 하는 시간과 자신의 공부 시간을 확실히 구별해서 주방에 있는 시간 동안에는 주방 일만 생각하도록 습관을 들였다.

그렇게 하는 것은 쉬웠다. 닛타도 가사 분담을 생각했다. 그것이 자신의 동권자에 대한 의무라고 생각했다. 마사코가 주방에 나가면 자신도 주방으로 갔다. 마사코가 채소를 써는 동안에 닛타는 아궁이에 불을 지폈다. 마사코가 더러워진 그릇을 설거지하면 닛타는 그것을 깨끗하게 행주로 다 닦곤 했다. 집안 청소도 둘이서 했다. 오히려 이러는 편이 맛있는 식사를 할 수 있게 된 것 같았다. 귀찮게 무지한 하녀들을 두는 것보다 집이 더 깔끔해져서 마사코의 마음이 차분해졌다. 육체노동은 사색에 지친 마사코의 머리를 환기시켜 줬다. 그래서 오히려 기분이 상쾌해졌다. 마사코는 가느다란 팔에 힘을 다해 꽤나 넓은 집 주위를 깨끗이 청소했다. 어떤 때는 하얀 앞치마를 두르고 잘 드는 부엌 칼로 채소

를 써는 일도 재미있다고 생각되었다.

"집안일을 하는 게 의외로 괜찮은 것 같아요. 내 머리가 꽤나 델리키트 하게 움직여서 신경이 처음부터 끝까지 톱니바퀴가 잘 맞물려 가는 것 같아요. 전 이 예리함을 스스로 발견하면 너무 기뻐서 견딜 수가 없어요."
라고 마사코는 말했다. 마사코는 성실했다.

그렇지만 그것도 길게는 지속되지 못했다. 그녀 앞에는 어떻게 처리 해야 할지 모를 잡무가 계속 밀려들어 쌓여만 갔다. 남자의 셔츠 빨기, 버선 깁기, ─ 그런 일까지 마사코는 세세히 신경 쓰지 않고서는 넘길 수 없었다. 일은 잘 정돈되어도 곧 다시 어지러워졌다. 손님이 올 때마 다 마사코는 일일이 일어나야만 했다. 차 심부름, 커피 심부름, 그런 것 들은 아주 작은 일이어서 마사코의 하루를 좀먹듯 방해했다. 닛타도 처 음에는 미안하게 생각하여 자신이 하려고 했지만 여자가 자신의 시간 에 대해 생각하는 것처럼 남자도 자신의 시간에 대해 생각하지 않으면 안 되었다. 닛타도 마사코와 똑같이 가사에 참여했다. 닛타는 성실히 여 자의 잡다한 일을 도우려고 했다. 일을 해야 할 자신의 시간에 얼마만큼 이런 무의미한 일에 시간을 허비해야 할지 몰랐다. 닛타도 자신의 서재 에서 그것에 대해 생각해야만 했다. 그리고 닛타는 알게 모르게 집안일 을 게을리하게 되었다. 특히 자신에게는 두 사람의 생활이라는 무거운 책임이 있었다. 생계를 위시하여 닛타는 지금까지보다도 더 많은 일을 해야만 하는 처지였다. 그리하여 매일의 생활이 있다는 사실이 닛타 자 신에게 사회에 대한 남자의 책임과 의무를 새롭게 강요하고 있었다 ─

닛타는 그것을 의식할수록 너무나 자연스럽게 자신의 일은 매우 중요하게, 자신의 내의를 빨거나 음식 준비를 도와주는 집안일은 극히 대수롭지 않은 것으로 자신의 행동으로 나타내었다. 책상에서 일을 하고 있어도 주방에서 소리가 나면 급히 주방으로 달려가던 배려는 완전히 없어졌다. 마사코가 맡아야 할 집안일은 점점 늘어 갔다. 그래서 집안일은 그저 간단하게 끝나지 않았다. 쓰레기와 같은 너저분한 일 때문에 경험이 없는 마사코는 더더욱 괴로웠다.

마사코는 어찌할 바를 몰라 청소도 게을리하는 경우가 있었다. 하지만 한편으로 남자가 하는 일에 대한 사랑과 이해 때문에 마사코는 집안일을 하지 않고 그저 가만히 있을 수 없었다. 조금이라도 남편이 쾌적한 기분이 들도록 스스로를 북돋아 마사코 자신을 움직이게 했다. 총명한 마사코는 어떤 일이라도 세심하게 남자의 주변을 보살폈다. 무슨 일이 있어도 그 세심한 배려를 자기 스스로 내팽개칠 수는 없었다. 그때마다 닛타의 감정과 감각은 손에 잡힐 듯 마사코의 마음에 내비쳤다. 마사코는 할 수 있는 만큼 신경 쓰고 배려해서 남자의 마음을 평온하게 해 줘야만 한다는 것을 잊을 수가 없었다.

또 남자는 외출이 잦았다. 바깥일이 많은 닛타는 매일같이 나갔다. 마사코는 외출할 일이 완전히 없어져 버렸다. 근처에 물건을 사러 가는 일 외에는 외모를 꾸미고 외출하는 것이 상당히 귀찮아졌다. 왜냐하면 마사코가 전적으로 집안일을 살펴야만 했기 때문이다. 마사코는 상당히 신경 써서 집안일을 하나부터 열까지 모두 처리했고 한 시간이라도 더 많은 공부 시간을 확보하는 데에만 마음을 썼다. 몇 주나 집에 틀어박혀 밤새 졸기도 깨어 있기도 한 후에, 마사코는 맑게 갠 하늘을 멍하니 바라보곤 했다. 그리고 혼자서 여행하던 시절의 자유롭고 즐거웠던 기분을 생각하고서 그 하늘빛을 추억하기도 했다. 하지만 마사코는 그런 생각들을 바로 지워 버렸다.

'지금 내 처지에 여행 같은 건 흥미 없어.'

2

마사코는 공부가 전혀 손에 잡히지 않았다. 마사코는 자기 방에 틀어박혀 현재의 자기 생활에 대해 생각했다. 어떤 때는 부부의 사랑마저 그녀로서는 참기 어려운 고통이라는 생각이 들었다. 마사코는 자기도 모르는 사이 언제나 닛타의 감각 안에서 자기 자신을 찾으려는 비굴함에도 혐오감이 들었다.

자신의 생활은 어찌되었건 남자에게 종속되어 있었다. 그것은 부정할 수 없는 두 사람의 현실이었다. 마찬가지로 여자의 자유를 인정하고 여자가 지향하려는 길을 해방시켜 주겠다고 맹세했던 닛타도 현재 자신들의 생활로 인해 여자의 자유가 빼앗겨 가는 것을 느끼고 있었다. 예전에는 날카로운 예술적 감각에 의기 충천하여 발랄하게 인생을 살았던 마사코가 요즘은 완전히 의기소침해져 낯빛이 창백해지고 온종일 집에만 틀어박혀 지내게 되었다. 닛타는 그저 마사코가 가여워 참을 수가 없었다. 닛타는 가능한 한 번잡한 집안일에서 마사코를 해방시켜 주고 싶다고 생각했지만 그 노력조차 금세 지쳐 갔다. 여자가 어떤 인내와 어떤 신념으로 평생 열심히 집안일을 다하는 애처로운 모습을 지켜보며 마사코의 그 기특함에 마음을 놓고 얼굴을 돌릴 수밖에 없었다.

"공부를 할 수 있겠소?"

"네, 할 수 있어요."

그 대답을 듣고 닛타는 그저 안심할 수밖에 없었다. 호의와 동정으로 자신을 대하는 아내가 곁에 있을 때 닛타는 무척 행복했다. 닛타는 자신의 서재에 틀어박혀 자기 일에 몰두하고 있을 때의 마사코보다 아내로서 자신을 대할 때의 마사코에게 더 깊은 사랑을 느꼈던 것이다. 이런 마음을 희생하면서까지 아내인 마사코가 서재에서 보내는 시간이 많았으면 하고 바라는 것은 닛타에게는 적막하고도 고통스러운 일이었다. 하지만 닛타는 마사코에게 그런 자신의 마음을 털어놓지 않았다. 그것은 사상을 교류할 수 있는 친구에 대한 모욕이라고 생각되어 부끄러웠다. 그래서 마사코에게 그런 감정을 간구하는 것은 비굴한 일이라고 닛타는 스스로를 책망했다. 그렇다 해도 여느 아내답게 상냥하고 부산히 움직이고 섬세하게 주의를 기울여 집안일을 할 때의 마사코가 너무 예쁘고 사랑스러워 보이는 실제의 감정은 닛타로서는 아무리해도 지울 수가 없었다. 마사코가 온전히 닛타를 위해 가정주부가 되어 가는 것은 슬픈 일임에 틀림없었다. 그렇지만 닛타는 자신이 사색으로 지쳐 있을 때 똑같이 사색의 괴로움이 드러난 마사코의 얼굴을 보는 게 괴로웠던 것이다.

마사코는 그런 사실을 너무 잘 알고 있었다. 언제나 닛타가 자신에 대해 느끼고 있는 모든 것을 죄다 알고 있었다. 자기가 착한 아내일 때 닛타가 기뻐하는 모습을 갑작스레 드러냈다. 때때로 무의식적인 감정이 닛타의 얼굴에 드러나 그녀를 놀라게 한 적이 있었다. 그런 것을 느낄 정도로 마사코는 자신의 생활에 실망했다. 게다가 닛타가 자신을 착한 아내로 간구하는 어떤 일시적 요구에도 닛타에 대한 마사코의 사랑은 변함없었다. 만족해 하는 닛타 앞에서 언제나 착한 아내이길 바라는 애교스런 마음이 점점 더 커져 가는 것을 마사코는 스스로 느끼고 있었다. 그것은 마사코에게 있어 무서운 타협의 시초였다.

마사코는 너무 괴로워서 자신의 생활을 가장 바르게 해석하여 진실로 이해해 보려고 했다. 가사에 대한 자신의 무능함과 무능함에도 불구하고 집안일을 처리해야만 하는 자신의 처지와 남편에 대한 사랑과 남편의 일에 대한 이해, ㅡ 그리고 가장 중요한 자신의 예술과 자신의 자유와 자신의 생이 점점 결혼에 의해 억압되고 착취되어 가는 고통 ㅡ 마사코는 하나씩 계산해 보듯 생각하거나 써 보거나 비판했다. 주방에 가 있어도 그녀는 도저히 일을 계속 할 수 없을 정도로 고통에 압도되는 듯했다. 게다가 그녀의 총명함은 가사에 몰입하면 할수록 모든 것에 무신경할 수 없게 했다. 특히 남자의 의복, 남자에게 제공해야 할 음식물의 안배에도 마사코는 점점 예민해져서 주의를 기울이지 않을 수 없었다. 마사코는 오히려 자신의 총명함 때문에 거꾸로 고통을 겪는 경우가 종종 있었다.

뒤섞여 갈피를 잡을 수 없는 그 모순으로부터 벗어나기 위해 그녀는 독신 생활로 돌아가는 것을 몇 번이나 고심했다. 자신이 혼자가 되면 자신의 집에는 자기에게 충실하고 친절한 어머니도 있다. 현재 자신이 부담하고 있는 가사는 모두 어머니가 해 줄 것이다. 자신의 의복까지도 신경 쓸 필요가 없었다. 밥 짓는 일도 세탁도 모두 자신을 귀찮게 하지 않을 것이다. 자신은 지금의 닛타와 같은 위치에서 자유롭게 일할 수 있을 것이다. 자유롭게 공부할 수 있는 것이다. 마사코는 혼자였을 때 주권자였던 자신의 생활을 그리워하지 않을 수 없었다. 마사코는 독신 생활로 돌아가는 것을 생각했다.

'우리의 사랑은 사랑이야. 두 사람이 떨어져 생활한다고 해서 서로의 사랑이 불행해지진 않아. 오히려 혼란스럽고 번거로운 것으로부터 서로가 벗어날 수 있게 되니까 계속 조용히 공부할 수 있어.'
라고 마사코는 생각해 보았다. 하지만 그것도 이론일 뿐이었다. 반년이나 같이 산 부부가 헤어진다는 것은 큰 고통이었다. 또다시 그 상황을 극복하기 위해 진력하는 것은 불가능했다. 마사코는 여러 가지로 다시 생각했다.

'현재 너의 모든 생활은 사랑이야. 사랑 외에는 아무것도 없어. 그 사랑을 다해 넓고 크게 살아가는 게 자연스러운, 지금 너의 생활이야.'

이와 같은 새로운 의지가 그녀의 머릿속에 가득 찼을 때 마사코는 개안한 것처럼 자신의 생활을 확실하게 거머쥘 수 있다고 생각했다. 사랑으로 이루어진 생활은 아름답고 사랑의 생활은 순결하고 행복한 것이라고, 그녀는 지금처럼 마음속으로 되뇌었다. 그녀는 그 믿음을 놓쳐서는 안 된다고 생각하고 정성을 다해 굳게 붙잡으려고 했다. 앞으로의 자신의 생활은 모두 이 사랑을 중심으로 의미를 부여하려 했다.

한번은 남자를 위해 머리와 화장 등의 몸단장에 시간을 많이 뺏기는 것도 비굴하다고 생각했었지만 그것도 남자에 대한 사랑 때문에 자신을 가꾸는 것이라고 생각해야 마음이 안정되었다. 집안일을 하는 것도 남자에 대한 성실함을 드러내는 일이라고 생각했을 때 마음이 편했다. 집안일을 힘겹게 생각하는 것이야말로 비겁한 일이었다. 자신은 가장 상세하고 명확하게 모든 일을 구분 지어 해 나가야만 한다. 그렇게 하는 것이 강해지는 것이다. 집안일을 막힘없이 완벽하게 하고 더 나아가 자신이 살아갈 길을 펼쳐 가는 것이다. 한편으로는 아내의 의무를 다하고 한편으로는 영혼을 소유한 여자로서 살아갈 길을 부지런히 추구할 것이다. 그것은 결코 자신의 생활에 모순을 초래하는 것이 아니다. 자신의 충실한 사랑은 그 두 줄기의 평행선을 조화롭게 진행시킬 수 있을 터였다. ─ 마사코는 그렇게 생각했다.

이 생각은 마사코가 혼란해 했던 사념을 어느 정도 안정시킬 수 있게 만들었다. 즐겁게 집안일을 한 뒤 완만한 태도로 느긋하게 서재에서 일하는 것이 가능해졌다. 그 느긋한 마음가짐에 어떤 유쾌함이 담겨져 있었다. 그녀는 또 지극히 당연하게 닛타의 기분을 살필 수 있었다. 두 사람은 여느 부부처럼 서로 사랑하는 것이 점점 즐거워졌다. 남편이 힘줘서 포옹할 때 아내의 감정은 어디까지나 유순한 것으로 조금도 이기적인 무언가가 들어 있지 않다는 사실이 그녀로서는 상당히 아름다운 것이라 느꼈다. 단순히 우정과 같은 ― 오히려 두 사람을 반려적 차원에서 결부할 작정으로 이런 친구의 우의라는 이름을 붙였지만, 그 불확실한 우의와는 다른, 남편으로서 남편의 사랑은 건전하고 동경할 수밖에 없는 힘이 있었다. 마사코는 그 강력한 사랑에 매료될 때가 있었다. 그 사랑에 매료될 때 마사코는 자신도 모르는 사이에 남자의 감정에 애교를 부렸다. 하지만 마사코는 자신의 아양을 비겁하다고 생각하지 않게 되었다. 남녀가 가지고 있는 자연스러운 본능적 성 욕구가 이러한 미묘한 힘의 차이로써 신체로 나타나는 것에 마사코는 한층 더 깊은 매력을 느꼈다.

3

두 사람 사이에 2년이라는 세월이 흘렀다. 두 사람의 생활은 얼마간 행복했다. 그녀는 사랑의 신앙에 이를 앙다물고 모든 불만과 부족함을 끊임없이 떨쳐 내고 있었다.

그러나 그 사랑의 신앙이 이내 그녀의 한쪽 손에서 떨어지려고 했다. 두 사람이 서로 사랑하는 것 외에 두 사람은 몇 차례나 또 서로 싸우지 않고서 지낼 수 없는 현실에 부딪쳤다. 두 사람이 서로 싸우지 않으면 안 될 때 그녀는 바로 후회했지만 그때마다 그녀의 가슴 속에는 애매한 분규 끝에서 오는 모욕감이 남게 되었다. 그녀는 괴로운 심정으로 모욕이 남기고 간 상처를 응시했다.

물론 마사코는 서재에서 하는 일을 내팽개치지 않았다. 집안일은 오랜 세월 익숙해져 손쉽게 할 수 있었기 때문에 마사코는 한층 더 서재에서 열심히 일할 수 있게 되었다. 결혼 전부터 교제해 오던 그녀의 예술 관계 친구들은 그 무렵 다시 마사코를 방문하는 일이 많아졌다. 모두 남자친구들뿐이었다. 진실한 친구들이었다. 마사코의 훌륭한 재능과 뛰어난 예술에 경의를 표하는, 마사코를 정신적 친구로서 이해하는 젊은 이들이었다. 그 친구들은 마사코 집을 방문해도 닛타보다는 마사코와 얘기하는 것을 기뻐했다. 마사코 또한 자신의 예술을 좋게 이해해 주는 그들을 옛날처럼 기쁘게 맞이하려고 했다. 집안일에 파묻혀 잠시 세상과 떨어져 있었던 마사코는 친구와 오랜만에 만나 보니 다시 새로운 흥분을 느낄 수 있었다. 친구들은 누구라고 할 것 없이 젊디젊은 예술에의 동경으로 눈이 반짝이고 있었다. 그 반짝임을 보고 있는 것만으로도 그녀의 가슴은 요동치듯 환희를 느꼈다. 새로운 예술적 욕구에 대해 토로하는 열정적인 친구들의 언사는 오랜만에 그녀의 심장에 강한 울림을 계속 전해 주었다. 예술에 대한 동경으로 가득 찬 창공에서 그들 젊은 친구들과 서로 손을 마주잡고 춤을 추고 싶을 정도의 생생한 기쁨 − 그녀는 그 환희를 맛보았고 그 환희에 도취되어 친구들과 헤어졌다.

그녀는 친구들과 헤어진 후에 예술에 대한 동경을 모두 닛타에게 쏟아부으며 강렬한 흥분을 진정시키려고 했을 때 마사코는 순식간에 모든 것이 암흑이 된 듯 실망하지 않을 수 없었다. 왜냐하면 그때만큼 닛타가 심술궂고 냉담하게 군 적이 없었기 때문이다. 닛타는 무척 불쾌하다는 얼굴을 하고서 알 수 없는 침묵으로 가라앉아 있었다. 온갖 고통을 인내하고 있는 듯한 남자의 날카로운 침묵이 그녀의 슬픈 감정에 물밀 듯 들어와 채찍질하듯 그녀의 가슴을 때릴 때 마사코는 그저 비참해질 뿐이었다. 마사코는 압박감으로 인해 거칠어진 숨을 진정시키며 남자가 왜 그런 불쾌한 표정을 짓고 있는지 조용히 물어볼 수밖에 없었다. 닛타는 마사코가 그렇게 물어보자,

"그런 친구들과 교제하지 않아도 괜찮지 않소?"

라고 말했다.

"왜 사귀면 안 되는 거죠?"

"왜라고 할 것까지는 없지만 당신이 그런 사람들과 사귀는 게 괴로워서 말이오."

"당신이 그런 말씀을 하시다뇨?"

마사코는 그저 남자의 몰이해의 발언에 놀라 잠자코 닛타의 얼굴을 쳐다보았다. 그리고 마침내 조용히,

"당신은 조금도 저를 진실하게 생각하지 않으시는군요."

라고 말했다.

"그들은 저에게 가장 귀하고 가장 고마운 친구들이에요. 왜 제가 그 친구들과 교제해선 안 되는 건가요? 이상하지 않으세요? 제가 당신 친구들에 대해서 그렇게 항의할 권리는 없다고 생각해요. 당신도 마찬가지예요. 왜 당신은 그런 항의를 하시는 건가요?"

"항의가 아니오. ─ 당신이 젊은 청년들과 얘기하는 게 나로선 유쾌하지 않아서인 거요."

"어머나 세상에, 당신은 뭘 모르시는군요. 비굴해요. 당신은 저를 모

욕하고 있어요. 제 자유를 인정하지 않는 거예요."

마사코는 한층 더 심하게 남자를 비방했다. 전적으로 그 생각이 잘못되었다고 말했다.

"저한테 고독한 사람이 되라고 말씀하시는 건가요? 외톨이가 되라고 말씀하시는 거냐고요? 제게 친구가 있으면 안 되는 거예요?"

마사코는 슬퍼서 울었다. 닛타가 너무 잔혹하게 보였다. 동정도 이해도 없는 바위 같은 남자로 보였다. 그녀는 온통 남자에 대한 증오심으로 가득 찼다.

"내가 틀린 거요. 하지만 어쩔 수가 없소."

라고 닛타는 말했다. 그 추악하고 어리석은 질투를 닛타는 어쩔 수가 없었다. 여자의 앞길을 열어 준다는 생각은 하지도 않았다.

"당신이 친구 백 명을 잃는다고 해서 고독하지 않소. 왜 고독하다고 생각하는 거요. 나는 당신이 가지고 있는 백 명의 친구보다도 당신에 대해 더 많은 이해와 동정을 가지고 있지 않은가 말이요. 당신은 친구가 없어도 괜찮소. 혼자 있는 게 좋다고 생각하오."

마사코는 한층 더 격하게 울었다. 얼마나 쓸쓸하고 외로운 인생인가 ― 마사코는 오직 남자를 저주하며 계속 울었다.

두 사람의 사랑이 이윽고 두 사람을 예전과 같이 만들었다. 닛타는 자신의 질투를 부끄러워하며 마사코에게 잘못을 빌었다. 그것은 엄연히 여자를 모욕한 사건이었다. 마사코는 또다시 떠들썩한 일상으로 돌아올 수 있었다. 친구들에게 들었던 열렬한 찬사에 그녀는 감격해 하며 닛타에게 자유로이 이야기할 수 있었다.

'서로를 이해한다는 것은 참으로 유쾌한 일이야. 행복한 일인 거지. 무슨 일에든 마사코에게 실망을 안겨 줘서는 안 돼.'
라고 그때 닛타는 마음속으로 맹세했다.

하지만 그것도 한때뿐이었다. 마사코가 친구들과 만나고 나면 닛타는 어쨌든 불쾌감을 씻어 낼 수가 없었다. 닛타는 유쾌하지 않은 표정으로 마사코에게 얼마간 말도 걸지 않았다.

'역시 저 사람 보통 남자야. 여자를 새롭게 이해하는 게 불가능한 보통 남자.'

마사코는 혼자서 닛타를 탓해 볼 수는 있었지만 내면에서 상냥한 동정심이 눈 녹듯 흐르고 있음을 알고 있었다.

그녀는 절망의 밑바닥에서 몸을 웅크리고 어두운 생활을 하지 않으면 안 되었다. 남편을 두려워할 만한 어떤 것도 없었지만 닛타의 그 불쾌한 표정을 견뎌 낼 수 없었다.

"당신은 저를 믿지 않는군요. 저를 이해 못 하는 거죠. 절 모욕하는 거예요."
라고 몇 번이나 남자 앞에서 호소해 보아도 질투를 제어할 수 없는 남자의 고통을 느끼고서는 오히려 그녀는 동정심이 우러나 몇 번이고 용서해 주고 싶어졌다. 그 결과는 그녀가 자연스럽게 자신의 친구들을 피하게 되는 것으로 나타났다. 그녀에게 가장 친절했던 젊은 예술가들은 아무런 죄도 없이 마사코로부터 쫓겨났다.

"지금, 좀 바빠서 -."

"지금, 손님이 계셔서 -."

마사코는 이렇게 말하며 조금이라도 닛타의 고통을 줄여 주려고 했다. 마사코가 친구들과 만나지 않게 될 즈음 닛타는 자못 자신의 죄를 참회하고 있는 사람처럼 고개를 떨구고 마사코를 대했다. 두 사람은 한 층 더 깊이 서로를 사랑했다.

하지만 마사코는 외로웠다. '어떻게 하면 좋을까.' 마사코는 끊임없이 초조해 하며 주위를 뒤지듯 응시했다. 자신의 생활 폭이 넓어지길 바랐던 마사코는 반대로 그 폭이 점점 좁아져 가는 것을 슬프게 생각할 수밖에 없었다. 오직 한 사람, 닛타만 의지해야만 한다는 사실은 마사코로서는 너무 답답한 일이었다. 현재 마사코는 닛타 외에 어느 누구도 사랑할 마음은 없었다. 하지만 그녀는 주변에 예술적으로 마음이 통하는 친구를 두지 않고서는 견딜 수가 없었다. 그들의 사상은 그녀의 사상에 여러 모로 영향을 주었고 침체해 가는 그녀의 예술에 대한 욕구에 새로운 욕망을 불어넣었다. 그들은 마사코에게 있어 자극제였다. 마사코는 닛타를 위해서 그 소중한 친구들마저도 잃을 수밖에 없었다.

닛타에게도 많은 친구가 있었다. 물론 이성 친구는 아니었다. 닛타는 그 친구들과 모임을 갖기도 하고 방문하기도 했다. 지금 마사코가 닛타에게 자기 친구들과 절교할 것을 제의한다면 거기에 대해 어떻게 답을 할까?

"그들은 나의 소중한 친구들이오."

분명히 그렇게 말할 것이다. 남자도 여자도 똑같지 않은가. 왜 닛타 자신은 친구가 있어도 되고 나는 친구가 있으면 안 된다고 말하는가.

'내 친구들도 같은 여자였다면 아무런 문제도 없었을 거야.'

마사코는 그렇게 생각하고서 여자친구들 중에서는 진실한 친구라고 할 만한 사람이 한 사람도 없다는 사실에 낙담했다.

닛타는 그 무렵 외국 장편소설 번역에 시간을 들이고 있었다. 두 사람의 생활비를 위해 닛타도 여러 종류의 일을 해야만 했다. 마사코는 무리해서 남편에게 부양당하는 것은 절대적으로 여성의 굴욕이라고 생각하고 있었기 때문에 자신도 공부하는 셈치고 쉬운 부분을 발췌하여 남편의 번역을 돕기도 했다. 밤이 되면 지친 닛타를 위로하는 일도 게을리 하지 않았다. 닛타의 서재에서 두 사람이 서로 마주보고 의자에 앉아 서로의 번역에 대해 가르쳐 주기도 하고 도움을 받기도 하며 펜을 굴리고 있을 때, 창밖으로는 6월의 상쾌한 바람이 불어 청신한 술酒 같은 나무 향이 실내에 가득 차기도 했다. 두 사람은 정말 행복했다. 특히 닛타는 더 행복했다. 그녀에게는 재능이 있었다. 그리고 영리했다. 그녀는 트집 잡을 단점 하나 없이 온화했다. 또 그녀는 무슨 일에든 손재주를 발휘했다. 그래서 일을 정돈하는 능력이 뛰어났다. 그녀의 사랑스런 미소는 아름다웠다. 그즈음 주변 남자친구들의 방문도 끊어지게 되어 완전히 혼자가 되었다. 그녀의 모친마저도 그녀로부터 멀어지게 돼 버렸다. 그리고 그녀는 건실하고 근면하게 자기 옆에서 자신의 일을 도와준다 ― 닛타는 자신들의 생활이 행복하다고 생각했다.

"난 절대로 딴 여자를 사랑하지 않을 거요."
라고 닛타는 마사코에게 말했다.

4

마사코는 점점 건강을 잃어 갔다. 어디라고 할 것 없이 여기저기 고장 난 것 같은 기분이 들었다. 가슴이 멘다든지 두통이 났다. 특히 뇌가 항상 병적으로 혼탁해져 있었다. 닛타는 운동량이 적어서 그럴 거라고 했지만 마사코는 변함없이 외출할 기분이 나지 않았다.

마사코는 자신의 생활이 요즈음 얼마나 가라앉아 있는지 생각해 보고 두려워졌다. 고질병이 만성이 된 병자에게서 찾아 볼 수 있는 꼭 그런 가라앉음이었다. 병이 있으면서 그 병이 조금도 드러나지 않았다는 것은 무서운 일이다. 그녀는 결코 행복하지 않았다. 마사코는 두 사람의 사랑이 일치했을 때 무한한 행복을 느낄 것이라 생각했지만 그 행복감은 이윽고 두려운 불행의 예감으로 변해 갔다. 그리고 마사코는 어떠한 경우에도 이기적이 되어 가는 닛타의 사랑을 예민하게 발견해야만 했다. 두 사람의 경우는 두 사람의 사정상 여자에게 이기적인 요구를 무의식적으로 하게 만드는 것이라고 마사코는 충분히 동정했다. 반면, 이기적인 이 남자가 대하는 사랑의 태도는 마사코를 끊임없이 불쾌하게 만들었다.

그녀의 사랑의 신앙이 완전히 망가지게 된 때가 있었다. 사랑의 신앙은 그녀의 마음에서 점점 색이 바랬다. 그녀가 사랑의 신앙을 지키려면 한쪽의 이기적인 사랑도 자기가 끌어안아야 했다. 마사코는 도저히 그럴 수 없었다. 자신의 생활에 대한 의의를 사랑을 중심으로 알아내려고 노력하는 일은 너무 바보 같았다. 반드시 사랑해야만 하는 것은 아니다. 자신은 자신을 위해 저 사람과도 싸우지 않으면 안 된다고 각오해야만 한다. 사랑의 신앙 따위는 자신을 타락시키는 일이다. 사랑의 신앙이라는 애매한 교의적인 명분하에 자기 자신을 잃는 약한 행동을 보여서는 안 된다고 마사코는 생각했다. 그녀는 이런 고정된 사랑 안에서만 사는 여자이기에는 그 영혼 속에 다소 지나치게 큰 야심을 가지고 있었다. 그녀는 어쩐지 자신의 주위를 깨부수지 않고는 참을 수 없는 듯 마음이 초조해질 때가 있었다.

마사코는 남편의 일을 그만 돕고 자신의 서재에 숨어들게 되었다. 거기서 마사코는 일심으로 자신의 예술 창작에 몰두했다. 그러나 두려운 것은 2년 가까이 집안일에 익숙해진 습관이 신경질적으로 그녀에게 여러 가지 일을 하게 만들었다. 책상 앞에 앉아 있는 그녀의 머릿속에서 뜻하지 않게 망상적으로 집안일이 순서대로 생각나 그녀를 괴롭혔다. 그리고 또 마음속으로 닛타를 완전히 잊는 것이 불가능했다. 닛타가 외출할 동안만큼은 안정이 되었지만 닛타가 집에 있을 때는 왠지 모르게 그쪽으로 주의를 기울이게 되어 사색하는 데 방해가 되었다.

그녀의 창작은 조금도 진행되지 않았다. 서재에서 멍하니 보내는 날이 계속되었다. 마사코는 마침내 자기는 자신의 세계를 창조할 수 없는 인간이라고 생각하고 혼자서 슬퍼하기도 했다. 그녀의 몸 상태는 점점 히스테리 환자처럼 나빠져 갔다. 그녀는 이따금씩 격하게 울기도 하고 화를 내기도 했다. 온몸으로 흘러넘치는 닛타의 활동적인 기운을 느끼는 것조차 질투가 났다. 그리고 자신의 생활을 끊임없이 침식해 오는, 남자의 눈에는 보이지 않는 권위의 힘 때문에 그녀는 그저 분노했다.

마사코는 남자에게 자주 대들기도 하고 반항하기도 했다. 아무 근거 없는 일로 난폭하고 무식하게 싸움을 걸고서 쾌감을 느끼게 되었다. 그러면서부터 그녀는 그 순간만은 남자를 굴복시켰다는 자부심을 느꼈다. 그녀가 이렇게 무지한 감정을 즐기게 된 것을 닛타는 지금까지 숨겨 온 그녀의 성질이 요즘 들어 노골적으로 드러난 것이라고 오해했다. 닛타는 여자가 제멋대로인 것에 대해 나무라지 않을 수 없었다. 더 이상 두 사람 사이에는 올바른 이해도 정신적인 어떤 것도 찾아볼 수 없게 되었다. 이해하려고 시도하는 것조차 두 사람에게는 굴욕 그 자체였다. 처음에는 가장 이상적인 인생을 함께 하기로 약속하고 서로 이해했던 두 사람은, 지금은 서로서로 열등하고 저급한 인간 취급하듯 모욕했다.

'결혼이 나쁜 거야.'

라고 닛타도 마사코도 생각할 수밖에 없었다. 두 사람의 결혼은 처음 생각한 대로 영적인 그 어떤 것도 정신적인 그 어떤 것도 없었다. 그저 육체의 결합만 있을 뿐이었다. 두 사람은 겨우 동물적인 사랑을 계속해 갔던 것이다 ― 마사코는 이렇게 극단적으로 생각하기도 했다.

'완전한 아내의 복종, 아내의 충실, 아내의 정숙, 아내의 근신은 결혼 생활을 미화하는 큰 수단으로써 특별히 선택되어진 생활 법칙의 하나다. 여자의 도덕이라기보다 결혼 생활의 법칙을 배우고 그 법칙 아래에 있지 않으면 결혼 생활에서 드러나는 치욕 때문에 견딜 수 없다.'
라고 어느 날 마사코는 반감을 가지고 종이 귀퉁이에 써 넣었다.

하지만 총명한 마사코는 시간이 조금 지나자 자신의 생활을 다시 한 번 바꿔 보려고 노력했다. 지금의 생활을 버릴 수 없다면 자신이 그 생활에 적응해 갈 도리밖에 없다고 생각했다. 그녀는 스스로 한 발자국 들여 놓은 여자의 운명에 복종하며 그 속에서 자신을 더욱 새롭게 찾아가려고 결심했다. 비참한 일이었지만 그 결심으로 인해 그녀는 잠시 동안 정신적 항로를 정할 수 있다고 생각했던 것이다.

그녀의 노력은 헛되지 않았다. 그녀가 가까스로 완성한 평론 하나가 발표되자 일부 청년들 사이에서 좋은 글이라고 평가되어 순식간에 소문이 자자해졌다. 구속당하는 주부의 생활을 통절히 피력한 결혼 주제의 그 글에는 그녀의 사색의 철저함과 표현의 솔직함, 감정의 치열함이 잘 표현되었다. 남성들은 젊은 그녀가 다른 여성들과는 달리 사상적으로 강한 자각의 번뜩임이 있다고 말하며 전도유망하다고 칭찬했다. 그 글이 발표되고 마사코의 집으로 또 많은 사람들이 방문했다. 그녀에게서 한번 멀어졌던 옛 친구인 예술가들도 찾아왔다. 그녀는 그들과 새롭게 접촉하는 것이 기뻤다. 이상한 일이지만 그녀를 특별히 친한 감정으로 다가오는 남성들도 주위에 생겼다. 그녀는 그들에 대해서도 모멸감 같은 것은 느끼지 않았다.

그와 동시에 집안 사정은 오히려 호전되었다. 닛타도 마사코가 결혼

후 처음으로 자기 일을 해내기 시작했다고 기뻐했다. 마사코도 닛타가 기뻐해 주는 것을 보고 행복을 느꼈다. 마사코의 생활은 빛나기 시작했다. 그녀에게 있어 모든 것이 영예로웠다. 가정을 바라보는 것조차 그녀에게는 오히려 생각지도 못한 자랑스러움을 느끼게 했다.

'여자가 한편으로 가정에 충실하면서 다른 한편으로 남자와 같은 보조로 사회에 진출하는 것은 분명히 여자가 남자보다도 배로 일하는 셈이 된다. 힘의 차이는 어찌됐든 일의 양적인 면에서 여자가 남자보다 훨씬 우월하다.'

이러한 자부심 때문에 마사코는 더 왕성한 활동을 할 수 있는 힘이 생겼다.

5

두 사람은 또 조용히 서로 사랑할 수 있게 되었다. 자신의 일상생활로부터 어떤 것에도 방해받는 일 없이 마사코는 끊임없이 자신의 창작 세계를 응시할 수 있었다. 그토록 중요시하게 생각되던 집안일도 그 즈음 적당히 내버려 둘 수 있었다.

때마침 자신과 특별히 친해지려 하는 주위의 어떤 남성으로부터 어렴풋이 유혹을 느꼈을 때 마사코는 그것을 극복해야 한다는 생각으로 힘든 노력을 이어가고 있을 때였다. 마사코는 자신의 몸에 이상이 있음을 발견하고 오랫동안 신경을 쓰며 지냈다. 그리고 그것이 임신임을 알았을 때 마사코는 마치 예상하지 못한 사실에 충격을 받은 듯 놀랐다.

마사코는 그날 하루 종일 자신의 방에 들어가서 울며 지냈다.

'이제 이것으로 모두 끝이다.'

라고 마사코는 생각했다. 슬픈 절망 — 마사코는 자신들 사이에 아이 따위는 절대 생기지 않을 것으로 생각했던 그 우둔함을 생각하기보다도 앞으로의 자신의 생활에서 또 새로운 책임을 심었다는 것을 계속해서 절망적으로 생각했다.

'나 자신은 또, 한번 더 선량한 어머니가 되는 것을 생각해야만 한다. 어머니의 책임을 생각해야만 한다.'

닛타는 마사코가 절망하는 것에 대해 조금도 동정하지 않았다. 닛타는 자신들 사이에 아기가 태어난다는 사실을 기뻐했다.

"당신은 제가 노예가 되는 것을 기뻐하고 계신가요? 제 일생을 당신과 아이를 위해 희생하는 것을 기뻐하고 계신거로군요."

마사코는 울면서 닛타에게 이렇게 말했다. 닛타는 말이 없었다. 아이에 대한 책임은 마사코처럼 자신도 생각해야만 하는 문제였다. 단지 자신은 출산의 고통이 없을 뿐이다. 그러나 그것은 어쩔 도리가 없는 일이다. — 닛타는 흡사 마사코의 눈에는 음흉한 남자로 비춰질 정도로 거기에 대해 아무 말도 하지 않았다.

마사코는 또, 사람들 앞에서 자신의 체형을 부끄러워했다. 특히 자신을 유혹했던 그 남자에게 한층 더 부끄러움을 느꼈다. 왜일까? 마사코는 그 이유를 생각하는 것조차 싫었다.

"아기가 태어나면 그 아기를 곧바로 다른 데로 보내겠다고 약속해 주세요. 우리에게는 아기보다 더 중요한 게 있잖아요."

마사코가 이런 말을 했을 때 닛타는 동의했다. 아이를 양육하는 것이 마사코의 글쓰기 작업에 방해된다면 그렇게 해도 좋다고 닛타는 말했다. 닛타는 물론 아직 태어나지 않은 그 아이보다도 마사코를 더 사랑했다.

'왜 여자가 아이를 낳아야만 할까?'

마사코는 여성의 운명을 저주했다. 닛타에 대한 증오가, 또 그녀의 감정을 혼란하게 했다. 마사코는 자포자기해서 매일같이 바깥을 돌아다녔다. 자신의 육체를 어딘가에 부딪쳐 파괴시켜 버리고 싶을 정도로 안절부절 잠시도 가만히 있지 못했다.

하지만 그녀의 몸은 더욱 건강해졌다. 태아는 엄마의 번민도 모른 채 다달이 커 갔다. 태아는 엄마의 사랑을 조르듯 미묘한 사랑의 온도를 태내로부터 엄마의 감촉으로 전하려고 했다. 마사코는 매번 그 감촉으로 자극을 받았다.

'자각 ─ 결국 그것은 자신이 여자라는 사실을 자각하는 것이다.'

마사코는 좀처럼 그 절망으로부터 구원받을 수 없었다. 그녀는 자신이 시작한 일도 내팽개쳐 버렸다. 10개월이라는 세월은 그런 것에 괘념치 않고 곧바로 마사코의 목전을 지나갔다.

사랑스런 남자 아기가 태어난 것은 두 사람이 결혼한 지 3년째 되던 해 겨울이었다.

닛타는 아기에게 좋은 이름을 골랐다. 태어나면 곧바로 다른 곳에 보내 버리겠다고 했던 마사코는 아기가 태어나자 그 말을 완전히 잊어버린 듯 그것에 대해 언급하지 않았다.

'엄마로서의 책임.'

마사코에게 있어 그런 것은 아무래도 괜찮았다. 지금의 마사코로서는 사랑하는 아기를 사랑한다는 것 외에는 어떤 생각도 들지 않았다. 사랑하는 아기를 사랑하는 일로 그녀의 감정은 충만했다. 잠시라도 아기를 다른 사람에게 맡길 수조차 없었다. 아름다운 본능적 사랑에 완전히 휩싸여 그저 그 사랑스런 아기를 응시하는 것 외에는 어떤 생각도 들지 않았다.

마사코는 아기를 위해 아기를 돌볼 사람을 둬야만 했다. 마사코가 매일 해야 할 일이 더 많아졌다. 하지만 마사코는 그런 일을 조금도 귀찮아하지 않았다. 아기 때문에 밤에도 제대로 잠을 못 잘 때가 많았다. 조그만 아기가 고통스러운 표정을 짓는 것을 그 작은 얼굴에서 찾아내는 데에 온통 주의를 기울였다. 작은 생명에 대해 할 수 있는 만큼의 주의를 기울이고 배려하며 최대한 조심했다. 이런 이유로 그녀는 자신에 대한 문제 따위를 생각할 여유가 없었다. 수면 부족으로 마사코의 눈은 충혈되었고 얼굴은 너무 거칠어져 창백해졌지만 그녀는 스스로 피곤함을 전혀 느끼지 못했다. 닛타는 마사코의 그러한 일상을 보고만 있을 수가 없어 아기를 다른 곳에 보내자고 말을 꺼냈다.

"왜 다른 사람에게 맡기려는 거죠? 제가 키울 거예요. 너무 사랑스러운걸요. 엄마의 책임이라든가 엄마의 희생이라든가 그런 건 이미 초월했어요. 전 더 이상 아무 것도 생각할 수 없어요."

라고 마사코는 말했다.

6

또다시 그녀의 영혼이 야심의 세계로 눈떠 갔다. 마사코는 사랑스러운 자신의 아이를 끌어안고 있는 것만으로는 그녀의 생활에 대한 욕망을 채울 수 없었다. 특히 닛타가 지금까지보다도 두 배로 일해야만 했고 그래서 그렇게 하려고 노력하는 것을 보고 마사코는 가만히 있을 수가 없었다. 이를테면 물질적인 것만이라도 닛타를 돕지 않으면 안 된다고 생각했다.

마사코는 갓난아기를 안고 자신의 서재로 들어갔다. 그러나 갓난아기는 시종일관 마사코의 일을 방해했다. 마사코가 창작욕에 고무되어 있을 때, 저 사랑스런 방해물을 미워할 수도 저주할 수도 없게 되자 그저 갓난아기를 안고 눈물만 흘렸다. 알 수 없는 초조감 때문에 그녀의 눈에서 눈물이 흐르기 시작하면 나중에는 마치 맥 빠진 사람처럼 별 생각 없이 그 작은 생명을 부둥켜안았다.

아기를 돌볼 때에는 정작 아기 돌보는 사람은 아무런 도움이 되지 않았다. 오히려 더 성가실 뿐이었다. 닛타는 그나마 그녀의 육아 부담을 덜어 주려고 장모를 부르자고 의논했다. 어머니는 좋은 사람이었지만 닛타나 마사코의 생활을 진심으로 이해할 수 있는 인물은 아니었다. 세상 모든 사람들은 자신과 같은 생각으로 산다고 믿고 있는 여성이었다. 어머니에게는 닛타도 마사코도 언제나 쓴웃음으로 대할 수밖에 없었다.

어머니는 바로 딸과 손자 곁으로 왔지만 묘하게도 육아에 서툰 딸을 억압할 수 있는 권리를 어머니가 쥐게 된 것 같아 마사코로서는 달갑지만은 않았다. 마사코가 생각하는 육아법과 어머니가 생각하는 육아법에는 많은 차이가 있었다. 마사코는 그런 일들로 매일같이 어머니에게 잔소리를 하거나 서로 간에 하고 싶은 대로 하는 바람에 마사코는 어머니에게 대들기도 했다. 두 사람 사이에 끼인 닛타의 마음을 살피는 것도 마사코로서는 귀찮은 일이었다.

'닛타 어머니였더라면 분명히 내가 더 참았을 거야.'
라고 마사코는 생각하며 친정어머니를 집으로 가시게 했다. 어머니도 오랫동안 이 집에 있으면서 도와줄 수가 없었다. 어머니에게는 마사코 형제들에게서 난 손자들을 돌봐야만 하는 의무가 있었다.

마사코는 또다시 아이를 곁에 두게 되었다. 갓난아기를 업고 책을 읽거나 갓난아기에게 수유를 하며 글을 쓰는 일은 더 이상 별난 행동이 아니게 되었다. 갓난아기는 건강하게 성장해 갔지만 그 작은 몸에서 종종 열이 나 젊은 엄마를 놀라게 할 때도 있었고 엄마에게 자신이 원하는 것을 어떻게 요구해야 할지 모른 채 그저 계속 울어대기만 하는 불쌍한 모습을 보여 주기도 했다. 흡사 마사코가 결혼해서 얼마간 서재에서 일이 손에 잡히지 않았던 때와 동일한 상태가 되어, 마사코가 생각한 자신의 일을 절반 정도도 할 수가 없었다.

'도대체 나한테 시간이 얼마나 있는 걸까.'
마사코는 또 자신의 시간에 대해 생각하게 되었다. 가사에만 신경 쓰던 때와는 달리 갓난아기에게 신경을 쓰는 요즈음은 몇 시부터 몇 시까지라고 자신의 시간을 제한할 수도 없었다. 그저 없는 시간을 아기로부터 훔쳐올 도리밖에 없었다. 그렇게 해서 그 자투리 시간에 자신의 참된 일을 할 수밖에 없었다.

이윽고 그녀의 생활상에 두 번째 습관이 생기게 되었다. 처음에 집안 일을 적당히 팽개쳐 두는 게 가능했던 것과 마찬가지로 갓난아기에 대한 주의도 적당히 내버려 둘 수 있게 되었다. 그녀는 아기와 붙어 있을 때에도 사색이 가능해졌고 주방에서 일할 때에도 자신의 생각을 구상하거나 빨래를 하면서도 생각을 정리할 수 있게 되었다. 아기의 울음소리를 들으면서 그녀는 태연히 책상에 앉아 일을 할 수 있게 되었다.

그것은 참으로 불가사의한 생활의 힘이 아닌가. 그녀는 이중 삼중인 자신의 생활을 등분하고 조화시키고 구분 짓고 떨어뜨려 놓고 조정하는 일이 가능해진 것이다. 옆에서 그녀의 생활을 봤을 때 상당히 비참했다. 그녀는 그 많은 가사를 부담하면서 오히려 이전보다도 더 많은 창작을 발표하거나 평론을 쓰거나 했다. 그녀는 필연적인 여성의 운명을 거스르려고 자신의 노력과 고집만으로 스스로 옴짝달싹하지 못하게 묶고서 발버둥치고 있는 것처럼 보였다. 비참한 생활, 가련하기만 한 생활 − 그러나 그녀 자신은 그렇게는 느끼지 않았다. 자식에 대한 어미의 긍지, 남편에 대한 처의 권리, 그리고 또, 자신에 대한 예술에 대한 긍지 − 그녀는 또 그 명예를 명예로 해석하기를 꺼렸다. 그것은 명예로움이 아니라 사랑이라고 이름 붙여야 마땅한 것이었다. 자식에 대한 사랑, 남편에 대한 사랑, 그리고 자신에 대한 사랑이었다. 모두가 사랑이었다. 자신의 생활이 사랑이었다. 자신의 생활의 힘은 사랑의 힘이었다고 그녀는 생각했다.

그녀는 자신이 터득한 사랑이 너무나 광대무변한 것처럼 생각되었다. 예전에 자신이 생각했던 사랑의 신앙과는 달리 이번에는 자기 자신이 사랑의 화신인 것처럼 해석되었다. 그녀는 기뻤다. 그 환희에 반짝였다. 그러면서 자신의 세계를 창조하는 일에도 게을리하지 않았다.

마사코의 생활의 문제는 그녀에게 있어 두 번 다시 영원히 반복되지 않고 끝날 문제일까? 그녀에게 두 번째 아이도 생길 것이다. 그리고 또, 그녀가 첫 번째 아이를 임신했을 당시 그 남자의 유혹과 맞닥뜨렸을 때와 마찬가지로 그러한 유혹이 그녀에게 엄습하겠지. 그녀의 예술적 정서는 모든 사물에 대해 매혹, 유혹을 느끼지 않고서는 있을 수 없을 테니까. ─ 그녀가 창조하는 세계는 그녀가 뚫고 들어가면 갈수록 무한히 무제한으로 넓어져 갈 것이다. 그때 그녀는 또 현재의 사랑의 생활과 싸우지 않으면 안 된다. 지금까지의 생활에서 이따금씩 슬쩍 보이던 작은 싸움이 아니라 더 큰 전투가 그녀의 혼을 강박할 것임에 틀림없다.

그리하여 애처로울 수밖에 없는 여자의 필연적 운명으로부터 도저히 벗어날 수 없다고 아는 순간 그녀는 또 신기한 '사랑의 생활'을 외칠 것이다.

파괴하기 전破壞する前

두 사람은 강을 따라 걷고 있었다. 밤은 아직 멀었지만 이 강기슭을 오가는 사람은 두 사람 이외에는 없었다. 인가의 등불이 한쪽에서 조용히 일렁이고, 수면 위로 맞은편 기슭의 윤곽이 강물의 암흑으로 사라져 아득히 멀리까지 이어져 보였다. 어두운 하늘에 별이 한가득 빛나고 있었다. 미치코道子는 그것을 곰곰이 바라보았다. 요 몇 년간 밤하늘의 별을 보기 위해 저 높은 천상을 이렇게 물끄러미 조망했던 기억이 없었다. 그 반짝임은 오래된 친근함을 그녀의 가슴에 이야기하며 부드럽게 빛나고 있었다. 그것은 그녀가 소녀 시절 공상했던, 광채를 꿰매듯 감친 아름다운 시정詩情을 느끼게 한 친구였다. 그래서 자신에게서 사라진 옛 꿈은 그때의 심정 그대로 지금도 그 빛 속에 남겨져 있었다. 그것을 알게 된 그녀는 자신의 감정이 별의 속삭임으로 가련하게 젖어들고 있음을 느꼈다. 그녀는 지나간 젊음을 떠올리면서 별을 보며 걸었다.

모든 것에 어린 마음으로 친근함을 느끼는 그리움. 그것은 R의 귀여움과 상냥함에 기대는 자신의 '어리광'이라고 그녀는 그때도 의식했었다.

오랜 친구였던 R로부터 요즘처럼 친근함과 상냥함을 느낀 적이 없었다. 그것은 그녀가 가진 예술의 극히 일부분만을 잃어버린 절망으로부터 자신이 자신을 방기하고 황폐하리만큼 유타遊惰, 빈들거리며 놀고 타락함-역자주 속에 내동댕이쳤던 때였다. 자신의 손으로 자신에게 힘을 부여하는 것이 불가능한 자멸의 운명을 지켜보며, 살아 있는 것의 과감함에 끊임없이 가라앉던 때였다. 미치코 곁에 있는 그 남자 F에게 느끼는 그 초조를 어찌할 방도가 없었다. 그는 미치코의 예술을 사랑했지만, 그것이 빛을 잃은 것에 대해서는 자신의 힘으로는 어찌할 수 없다고 생각했다.

"맞아. 예술의 생명이 언제까지고 이어지는 것은 아니야. 전성기가 지나면 끝나게 되지. 그걸로 된 거야. 상관없어. 다른 걸 하면 돼."
라고 그는 미치코에게 말했다. 그리고 한 번 유명세를 떨쳤던 그 이름을 이용하여 화려한 재기를 가지고 재미있는 세상을 건널 길을 찾으라고 현명하게 가르쳤다. 하지만 생활의 망설임과 진실로 싸우고 있는 그녀는 그 위로와 가르침이 전혀 논리정연하지 못하다고 느꼈다. 그녀는 단지, 자신의 상상의 세계를 낡은 암홍색 유막帷幕 속으로 슬쩍 숨겨 거기에 비치는 황폐한 그림자의 차가움이 싫어질 때 한층 유타 속에 빠진다.

비참해진 자신을 애처로운 눈으로 바라보는 것은 자기 자신 외에는 아무도 없었다. 오랫동안 그녀의 오만함에 지속적으로 압박 받아 온 F는 그녀의 중단된 생활과 번민을 비참하게 여기기보다도 오히려 골계적으로까지 느끼고 있었다.

"더 이상 안 되는 건가."

그는 미치코가 힘을 다했음을 이렇게 말하며 조소했다. R도 그녀의 교만함과 겉만 화려하고 실속 없는 생활에 대해 오랫동안 그 친구로부터 익히 들었던 터였다. 이와 같은 미치코의 생활이 그의 소박함과 성실함을 수용하지 못할 때, 그도 또한 미치코로부터 멀어져 갔다. 두 사람의 우의는 유리되었다. 하지만 R은 마치 인연으로 이어지고 우정으로 맺어진 그녀를 어떠한 경우에도 잊은 적이 없었다. 그래서 그녀의 잘못된 생활을 진심으로 걱정하며 멀리서 바라보고 있었다.

그는 혼돈스러워 보이는 미치코에게서 언제나 아름다운 한 점의 빛을 찾아내었다. 명확함과 순수한 정직함, 예쁜 마음이 커다랗고 매혹적인 눈을 통해 조화롭고 고상하게 아름다운 느낌을 그에게 준다. 그녀가 하는 말이 초래하는 그리움은, 악의 없는 무구함 속에서 조용히 불어오는 영혼의 작은 파도와 같이 사랑스러웠다. 그녀는 언제나 명랑하고 천진난만했다. 그래서 자연스럽고 쾌활한 웃음 속에 자신을 그대로 드러내고 있었다. 그녀는 조금도 지식으로 치장하지 않았다. 여성스러운 세심한 정서는 그녀 자신으로부터 나온 것인지도 잘 모르는 그 생리의 미지로부터, 오히려 불순한 피가 화한 청량한 유즙乳汁처럼 달콤했다. R에게는 그것이 끊임없이 상냥하게 생각되었다. 잡으려고 해도 잡히지 않는 하나의 조각구름처럼 자신을 바라고 떠올리는 그녀의 아름다운 천성을, 이렇게 그 육체를 멀리하고는 그윽하게 바라보았다.

'당신은 스스로 그 아름다움을 알지 못해. 당신의 정신 속에 깃든 그 고귀한 것이 드러나지 않을 뿐이야. 그렇지 않다면 내가 보는 당신이 이렇게 순수하고 아름답게 보일 리가 없어. 당신은 자신의 아름다움을 알지 못하기에 스스로 상처 받고 혼란스러워 하는 거야. 당신은 그 아름다움에 의해 살아가야만 해. 당신은 그러한 아름다움을 지닌 사람이야. 인간의 완전함은 거기에 있어야 해. 그때야말로 당신은 정말로 빛이 있는 예술을 발견해 낼 수가 있겠지.'

R은 몇 번이나 이 말을 마음속으로 되뇌었는지 몰랐다. 그녀를 향해 — 저 사람 자신이 아름다운 정신으로 자각만 하면 되는 것이다. 그렇게 생각하고 그대로 꺼져 가는 그녀의 생명을 비통해 했다. 그리고 이와 같은 맹목을 불쌍하게 생각했다.

어느 날 오후였다. 그가 우연히 미치코를 방문했을 때, 그녀는 방 안에 있던 등나무 의자 위에 누워 있었다. 이 날은 평소와 같이 맑은 쾌활함을 곧바로 보여 주지 않았다. 그리고 지금까지의 중압감이 쉽게 전이되지 않도록 한쪽 손으로 머리카락이 드리워진 이마를 받친 채 그를 보고도 가만히 있었다. 창밖은 진한 여름 하늘에 녹음이 짙어 가고 있었다. 이 강한 색채와 강렬한 빛이 파란 커튼에 막혀 그녀의 창백한 얼굴로 약한 그림자를 만들고 있었다. 검은색 홑옷을 입은 잠자리 차림에는 피곤함이 드러나 있었다.

"어떻게 된 거요? 자고 있었던 거요?"

그는 신기한 듯 그녀를 보았다. 그녀의 모습에서 아직까지 한 번도 본 적 없는 음울함이 떨어졌다.

"아프신 거요?"

그가 계속 묻자 그녀는 "아니요."라고 대답했다. 목소리가 언제나 강하고 확실했었는데, 봉인해 둔 물건에 무심코 손을 댄 듯한 가벼운 목소리로 슬픈 색을 띄며 수그러들었다. 그래서 벽 쪽으로 머리를 돌렸다. 그래도 그녀는 얼마간 R 쪽을 보지 않았다. 자신의 우울한 기분을 가만히 놔두라는 듯, 누구든 거기에 손을 대서는 안 된다고 제멋대로 노여움을 내보이고, 언제까지나 자신의 뒤에 그를 내버려 두었다. 그도 등나무 의자와 간격을 두고 서 있었다. 그리고 그녀가 사상적으로 번민하는 모습을 처음 보고 그 근원을 찾으려고 바라보았다.

조용하고 음울한 그녀의 모습에는 자연스런 시적 아와레あわれ, 일본의 미 이념의 하나로 애상감을 나타냄-역자주가 있었다. 웅성대던 그녀의 평생, 천박하고 화려한 성질, 교만함, 품격 없는 모든 품성은 이 시적인 모습 속에 감추고 있었다. 그는 그것에 매혹되었다. R은 미치코가 다시 자신 쪽으로 돌아볼 때까지 말을 걸지 않고 가만히 있었다. '이 사람이 고민하는 것은 무엇일까? 자신이 깨닫고 싶은 것은, 이 사람이 스스로 바라는 바는 아닐까? 그래서 사상의 혼돈이 그녀를 번민하게 만드는 것은 아닐까?' 그는 무슨 말이라도 해서 미치코를 위로하고 싶었지만, 자신의 이와 같은 이해를 어떻게 그녀의 마음에 닿게 할지 몰라 잠자코 있었다. 이윽고 얼마 지나자 미치코는 R 쪽으로 돌아보았다. R이 가장 좋아하는 그 미소로 미치코가 바라봐 주었을 때,

"무슨 생각을 하고 계신 거요?"

라고 물었지만, 자신의 생각은 당신은 아무리해도 모를 것이라는 듯 부정과 후회를 섞은 조용한 눈길을 그에게 보낸 채 미치코도 가만히 있었다. 그리고 그의 신경이 자신도 모르게 싸우고 있듯 정렬의 몽상이 그

시선에 번뜩인다고 생각하자, 마음속 깊은 곳에 있던 문제는 그 이면으로 사라져 버리고 원래의 쾌활함으로 되돌아왔다.

R은 그때 발견한 그녀의 '번민'을 생각할 때마다 정직한 열의로, 자신이 알고 있는 모든 것을 주고 싶다는 순수한 욕망이 불타올랐다. 그녀의 그 총명함으로 분명히 보았을 더 나은 세계로 한 걸음 더 나아갈 수 있는 동기가 우연히 그녀 앞에 나타난 것은 아닐까 하고 생각하자, R의 가슴은 불가사의한 희망으로 전율했다. 그리고 그 인도의 손길을 자기가 그려 넣었다. 그는 정처 없는 힘이 자신 안에서 불어나는 것을 느꼈다. 그 뒤로도 그녀의 마음속 깊은 곳에 묻혀 있는 번민을 멀리서 지켜보고 있었다.

미치코는 그때부터 오랜 친구의 변함없는 친절한 우정에 어쩌다가 매달리듯 그리움을 기억하기 시작했다. 매달리면 매달릴수록 그의 너그러운 귀여움이 그녀의 쇠락함과 피곤함, 짜증을 누그러지게 해 주었다. 자신의 품에 들어가 그녀를 조용히 잠재우는 부드러운 그의 생각과 인정이 그녀를 어루만질 때 — 뺨으로 넘쳐흐르는 눈물을 가만히 닦아 주는 것 같은 상냥함이 그의 가슴으로부터 비쳐질 때 — 자신이 당했던 노고와 고통의 눈물. 그것으로부터 엮어 온 한 방울의 사랑으로 그가 그녀를 지킬 때 — 거기서부터 울리는 상냥한 비애는, 소란스러움으로 인한 피로와 메마른 고통, 공허감으로 인한 짜증으로 황폐해진 그녀의 마음에 쓰라린 '달램'을 주었다. 미치코는 기억하지 못했던 안위가 오히려 자신의 주위를 풍요롭게 만들었음을 느꼈다. R이 오지 않을 때, 그녀는 쓸쓸했다. 그 외로움이 그녀의 생활에 대한 절망과 초조함으로 중첩될 때, 말할 수 없는 슬픔과 음울함으로 폐쇄적이 되는 듯 했다. 미치코는 그를 보면 기뻤다. 아이 같은 자신의 쾌활함 — 자연히 넘쳐나는 — 을 내보이고, 옛날로 돌아가는 그리운 마음으로 그녀는 현재를 잊을 수 있었다. R이 그녀를 데리고 가는 환상의 세계는, 아이 때 고개를 끄덕이며 봤던 무한의 세계와 꼭 닮아 있었다. 거기에는 단지 너그러움과 온화함만이 있었다. 몇 년이나 가슴에 묵직하게 눌려진 호흡이, 어쩌다가 편안히 내쉴 수 있게 되었다. 무엇보다도 그녀의 마음을 거스르지 않는다. 조용히 애무하듯 부는 바람처럼 그녀를 살며시 진정시켰다. 거기에는 바늘과 같은 인색하고 탐욕스런 감정도, 거친 구사도 없었다. 그 세계로 걸어 들어가고 싶을 때 미치코는 R을 원했다. R은 반드시 그 세계로 그녀를 데려갔다.

이 R의 귀여움은 미치코가 어린 시절 선생님이었던 그 사람의 사랑과 닮아 있었다. 그 선생님은 미치코가 어렸을 때 미치코의 무심함을 누구보다도 사랑했던 사람이었다. 그리고 살아 있는 인형처럼 그녀를 사랑하고 애처로워 했다. 그녀의 영혼이 인형 얼굴처럼 멍한 사랑스러움이 있었기에. — 그녀는 우둔할 정도로 세상일을 하나도 모르는 소녀였다. 그녀의 생애가 그 인형 얼굴처럼 멍한 영혼만이 존재하여 행복하고 아름답게 지낼 수 있도록 진실로 염원해 주었던 사람은 그 선생님 한 사람밖에 없었다. 이렇게 말할 수 있는 것은 고통과 수치스러움 많은 인간이 된 지금이 되어서도, 둘도 없이 소중한 사람이었던 선생님의 사랑을 배반한 슬픔이 있는 까닭이다. 그 슬픔은 인간의 수치심으로 영혼이 더럽혀진 것 같은 슬픔이었다. 미치코는 언제라도 그 선생님을 생각할 때마다, 반드시, 후회 속에서도 스스로 더러워진 슬픔을 사죄해야 한다고 느꼈다. 그녀는 그 선생님을 사모했던 옛날을 계속 떠올렸고, R의 사랑을 생각하는 날이 계속되었다.

사랑스러운 눈물이 그녀의 눈에 맺히게 되었다. 그것은 단지 멍하게 인생을 사랑한 눈물이었다. 그 눈물은 또 R의 모습으로 깃들었다. 그 조용한 슬픔과 감정의 상냥한 느슨함은 그녀에게 처음으로 '기대지 않아.'라는 약한 마음을 안게 했다. 한탄뿐인 기대지 않음, 자신을 정말로 불쌍히 여기고 작은 존재로 알게 한 기대지 않음, 자신을 가지게 하려는 힘, 자신을 매달리게 하도록 하는 힘을 바라고 그것을 얻으려고 하지 않는 기대지 않음이었다.

미치코는 오늘 밤도 어린 시절에 있었던 일을 R에게 이야기하면서 걸었다. 그녀는 R과 함께 있는 동안은 대개 자신의 어린 시절을 이야기하고 추억에 잠기는 경우가 많았다. 어린 시절 그 사랑의 마음과 무구한 감정으로 지금의 자신을 비춰 보면서 순수했던 옛날을 R에게 이야기하는 것이 미치코는 즐거웠다.

"정말로 명석하게 말했었네. 그때도 무의식적으로 자연을 사랑하는 마음이 있었어."

미치코가 소중하게 여기던 봉오리진 싸라기벚꽃을, 조부가 그녀 모르게 큰 가위로 잘라 부처님께 공양했을 때 미치코가 울며 화를 냈었다는 이야기였다. 조그마한 미치코의 절반 정도에도 못 미치는 크기의 어린 나무였지만, 쑥쑥 커서 몇몇 가지에 작은 진주처럼 봉오리가 가득 붙어 있었다. 미치코는 여동생과 둘이서 꽃이 피기를 고대하고 있었다. 그녀가 14살 때였다.

어느 날 아침, 문득 싸라기벚꽃이 대부분 잘려져 스님처럼 민둥해져 있었다. 여동생이 "할아버지가 전부 잘라 부처님께 공양했어."라고 일러 주어서 그 이유를 알게 되었다. 미치코가 조부를 책하며 화를 내자, 조부는 "부처님에게 공양한 거라서 괜찮아."라고 말했다.

"아직 봉오리여서 그걸 잘라서 공양한다고 해도 부처님은 기뻐하지 않아요."

미치코는 분해서 언제까지고 울었다. 정원 가운데에는 동백도 있었다. ─ 그것은 조부가 소중히 생각하고 좋아했던 동백나무였다. ─ 공양하려고 했다면 잘라도 괜찮은 다른 꽃이 있었다. 미치코는 그 사랑스러웠던 가지가 무참히 잘려진 것이 불쌍하여 화가 났다. 그래서 고집스러운 조부가 미웠다. 미치코는 아무것도 모르는 여동생을 부추겨 조부를 헐뜯었다. 그리고 싸라기벚나무 곁에서 언제까지고 그 가여운 마음을 달래고 있었다. 민둥머리를 한 스님처럼 되어 버린 작은 그 모습이 무엇과도 대신할 수 없을 정도로 애석하여 슬펐다.

미치코는 그때 때마침, "그런 걸 공양한다고 해서 부처님이 기뻐하지 않아요."라고 했던 말이 나왔던 게 믿어지지 않았다. 아이인 자신이 부처님의 자비를 조부보다도 더 잘 알고 있었던 것이 이상했다. 자신이나 싸라기벚꽃에게 그렇게 무참한 슬픔이 생겼는데, 그것을 공양한다고 한들 부처님은 기뻐하지 않았을 테니까 말이다.

"저는 아이 때는 솔직했지만, 그 대신 잘 울었어요. 어떤 일을 당하면 구석에서 혼자 우는 아이였어요."

그 옛 스승이 '울보'라는 별명을 붙여 주었다. "슬픈 귀신이 붙은 거야. 그런 게 붙으면 안 돼."라고 말하며 미치코가 약하다고 웃었다. 그랬던 것이 그녀는 몇 년이나 마치 우는 것을 잊어버린 사람처럼 울지 않게 되었다. 메마른 대지의 영혼처럼 심장이 굳었다. 그때부터 비애의 눈물 한 방울조차도 나올 틈이 없었다.

어린 시절의 이 일을 일부러 이야기한 것은 자연을 배반하지 않은 자신을 이야기하는 것이었다. R은 오늘 밤도 음울했다. 그는 항상 우정의 밑바닥에서부터 미치코에게 하고 싶은 이야기가 많았다. 그렇지만 그 우정에 스스로 불순함을 느낄 때, 자기도 모르게 자신의 다정함조차 피하려고 했다. 거기에 비밀스럽고 애매한 욕망이 한 가지 타당한 이유로 사라지고 그의 정직한 마음에 부끄러움을 짐 지울 때, 그는 그 의식으로부터 얼굴을 돌려 하나의 순정만을 보려고 한다. 하지만 불순한 것은 그 마음을 배반하고, 징벌과 같이 착잡한 여러 종류의 번민을 그에게 주었다. 특히 이 친구의 평화로운 마음에 현재를 즐겁게 채우려고 희망할 정도로, 그의 과거의 상처, 어두운 그림자, 무의미했던 생, 혐오스럽게 남아 있는 사랑의 상처가 그 즐거운 응시 아래로 내재하여 그의 정서를 어둡게 했다. 자신을 불행한 사람으로 생각하는 마음이 이 친구 앞에 있을 때에는 더욱 잔혹하게 드러났다. 거기에 그리는 사랑의 예상으로부터 일어나는 매서운 반동을 띠고 — 진실로 사랑하는 사람을 얻으려고 자신을 상처 입혀 다른 사람에게 상처 준다. 끝내는 사랑으로 살아가는 것이 불가능했던 과거가 한층 비참해지고 한층 애잔하여 고통스러운 생각으로 응시하는 것을 반복하게 된다. 미치코를 볼 때면 자신이 호소하고 싶은 생활의 쓸쓸함과 고독이 가슴으로 조류와 같이 밀려온다. 하지만 그는 항상 그것을 피했다. 서로의 생활을 바라봐 주고, 그것을 이야기하는 것에도 R은 '무언가 침투해서는 안 될 것 같은 어떤 두려움'을 가지고 그녀로부터 간격을 두었다. 그것이 한층 더 R을 무거운 음울 속으로 빠뜨리게 했다.

두 사람은 강가에 멈춰 서서 수면 위를 바라보았다. 맞은편 기슭은 등불이 연이은 검은색 지붕으로 인해 가려져 있었다. 검은 물길은 잠잠했다. 이 강의 정적이 여기서부터 좌우로 도회의 공기와 번화한 거리의 떠들썩함을 차단하고 있었다.

서로 말할 수 없는 쓸쓸함을 안으며 이 검은 물 앞에서 잠시 아무 말 없이 서 있었다. 앞이 안 보이는 캄캄한 생활의 행방을 마음으로 응시하면서 — 그곳으로 한 척의 배가 노 저어 왔다. 두 사람은 배의 등불이 흔들흔들 밤바람에 흔들리며 흘러오는 것을 동시에 발견했다.

"배가 오네."

미치코가 그쪽으로 바라보았다. 뱃사공은 작은 아이였다. 아이는 곧장 기슭 쪽으로 향했다. 배는 물 위에 떠 있는 한편의 나무 조각처럼 측면으로 삐걱삐걱 서둘러 두 사람 앞으로 왔다. 그 모습을 가까이서 본 그들은 언제나 두 사람이 같이 있을 때 느끼는 유쾌한 놀이의 감각을 느꼈다. 뱃사공이 아이인 것도 두 사람에게는 기쁘게 생각되었다.

"저기에 타 볼까?"

라고 R은 미치코 쪽으로 돌아보며 물었다.

"태워 주시는 거예요?"

그녀가 그것에 흥미를 가지며 물 쪽으로 다가서는 것을 보고 R은 거기서 곧바로 아이에게 말을 걸었다.

"어디로 가는 거니?"

"우마야 다리厩橋까지요."

"태워 줄래?"

"네."

아이는 주저하지 않고 기슭으로 다가왔다. 그리고 네다섯 칸 앞쪽으로 배를 정박할 곳을 찾아 그곳으로 노를 저었다.

배는 두 사람을 태우기에는 너무 좁았다. 두 사람이 타자 뒤집힐 것처럼 흔들흔들 흔들렸다.

"괜찮아요. 지금 남자 손님 두 분을 태워서 보내 드리고 온 걸요."

아이는 두 사람이 불안해 하는 것을 보고 크고 힘찬 목소리로 말했다. 배 안에 물이 있었다. 거기에 젖지 않도록 R은 멍석 깔개를 구석으로 밀어 넣고 거기에 그녀를 앉혔다. 배는 떨어지는 나뭇잎처럼 동요했다. 반대쪽을 밀쳐서 기슭으로부터 떨어지자 물 위에 떠서 움직이기 시작했다.

"가만히 있어."

배가 심하게 흔들리자 R은 무심코 노 젓는 사람을 위해 서둘러 미치코에게 이렇게 말했다. 그는 친구 때문에 더 불안해졌다. 그리고 손님을 태웠다는 것에는 더 이상 주의를 기울이지 않고 열심히 노를 젓는, 아이의 놀이처럼 삐걱삐걱 천천히 노를 젓기 시작한 작은 뱃사공 쪽을 돌아다보면서 이 작은 아이가 놀랍다는 듯 웃었다. 배는 힘없이 떠다녔다. 물은 공포의 깊이를 느끼게 해 주며 그 주위를 감싸고 있었다.

"무서우신가?"

그는 추운 듯 몸을 움츠리고 가만히 있는 미치코를 바라보았다. 8월 중반이었지만 물에서 불어오는 바람은 가을 기운을 품어 차가웠다. 냉기가 피부에 스며들었다. 배 중앙에 묶어 놓은 등불이 그녀의 얼굴 앞에 있었다. 그쪽으로 R은 엉거주춤한 자세로 있었다. 미치코에게는 R의 얼굴도 희미하고 어둡게 비칠 뿐이었다. 뱃사공의 모습은 눈에 들어오지 않았다. 한 점 등불이 겨우 눈언저리에 스며들어올 뿐이었다. 어느 곳이나 모두 캄캄하게 닫혀져 있었다. 두 사람은 그 어두움 속에서 이따금씩 겨우 입가의 미소를 알아볼 수 있었다. 그녀가 미소를 짓자 R은 안심했다. 잠시 사이, 모든 것으로부터 떨어져 나온 두 사람의 세계가 어두움으로 둘러싸여 이 아이 뱃사공의 보호 아래 몽롱하게 나타났다. R은 일어서서 아이를 대신해 노를 젓기 시작했다.

지금까지 그녀의 눈에 미치지 않았던 작은 사람이 그 곁에 왔다. 아이는 발을 내밀며 먼 기슭 쪽을 바라보고 있었다. 배는 지금까지와 같이 흔들리지 않게 되었다. R은 거기서 뱃사공에게 나이를 물었다. 아이는 열 둘이라고 말했다. 오늘밤은 부친 대신에 손님을 태우러 왔다고 했다.

"아버지는 어떻게 되신 거니?"

"감기에 걸려서 누워 계세요."

R의 가라앉은 목소리가 물에 스며들었다. 두 사람의 이야기보다도 미치코는 그 목소리를 듣고 있었다. 그리고 무언가 표현할 수 없는 울적한 힘이 이 인간 세상의 하나의 욕구를 향해 끊임없이 그 바닥으로 움직이고 있는 듯 그의 음울하고 무거운 괴로움을 그 소리로 상상했다. R은 바로 지쳐서 노 젓기를 그만두었다.

"무슨 일 있나?"

먼저처럼 등불에 비쳐지며 다시 되돌아온 그는 서둘러 그녀를 보았다. 반바番場의 어두운 기슭으로 흰 가로등이 희미하게 보였다. 버드나무 한 그루가 어두움 속에서 검은 그림자를 나부끼고 있다. 배는 기슭쪽 바위 옆에 닿을락 말락 했다.

"저쪽을 봐."

R 쪽에서는 아사쿠사淺草, 도쿄 북부에 위치한 옛 에도江戶시대 때 번성했던 시내-역자주의 푸른 등, 붉은 등이 하늘 저편에 보였다. 검은색 긴 다리가 그들 바로 앞에 있었다. 미치코는 저쪽을 보라는 말을 들었지만 뒤돌아보지 않았다.

"마치 포로가 된 공주 같았네. 당신은 아무 것도 할 수 없는 상태로 꼼짝없이 있었으니."

아이에게 값을 치르고 배에서 내렸을 때 R은 그녀를 보며 웃으며 말했다. 작은 배 안에서 가만히 앉아 있던 그 모습을 그리자니 가련한 정이 R의 가슴에 넘쳐흘렀다. 그는 또 말이 없었다. 우연치 않게 어린 뱃사공이 내려 준 곳에서 강과 떨어진 기슭 쪽으로 미치코와 함께 걷기 시작했다.

강에서 놀던 그날 밤 이후, 미치코의 집을 방문할 때마다 미치코는 대개 자고 있었다. "어디가 안 좋은 거요?" R이 그렇게 물으면,

"네. 조금."

이라고 말할 뿐, 그녀는 더 이상 이야기하려고 하지 않을 때가 많았다. 치켜 뜬 눈이 R 쪽으로 살짝 흐르는가 싶을 때, 그녀는 곧바로 시선을

다른 쪽으로 돌렸다. 높게 매달아 놓은 전등 불 아래로 흰 기모노를 입고 창백한 얼굴을 하고서 등나무 의자에 누워 있는 그녀의 모습은 깊은 고뇌 속으로 꺼져 가는 듯 약해 보였다. R은 그녀의 수척해진 얼굴을 보는 것만 할 수 있을 뿐 어떤 말도 할 수 없어 돌아갔다.

미치코는 병자와 같았다. 그 마음이 병들었던 것이다. 무언가 상냥한 사람으로부터 고민이 만들어져 병이 된 것이다. 자신에게 어울리지 않는 갈팡질팡한 슬픔. 자신에게 어울리지 않는 쓰라린 번뇌. 그것은 끊임없이 가련하고 절망적인 생활상의 참을 수 없는 압박이 되어 그녀에게 이중의 고통으로 다가왔다.

그녀는 어떤 일을 해도 우울했다. 바깥은 매일 날씨가 맑았다. 한낮의 햇빛은 아직 이마에 강한 열기를 퍼뜨렸지만, 빛이 옅어질 즈음에는 이슬을 머금은 초가을 하늘이 짙은 쪽빛으로 고상하고 아름답게 활짝 개어 얼굴의 병적인 열기를 떨어뜨렸다. 그녀는 그것을 창을 통해 바라보았다. 그리고 밤이 올 때까지 그대로 응시하고 있었다. 무언가로부터 도망치고 싶다는 생각이 끊임없이 샘솟았다. 자신을 온화하게도 힘들게도 만든 순정으로부터 도망치고 싶은 것일까? 그게 아니면 저 메마른 잔혹한 사랑으로부터 도망치고 싶은 것일까? ― 하지만 그녀는 그렇게 명확하게 생각하는 것이 두려웠다.

그녀는 단지 멍하니 지냈다.

"내가 지금 뭐하는 거지? 대체?"

자신을 향해 거친 말을 쏟아내어 봐도, 예의 자포자기로부터 유타에로 자신을 몰아갈 힘조차도 없었다. 생활의 모든 것이 그녀에게는 보잘 것 없는 것으로 보였다. 공허와 황폐 속에서 어찌되었건 생활의 한 길을 구하려고 했던 긴 시간의 초조함도, 이제 그것이 어찌지 못하는 짜증이었다는 사실을 확실히 알게 되었다.

'내 생활이 틀린 거야.'

그녀는 언제부턴가 그렇게 생각하게 되었다. 언젠가 R이 그녀에게 이렇게 말한 적이 있었다. 그동안 예술적 재능으로 생활하다가 더 이상 못하게 되었는데, 샘솟는 영혼의 아름다움을 멈출 수 없어 슬퍼하는 거라고, 깊은 의미를 품고 그 마음에 드러난 것이라고 –

두 사람은 동물원에서 놀고 있었다. 아직 초여름이었지만 맹수는 겨울처럼 어두운 우리 속에서 더위에 힘겨운 숨을 내쉬고 있었다. 작은 새는 시원한 물거품을 일으키며 물을 덮어쓰고 기쁜 듯 구슬과 같은 눈동자를 반짝이고 있었다. 두루미가 울타리를 두고 부리와 부리로 쿡쿡 찌르고 있었다. 두 사람은 그 두루미의 싸움을 재미있어 하며 나무 그늘에서 쉬었다. 그리고 초여름의 상쾌함을 무성한 나뭇잎으로부터 호흡했다. 동물 냄새가 땅 위로 올라왔다. 미치코는 그런 것이 그리움으로 사무쳤다.

그때였다. '새의 희생'이라고 하는 이야기를 즉석에서 만들어 R에게 들려줬을 때, R은 당신이 지금까지 만든 어느 작품보다도 좋다고 말하며 칭찬했다. 그리고 마치 큰 선행을 한 아이를 칭송하는 듯한 눈빛으로 그녀를 보며,

"지금까지 당신이 해 왔던 일에 영혼이 없었어."

라고 R은 처음으로 그렇게 한 마디 흘려 말했다. 미치코는 눈치 채지 못한 채 단지 웃으며 R의 말을 듣고서, 무성한 나무에서 새어 나오는 광선

이 그늘의 윤곽을 만들어 미묘하게 빙글빙글 흔들리는 아름다움을 바라보고 있었다.

그녀는 R의 그 말이 계속 신경 쓰였다. 그때 무심결에 흘려 들었던 말이 그녀의 마음 어딘가에 없어지지 않고 하나의 점으로 남아 있었다. 지금까지 그녀를 장식했던 예술에는 어떠한 가치도 없었다는 것. 그래서 그 생활이 치욕적이었다는 것이 마음에 걸려 스스로를 되돌아보게 만들었다.

"당신처럼 날카롭고 관능적으로 생활하는 것은 피곤할 뿐이야."
라고 말했던 적도 있었다. 방종과 나태로 이루어진 그녀의 생활을 그가 목전에서 바라보던 때에.

그녀의 집은 항상 젊은 여성들의 방종의 공기로 가득 차 있었다. 그녀의 주위에는 그 유타의 무리를 이루고 있는 친구 한두 사람은 어김없이 와 있었다. 그녀는 그들을 상대하고 놀고 유희의 흐트러진 감정 속에 자신을 내던져 마치 자신을 무너뜨리고 있는 형국이었다. 그때 우연히 만나게 된 그는 잠자코 구석에 앉아 그녀를 바라보고 있었다.

'어째서 이 사람은 이 무지한 부끄러움을 모르는 것일까.'

그의 눈은 그 불가사의함에 멸시를 포함하고 — 그것이 미치코의 마음으로 항상 반사되었다. 그녀는 그때 그의 멸시의 눈에 반항하지 않고 알게 모르게 어떤 수치심과 고통으로 피하려고 들었음을 스스로 의식했다.

'자신의 생활은 자신의 생활이야. 무엇을 하건 자기 마음인 거라고.'

그렇게 F에게 계속 대항해 왔던 강인함이 어쩌다가 R의 이 시선을 만나 치욕의 반성 속으로 무너져 버리고 말았다. 그래서,

'정말로 보잘 것 없는 매일을 보내고 있다.'

고 분명하게 자각했다. R이 상당히 밉고 불쾌하게 생각되었다. 동시에 중심을 잃지 않는 그에게 확실히 눌려진 듯 발버둥 칠 수 없는 고통이 느껴졌다.

'어떻게 하면 좋을지 모르겠어. 내 생활은 엉망진창이 되었어.'

그렇게 자신에게 말하듯 미치코가 눈물 흘릴 때, R은 이렇게 말했다.

"날카롭게 신경을 곤두세우며 생활하면 인간은 피곤해질 뿐이야. 그러면 앙금만이 남을 뿐이지."

라고 그는 중얼거리듯 말했다.

'정말로 어떻게 하면 좋을지 모르겠어.'

미치코는 지금 그것에 대해 생각하며 등나무 의자에 누워 있던 몸을 일으켜 구부리듯 걸터앉아 보았다. 몇 년이라는 긴 시간의 반항과 강압에 딱딱해진 온몸이 이 몇 주간 사이에 조금씩 조금씩 풀려오는 듯 권태로웠다. 더 이상 바람 없는 조용한 바깥은 해가 지고 있었다. 창 아래로 보이는 풀숲에서 벌레가 울고 있었다. 밤이 되면 종종 R이 놀러 왔다. ― 그래서 그녀는 오늘 밤도 외로움에 젖어 그 사람을 기다리듯 벌레 소리를 듣고 있었다. 그 소리는 귀엽고 활기찼다. 이제 막 태어나 이 세상을 부끄럽게 여기는 듯한 부드러운 음색이었다. 무슨 벌레인지 알 수 없지만 세심하고 투명한 단 하나의 소리가 언제까지고 들렸다.

"안녕하세요. 무슨 일이세요?"

F가 왔다. 그는 바쁜지 방 안을 두세 번 서성거리고, 결심한 듯 예의 없이 양 다리를 M자로 벌려 책장 앞으로 다가갔다. 그리고 깨끗하게 정

리되어 있는 아름답게 장식된 방 안을 둘러보았다.

"표를 팔려고 왔어."

라고 말하고 품에서 종이 안에 끼워진 극장표를 몇 장 꺼냈다.

그것은 i좌座, 연극 등의 전용관을 일컬음-역자주의 M이라고 하는 배우 패거리들의 표였다. 우연히 그 배우가 F의 미술상에서 물건을 산 것이 인연이 되어 F는 그 배우 집으로 물건을 배달하면서 놀러 가거나 하게 되었다. 그리고 이번에는 그 사람의 동료들 표를 몇 장인가 사지 않으면 안 되게 되었다.

"당신도 갈 거지?"

"제가요? 싫어요."

미치코는 F의 얼굴을 보면서 다른 뜻이 있는 듯 웃으며 딱 잘라 거절했다.

"왜?"

"왜라니요. 저는 그 연극은 반년 넘게 안 보러 간 걸요. 그 연극 싫어요."

그렇게 말하고 미치코는 그 얼굴에서 미소를 감추지 않았다. 그리고 F의 얼굴을 응시했다. 그녀는 등나무 의자에 걸터앉은 채 다리를 흔들며 양손으로 의자를 잡고 있었다. 얼굴이 창백하고 머리카락이 흐트러졌다. F는 당황한 듯 표를 바라보면서,

"왜 안 가는 거지?"

라고 질문을 반복했다.

그 연극에는 K라는 배우가 있었다. 미치코는 그 배우를 좋아해서 한때 그 연극만 자주 보러 갔었다. 꼭 1년 정도 계속 보러 갔다.

그녀는 자기 자신이 무대에 선 적이 있기 때문에 오히려 어떠한 경우든 연극 감상을 놓친 적이 없었다. 단순히 연극이 좋아서 취미로만 보러 가는 사람들과는 달랐다. 자신이 느낀 무대의 예술적 욕구는 연극을 볼 때마다 옛 연극이나 신극에도 자신만의 비평의 눈으로 모든 배우를 충실히 감상하게 하였다. 무대에서 드러난 그녀의 기술은 성숙하지 못했고 판자 위로 무재능의 영혼이 구르는 것 같았지만, 그녀의 본능의 저변으로부터 타오르는 하나의 불꽃이 자신도 모르는 사이에 예술 본래의 길을 내면으로 비추어 주었다. 그녀는 항상 그 엷은 밝음을 의지하여 모든 것을 관람했다. 거기에 그녀 혼자만의 비평이 있었다. 그래서 어떤 것에든 불만을 가졌다. 심리 표현을 자유롭게 한 신극에 대해서는 자신의 경험으로부터 한층 더 세밀한 비평이 생겼고, 구극에 대해서는 자신의 예술적 바람에 비춰 배우들의 열의 없는 습관적 기술의 움직임이 계속 감지되어 모멸감이 느껴졌다. 일본 연극의 모든 약속, 계통적 지식에는 맹목적이지만 연출에 있어 그것을 분별할 연극에 능통한 응용의 눈을 살찌워 주게 한 사람이 과거에 한 사람 있었다. 그것은 그녀가 연극의 길로 들어서려고 사사 받았던 xxx라고 하는 나이 든 여배우였다. xxx는 자부심이 높았고, 예술에 있어서는 한 치의 가차 없는 백모란과 같은 거만함을 기분 좋게 드러내는 사람이었다. 그녀는 시대와 맞지 않아 불행한 삶을 살고 있었다. 그녀가 지닌 높은 가치는 보잘 것 없는 구경거리 가설 극장 구석에서 영구히 잃어버렸지만, 분장실에서 당대 일류 남자 배우를 매도했던 말은 결코 한 노파의 넋두리로 끝나지 않았다. 자신의 예술적 양심으로 각각의 연기에 훌륭하고도 확실한 비판을 가한, 바른 말이었다. 그녀는 이 사람에게 키워져 구극 예술의 길을 조금 확실하게 알게 되었다. 미치코는 연극 구경할 때 그 생생한 비난 속에서 소생해 온 그들 배우 무리를 그녀가 익히 들어온 xxx의 명언에 비추어 보고 아무도 모르게 날카롭게 비평했었다.

그러던 중에 K를 좋아하게 — 그런 감정만으로 — 된 것은 이 배우가 가지는 예술의 성질이 '슬픔의 힘'뿐임을 알았을 때부터였다. 이 슬픈 힘이 이 배우의 무대를 우울한 정서와 음참한 매혹으로, 그리고 예술의 질병과 같이 어둡게 그림자지게 함을 느꼈을 때였다.

Y라고 하는 여자의 여자친구와 미치코는 함께 i座에 갔다. Y도 이 배우를 사랑하고 있었다. 언제나 비창悲愴에 젖어 있는 수척한 뺨과 우수의 빛을 머금은 작은 눈, 동작의 음울함이 시적 감정의 율조 안으로 두 사람에게 '좋아한다'는 울림을 주었다. 관능적 애욕 — 거기에 노출된 그의 육체로부터 직접 느끼도록 하는 — 은 언제나 그 수척한 뺨과 눈빛과 입술의 떨림에 머물러 있었다. 그리고 미치코에게는 항상 예능인을 사랑한다는 장난기 어린 기분이 있었다. 무대 위를 보는 그를 통해. — 그 배우로부터 자신이 특히 좋아한 어떤 역할의 눈썹을 받은 적이 한번 있었다. 그녀의 집에 출입하는 젊은 부인을 시켜서.

그러던 것이 왜 그 극장에 가지 않게 되었냐 하면, 의외로 간단한 이유 때문이었다. Y가 그 배우를 샀다더라, 그녀가 그 배우를 샀다더라, 서로 경쟁했다더라와 같은 소문이 들려 왔기 때문이다. 그녀는 그것으로 완전히 격노하여, — 단지 막연한 세상 소문을 향해 — 그 극장에도 가지 않게 되어 버렸다. 그러한 소문은 자신을 모독하는 듯 생각되었다.

마비되어 있는 그녀의 영혼에도 그와 같은 소문 한 점은 상당히 불쾌감을 주었다. 이전에 L이라는 스모 선수力士, 일본의 씨름 선수를 일컬음 – 역자주를 좋아한다더라는 것에서부터, 그녀가 그것을 '샀다'라는 소문이 있었을 때도 그녀는 화가 나서 스모를 보러 가지 않았다. 왜 세상은 그 비속한 눈으로 곧장 그곳으로, 그 천한 추악한 것으로 끌어내리는 것일까. 그녀는 정말로 그런 게 싫었다. 하지만 그녀가 천박하고 화려하면서도 아름다운 것을 좋아했고, 또한 스스로 반성하지 않고 감정의 방종만을 노골적으로 드러낸 까닭에 항상 그러한 육적인 타락까지 비속함에 익숙해져 있는 세상으로부터 끌려가는 것이었다.

그녀는 그런 이유로 i좌에 가지 않게 되었다. 다른 극장에 가더라도 i좌에 자신의 모습을 드러내는 일은 뭔가 스스로를 모욕하는 것만 같아서 괴로웠기 때문에 – 그녀는 유타에조차 방만했다. 유타가 자신을 부추기고 유타가 자신의 감정을 빠뜨리려고 움직이면 그녀는 한시라도 자신으로부터 그것을 뿌리쳤다. 유타는 자신의 기분까지 재미있고 자유롭게 움직이게 했다. 그 유타 때문에 자신이 고민하거나 부끄러워하는 일은 그녀에게 있어 자연스럽지 못한 일이었다. 그때 그녀는 확실히 노는 것을 흥겨워했다.

"저는 더 이상 가지 않아요. 거기는."

F조차도, 그리고 F와 친하게 지내는 A라는 조각가도 그녀가 정말로 K를 부른 적이 있다고 생각한 적이 있었다. 그 생각이 나자 그녀는 온몸으로 번지는 당시의 분노를 기억하며 떨쳐내듯 말했다.

"그럼 어쩔 수 없군. 누가 사 주지 않으려나."

"당신은 가나요?"

"아, 가 볼 거요."

"표를 살 사람이 있는지 물어볼게요. 두 세장 놓고 가세요."

F는 표를 두고, 이제 용무가 끝났다는 듯 서둘러 돌아갔다.

미치코는 그 후에 등나무 의자에 누웠다.

'어쨌든 저 사람은 나의 이 잔해를 끌어안고 멀리 어딘가로 숨겨줄 만한 사람이 아니야.'

라고 그녀는 문득 그렇게 생각했다. 누군가가 올라와서 전등을 켜 주었다. 등이 켜지자 방에 남아 있던 엷은 빛이 구석부터 사라져 창밖으로 쫓겨 갔다. 하늘에는 아직 밝은 빛이 꺼지지 않고 있었다.

방에 올라 왔던 것은 하녀였다. 용무를 마치자 여자도 곧바로 아래층으로 내려갔다. 다시 미치코는 혼자가 되었다. 앞서 들려 왔던 벌레 소리를 듣기를 바랐지만 그 소리는 이미 멈춰 있었다. 그것이 동반자가 없는 미치코를 쓸쓸함으로 밀어 넣었다.

'이 잔해를 껴안고 숨겨줄 만한 사람은 없네.'

그녀는 아직 그것을 계속 생각하면서 혼자 탄식하며 가만히 하늘을 보고 있자니 잠시 동안 빛이 없는 별 하나가 보였다. 이윽고 또 하나, 생각지도 않는 사이에 문득 보이기 시작했다. 그녀의 응시에 빨려나오듯, 한 점 한 점 시선이 머무르는 사이에 별이 나왔다. 그것이 미치코를 이처럼 기쁘게 만들었다.

이 순진한 기쁨의 저변에 무언가를 그리워하는 피가 움직이고 있었다. 어떤 상냥한 생각과 온화한 감정을 향해 눈물을 머금은 유순함으로 고개를 끄덕이듯 애련愛憐한 마음이 되었다. 그리고 온화함을 주는 사람과 그것을 솔직하게 받는 사람의 그림자 두 개가 저 하늘 안쪽으로 비치고 있었다. 그녀는 그것을 응시하고 있었다. 미치코는 자신도 모르게 눈물이 났다.

잠시 그 사랑스러운 눈물 때문에 자신의 심장이 요동쳤다. 그것이 그녀의 마음을 어디까지 예쁘고 순수하게 정화시켜 갔는지 ─ 황폐하고 부패했던 생활에 찌들었던 심신을, 단 하나 이 세상의 참됨을 나타내도록 내던지고 싶은 열망이 그때 강하게 그녀의 가슴을 압박해 왔다. 숨쉬기 힘들 때까지 ─ 그리고 소녀 시절 자신의 사랑스럽고 순수한 마음으로 바랐던 세계가, 이제 어딘가 새롭게 펼쳐질 것처럼 확실히 느껴졌다. 순수한 피가 그녀의 가슴에서 전율했다.

'만약 정말 그런 아름다운 세계가 이루어진다고 해도, 그때 자신의 운명은 그때부터 어떤 기질로 변해 가겠지.'

비참한 비애가 곧바로 그녀의 마음을 닫게 했다. 자신에게 훨씬 이전부터 정해져 있는 운명은, 이미 죽음 이외에는 단 하나의 길도 더 열려 있지 않음을 깨달았을 때 ─ 그녀는 그대로 눈을 감고 꿈처럼 지나간 자신의 지금까지의 생활을 생각했다. F와 그녀 사이를 맺고 있는 과거와 현재를 통해.

두 사람의 생활은 비참했다. 두 사람은 십년 가까운 세월 동안 하루도 멈추지 않고 계속 싸웠다. 자아가 강하고 이기적인 F는 자신이 소유한 미치코를 대할 때에도 그 사랑은 언제나 거친 자신의 자아만을 고집했다. 그것이 언제나 반항심을 불러 일으켰다. 그리고 그 반항이 그녀를 한층 방종하게 만들었다. 거기에 끊이지 않는 싸움이 있었다. 그녀를 세상의 전쟁 속으로 밀어낸 F는 반대로 생활의 힘을 잃었다. 하지만 그 자아의 욕심은 쇠퇴하지 않았다. 그리고 자신을 대신해서 그녀가 세상의 명예를 얻어다 주었고, 그녀가 명예를 잃은 것은 스스로의 명예도 잃는 것이었기에 아까웠다. 어떤 경우에라도 한 번 얻은 그것을 잃지 않기 위해 보호하고, 그래서 그 안에 두 사람이 사는 것. F는 그 외에는 아무 것도 생각하지 않았다. 그것에 그의 행복이 있었으니까.

'나는 시종 이 사람을 위해 억지로 끌려가는 사람이다. 스스로는 아무 것도 욕심내는 것이 없다.'

미치코는 피곤해지면 언제나 F를 올려다보며 이렇게 중얼거렸다. 한 점으로 응집되지 않는 사랑과 의지의 방해는 서로 몰이해만을 지적하며 서로 움츠러들어 양쪽에서 자아를 모으도록 했다. 미치코는 사려 없이 그저 이 세상을 향해 무언가를 바라고 무언가를 원한다. F는 그저 자기만을 고집하고 ─ 그 자기 안에 그녀도 포함하여 ─ 그녀를 자신의 옅은 생각만으로 살게 하려 한다. 그는 생활에서는 미치코에게 지지만, 그의 광적인 자아의 격정이 항상 그녀를 속박하고 있었다. 이 속박 의식이 의미 없게도 미치코에게 고통을 줄 때, 그녀는 그 강한 생활력으로 F를 반항과 방종으로 극복해 갔다. 이기적인 행복 때문에 그 반항과 방종을 봐줄 수밖에 없었던 F는, 오직 그녀의 육체를 억압하는 것으로 자아 사랑의 만족을 얻었다.

그녀는 자신을 대하는 F에게 진실된 사랑이 있다고 생각한 적이 없었다. 또한 F도 그녀가 자신을 사랑하고 있다고는 생각하지 않았다. 그 불만은 모욕과 조롱과 증오로 서로를 상처 주는 것으로 치유하였다. 그리고 그러는 사이 하나의 굴곡처럼 만나는 것은 가장 추악한 육욕의 달콤함뿐이었다.

그들의 가정은 아수라장이었다. 이기와 혐오, 횡포와 방만, 욕하고 소리 지르고, 분노와 조롱으로 ─ 신경이 신경을 짜증내게 하고, 감정이 감정을 학대하였다. 그의 거친 말투는 그녀를 끝까지 위협했다. 그것이 싫증 날 때, 그녀도 또한 야비한 어투로 되돌려 주었다. 조금이라도 그 남자 앞에서 기 죽는 것은 오욕이라도 되는 듯 ─ 그녀의 섬세한 감각은 언제라도 아름다운 것, 상냥한 것, 온화한 것에 닿아 있었다. 그러나 그것은 결코 자신의 주위에서 구할 수 없었다. 그래서 자신이 지닌 그것들의 부드럽고 온화함은 그 남자의 자아적 격정과 험악함과 교활함에 대한 끊임없는 반항으로 깎이고 연마되어 갔다. 거칠면 거칠수록 그녀는 자신의 뜻을 고집스럽게 굳혀 갔다. 그 굳은 고집과 기 죽지 않는 반항으로 그 남자의 무모함과 비열함, 몰지각을 따지지 않고 깨부수었다. 그녀가 조금이라도 그 남자를 이해하여 온순하게 대할 때는 곧바로 그 남자가 자아의 욕구로 모든 것을 압박해 오는 탓에 ─ 그 남자의 야비한 말을 조롱하고 야비한 성정을 욕할 때, 그녀는 항상 쓰라린 눈물 속에서 그렇게 거칠어 가는 자신을 한심하게 바라보았다. 그러나 미치코는 확실한 각성을 가지고 이러한 경우로부터 벗어날 수가 없었다. 한심하게 계속 눈물을 흘리고, 한심하게 계속 전율하며, 한심한 것을 계속 상대하여, 역시 한심함 속에 무비판적인 감정의 쟁투를 이어가며, 오로지 하나의 육적 사랑의 굴레가 자신을 그 남자에게로 이어져 가게 했다.

그녀는 점점 그러한 상황에 만족해 갔다. 그녀가 정신적인 욕구를 깨달아도 그것을 이해하는 것이 불가능한 그 남자의 무정신은 그녀에게 아무것도 주지 못했다. 또한 이야기도 할 수 없을 만큼 지혜의 부족을 느낄 때, 그녀는 눈 먼 봉사 동지의 이와 같은 생활에 얼마나 실망했는지 모른다. 항상 — 하지만 미치코는 그대로 만족하며 살았다. 한참 전에 그녀 집 가까이에 살았던 G라고 하는 철학자는, 미치코가 F로부터 떨어지지 않으면 자신이 좋아하는 생활은 도저히 얻기 힘들 거라고 말했었다. 두 사람의 생활에서 일어나는 물질적인 이중적 요구가 그녀를 언제나 괴롭히고 있음을 본 G는, 그러한 생활의 낭비가 점점 그녀를 나쁘게 만들고 그녀의 소중한 재능을 황폐하게 만드는 것을 애석하게 생각했다. 그리고

"정말로 F를 사랑하지 않는다면 헤어져서 자유로워지는 편이 좋을 거예요."

라고 미치코에게 말했다. 그녀는 그 즈음, 자신은 F를 조금도 사랑하고 있지 않지만 단지 그 남자에게 끌려가고 있음을 G에게 자주 호소했었다 — 그래도 미치코는 그로부터 떨어지지 않았다. 이별하려고 하면 거기에 인정의 애착이 남아 그녀를 괴롭혔다. 그것이 미치코는 괴롭고 싫었다. 도저히 자신이 이 인연을 끊을 수 없다는 사실을 알았을 때, 두 사람은 자신들의 인생이 이대로 이어져 갈 운명이라고 단념했다. 그래서 자신의 생활은 자신 한 사람으로 얻을 수밖에 없다고 생각했다. 전에는 굳은 고집으로 그 남자에게 대들고서는 그의 전횡을 제압하려고 했다. 그랬던 미치코가 나중에는 모든 것에 대해 자신보다 열등한 F를 상대하

려고도 하지 않았다. 그리고 '사랑'을 자신들의 생활에서 진지하게 생각하려고도 하지 않았다. F에 대한 모멸이 그녀에게는 사랑이었다. 증오가 사랑이었다. 쟁투가 사랑이었다. 늪 밑바닥에서 키운 벌레와 같은 육정肉情이 사랑이었다.

그녀의 생활은 그 후로 더더욱 잘못되어 갔다. 자신의 생활을 자기 혼자서 얻으려고 하는 그 힘은, 언제든 높은 요구로 정신적으로 소중한 것을 잡으려고 하지 않고 구속 없는 마음의 방종으로만 타락시켜 갔다. F의 이기적인 욕심으로 자신에게 허락된 방종의 방자함으로 그녀의 생활은 한층 쇠약해져 갔다. 겉만 화려한 하루 동안의 사랑을 조롱하거나 매일 가벼운 놀이로 현세를 향락하며 지내거나 했다. 그래서 그곳에 생활의 아름다움이 있다고 그녀는 단정하게 되었다. 방종에 아름다움이 있고 겉치레에 아름다움이 있다고 미치코는 생각하게 되었다. F와의 육정으로만 이루어진 사랑보다도 방종한 감정만 있는 놀이는 그녀에게 있어 얼마나 아름다운 것인지 몰랐다. 그 아름다움의 환상이 그녀를 매혹시켰다. 그녀는 거의 매일 자신이 보는 것과 사랑의 유희를 즐겼다. 인간과도, 꽃과도, 새와도, 인형과도 사랑을 했다. 방종의 미로 그것을 한층 더 공상적이고 시적인 것으로 만들어 즐겼다. 그리고 향락의 거리로 출입하여 한 순간의 도취미를 낚으며 걷는 일도 있었다. 그녀는 특히 여성의 아름다움을 사랑했다.

이러한 방종한 생활 속에서 안정은 조금도 찾아 볼 수 없었다. 그녀의 마음속에 있는 어떤 사람이 역시나 방종을 싫어하고 엄숙함을 원하고 있었다. 그래서 놀이는 언제라도 무언가의 '얼버무림'에 지나지 않았

다. F의 험악하고 교활한 성정을 싫어했고, 더욱이 알게 모르게 마음에
둔 사람 때문에 자신의 마음이 온화해지듯 이 방종의 생활이 싫었다. 하
지만 그녀는 역시 거기로부터 도망칠 수 없었다. 굳이 거기에 아름다움
을 구하며 만족하려고 했다. 그녀는 이 생활에 지쳤다. 그리고 자신은
살아 있는 몸이지만 이미 잔해와 같다고 생각하여, 자포자기의 단념이
그녀를 한층 타락과 유희의 연못으로 떨어지게 했다.

미치코는 천박하고 저급한 쾌락을 좇아 잔학한 사랑에 잡혀 살았던
과거와 지금 현재 그렇게 살고 있는 자신을 지금 더 확실하게 보았다.
그리고 지금까지 그것을 싫어했던 마음보다도 과격한 하나의 압박이
그녀의 가슴으로 치밀어 올라왔다.

'정말로 좋은 생활을 하고 싶어. 이런 생활로는 안 돼.'

여태까지 이와 같은 바람과 부정이 미치코의 가슴에 여러 차례 샘솟
았다. 예술이나 가정, 자신의 행동이나 상태에 대해서 깊은 반성으로부
터 고통을 느낄 때는, 그녀는 막연하게 그 어떤 것을 구하고 현재를 부
정했다. 스스로가 싫어져 짜증이 났다. 그러나 그것은 항상 그녀 한 사
람의 독백으로 끝나 버렸다. 그녀는 어디까지나 자신이 원하는 것에 대
해서 무지했다 - 그렇지만 지금은, 이 독백과 무지한 소망에 힘과 도
움을 주는 어떤 한 사람의 속삭임이 그녀의 귀에 들렸다.

'당신 곁에 있는 사람이 당신을 진실로 살게 하려고 하지 않기 때문
이야. 그것이야말로 당신의 불행이지.'

이렇게 그 사람의 눈이 불쌍한 듯 슬픈 정을 담아 그녀를 응시한다
- 그것이 미치코의 환영으로 그려졌다.

어째서 인생이 온화하고 아름다운 것으로 보이는 것일까. 인생은 어느 정도의 온화함으로 내게 미소 지어 준다. 나는 좋아하는 마음으로 그 미소를 수용하려고 한다. 꼭 처녀 시절과 같이 ─ 내 가슴은 아름다운 눈물로 가득하게 된다.

거기에 부드러운 기만이 있는 것은 아닐까. 인생이 자신을 향해 부드럽게 미소 짓는 것은 자기를 속이기 위한 것은 아닐까.

하지만 내 눈물은 어떻게 하면 좋을까. 이 온화한 감정의 느슨함을 어찌하면 좋을까. 속이는 것 앞에 서서 어째서 이런 한 줄기 눈물이 나는 것일까. 그것은 진실이다. 무언가가 자신을 온화하게 잡아 일으켜 주는 것이다. 무언가가 상처 입은 나에게 진정한 눈물을 부어 주는 것이다. 그것이 나의 거친 성정, 하면 안 되는 것 모두를 온화하게 해 주는 것이다. 그것은 모두 그리운 이 인생의 저변에서 샘솟는다.

지금까지처럼 욕정의 허깨비가 아름다운 세계를 보여 주려고 했던 것이 아니다. 나의 이 눈물로, 소녀 시절 알았던 그 천진난만한 눈물로, 나는 진실로 아름다운 세계를 보았던 것이다.

이 눈물만으로 살아가는 것이 가능한 생활이 있다면? 아아, 그 사람 가슴으로부터 나온다. 그리고 그것을 믿지 않고서는 안 되는 그 사람의 눈이 말한다.

'선한 사람이 되시오. 왜 당신은 일부러 자신을 나쁘게 만들고 있으시오. 자신의 영혼을 자주 응시해 보시오. 당신이 가지고 태어난 것은 얼마나 온화하고 아름다운 것인지를. 결코 그것을 더럽혀서는 안 되오.'

그 사람의 눈은 시종 이렇게 말하고 있다. 나는 지금이야말로 정말로 그것을 분별할 수 있다. 그 사람은 좋은 사람이다. 그 사람은 결코 나를 조롱하지 않는다. 나를 멸시하지 않는다. 그리고 무엇보다도 그 우정으로 나를 용서한다. 나는 태어나서부터 오늘날까지 나에 대해 그 사람만큼 모든 것을 너그럽고 온화하게 대해준 사람을 알지 못한다 ─

미치코는 책상 앞에 와 이렇게 쓰기 시작했다. 거기에 있던 편지지에 ─ 그리고 거기까지 쓴 펜을 멈췄다. 거기에 쏟아 놓은 자신의 말 속에 재차 운명을 느꼈기 때문이다. 좀 전에 별을 세었을 때 문득 생각한 그 기쁨과 슬픔 속으로 그려진 운명의 그림자보다도, 그것은 더 짙고 더 필연적인 지옥과도 같은 암흑의 음영을 띠고 그녀의 가슴속에 나타났다.

미치코는 쓴 것을 접어 품속에 넣었다. 그리고 일어나서 창문 너머 어두운 바깥을 보았다. 그녀는 이미 며칠이나 외출하지 않았다. 그 사이 신기하게도 노는 친구들이 찾아오지 않았다. 그녀는 그들을 떠올려 보았다. 제멋대로인 사람들의 왁자지껄한 웃음이 견디어지자, 미치코는 그 친구들이 누구든 사랑스러워졌다. 그리고 계속해서 F가 놓고 간 표가 생각났다. 표는 모두 그 사람들에게 맡겨야 된다.

그녀는 계속 창 쪽에 서 있었다. 그리고 어두움 속 하나의 점에 초점을 두고 F의 일을 오랫동안 생각했다. 그 힘든 생활이 지겨워지기 시작할 때, F와 함께 멀리 시골로 가고 싶다는 생각을 한 적이 있었다. 하지만 F는 그것에 응하지 않았다. 그는 자신이 가지고 있는 만큼만의 무익한 욕심과 허영으로 죽음이 올 때까지 이 세상에서 움직이고 싶어 하는 사람이었다. ─

어둠이 짙어져 끝없이 하늘로 이어지는 것이 보였다. 문득 지금까지 생각지도 못한 기구함처럼 느껴지던 사랑이 그녀의 번뇌에 지친 마음으로부터 저편 F에게로 흘렀다 ─

산길 山道

"멧새가 울고 있네."

두 사람은 온천이 나는 산길을 걷고 있었다. 초가을이었다.

"있잖아."

남자는 걸음을 멈추고 나무 속에서 작은 새를 찾았다.

"저기에 있어."

남자는 바로 발견했다.

"어디에?"

작은 새가 여자의 눈에는 잘 띄지 않았다. 여자는 푸른 하늘 아래 금빛 햇빛을 비추는 나무 사이로 가느다란 작은 가지를 벌리고 올려다보며 남자가 말한 방향에서 작은 새를 찾았다. 가늘게 군집해 있는 나뭇잎의 윤곽이 어느 것이든 작은 새로 보였다.

"저기 봐, 저기에 있어."

남자는 여자의 볼에 얼굴을 갖다 대고, 작은 새가 앉아 있는 나무 쪽으로 여자의 시선을 이끌 듯 여자의 상반신에 자신의 상반신을 구부려 여자의 시선으로부터 새가 있는 쪽으로 손가락 선을 그었다.

"봐, 저기에."

서둘러 발견하지 않으면 작은 새는 도망가 버린다. 여자는 초조했다. 남자가 지속해서 가리키는 손끝을 따라가다 보니, 눈부신 빛을 올려다보게 되어 여긴가 저긴가 눈이 갈팡질팡하게 되었다.

"안 보여?"

남자가 실망한 듯 높이 들어 올린 팔을 내렸다. 작은 새는 여자를 초조하게 만들기라도 하듯, 바로 근처에서 계속 지저귄다.

"저 새 소리 말이야."

멧새는 민요 가인이라고 남자는 말했다.

여자는 이쪽 나무에서 저쪽 나무로 작은 새를 찾았다. 푸른 하늘에 철사처럼 가는 선을 그린 것처럼 작은 가지 끝에 나뭇잎이 팔랑팔랑 가을바람에 흔들린다.

"아아, 있다."

생각지도 않았던 나무에 앉아 있는 새를 불현듯 발견했다. 거기서부터는 깊어 보이는 잡목림이 있다. 그 가운데에 있는 한 나무 정상에 이파리 하나를 그늘로 하여 작은 새가 작은 몸집의 예쁜 모습을 하늘에 새긴 듯 멈춰 있었다. 펜 촉과 같은 부리와 작은 머리를 하늘을 엿보듯 움직이고 있다. 사정을 설명이라도 하듯 작은 머리를 갸우뚱거리며, 신기한 천지를 생각하고 있는 양 영리해 보였다.

"저렇게 높은 곳에."

남자는 여자가 작은 새를 발견했다는 기쁨으로 한 번 더 작은 새 쪽으로 눈을 돌렸다.

"멧새라는 새는 항상 나무 꼭대기에 앉거든."

라며 여자에게 알려 주었다.

"귀여운 새네."

마침내 작은 새를 발견한 기쁨으로 두 사람의 눈은 그 작은 새에 머물렀다. 그들의 눈에는 즐거움이 가득했다. 여자의 얼굴에도 미소가 넘쳤다. 작은 새는 더 이상 잃어버릴 일 없이 선명하게, 한층 더 확실한 모습을 하고서 작은 가지 끝에 가볍게 앉아 있었다.

"저기 봐, 난다."

남자가 작은 새의 행방을 알리듯 또 손가락으로 가리켰다. 작은 새가 서둘러 날아간 곳을 여자도 서둘러 아련히 전송했다. 여자는 남자의 사랑을 날아가 버린 작은 새와 함께 보내 버렸다. 그리고 남아 있는 애석한 마음을 더 이상 좇지 않으려고 작은 새가 사라진 나무와 하늘 쪽으로 그 마음을 내던졌다.

작은 새로 소동이 있은 뒤, 잊고 있던 숲 속의 정막감이 한층 더해져 두 사람의 발 근처에서 다시 살아났다.

"멧새란 새, 귀여워."

남자의 마음을 엿보기라도 한 듯, 거기에 작은 새가 머물고 있다는 듯이 여자가 사랑스럽게 말했다.

"귀여운 새야. 저 새만큼은 지저귀는 소리가 다른 작은 새와 달라."

작게 울리지만 깊게 지저귀는 새 소리가 여자의 귀에 가만히 남아 있다. 의식하고 있던 시심詩心을, 노래 리듬으로 떨리게 만드는 듯한 새 소리였다.

벼랑에 길게 뻗은 잡초가 길 깊숙이 음영을 만들었다. 두 사람 외에는 누구와도 만나지 않는 조용한 길이었다.

"좋은 길이야."

가을의 아름다움이 사람의 모습도 곱게 만든다. 남자의 머리카락 위로 빛이 흔들리고, 여자의 볼에는 햇빛을 받아 핏빛이 비치고 있다.

아직 여름 색을 띠고 있는 흰 구름이 산 가장자리에 두둥실 떠 있다. 열을 벗겨 낸 햇빛이 길을 따라 산으로부터 길 위로 빛을 떨어뜨리고 있다. 남자는 이따금씩 발을 멈추고 벼랑 저편 산과 숲을 바라보았다. 삼나무 숲은 여름의 깊은 색을 빛 속에 보관하고, 확연한 녹색의 농염함을 띠고 있었다.

"저 삼나무, 예쁘다."

남자는 경치 속에서 자신의 눈에 비치는 인상을 하나하나 주워 여자에게 가리켰다. 자신이 아름답다고 생각하는 감각으로 여자의 감각을 유혹하듯이,

"그렇지?"

라고 여자와 어깨를 나란히 하여, 자신의 시선으로 여자의 시선을 재촉했다. 여자는 또 솔직히 남자가 유혹하려는 감각에 유혹당하는 것이 즐거웠다.

"예쁘네."

남자가 느낀 아름다움으로, 여자도 삼나무 숲의 녹색을 바라보았다. 남자가 아름답게 보는 것은 여자에게도 아름다웠다. 남자가 느끼는 깊은 녹색은 여자에게는 더 깊고 신선한 녹색으로 보이는 것이었다. 남자가 말하는 형용이 여자가 바라보는 산과 구름과 물의 모습을 사랑에 가두게 하여 풍부한 색채로 인상 짓게 하였다.

또 멧새가 어딘가에서 울었다.

"멧새다."

곧바로 작은 새를 찾으려는 듯 남자는 소리가 들리는 쪽으로 귀를 기울인다.

새 소리가 멀리서 나는 듯, 남자는 여자의 손을 끌어 숲 속으로 들어갔다. 여자가 밟고 가는 조리草履, 짚이나 대나무 껍질 따위를 짜서 샌들처럼 끈을 단 신발-역자주 아래로 낙엽이 바스락바스락 소리를 낸다. 그 소리에도 여자는 작은 새보다 자신이 더 놀라, 남자를 따라 남자의 숨죽인 발걸음을 쫓아간다. 작은 새는 깊이 숨어 이번에는 쉽게 발견되지 않았다. 남자는 여자의 손을 놓고 혼자서 나무 사이를 헤집으며 걸었다.

"저런 곳에."

남자가 여자를 부른다.

"여기 좀 봐."

작은 새를 발견한 기쁨으로 살며시 가까이 다가오는 여자에게 작은 새가 앉아 있는 나무를 가리켰다. 작은 새는 숲 바깥 산허리 쪽 한 나무에 좀 전과 같은 모양으로 상냥하게 검은 점처럼 앉아 있었다.

"정말."

가리킨 방향으로 보자, 한 번 봐서 익숙해진 작은 새의 모습이 곧바로 여자의 눈에 들어왔다.

"같은 새일까?"

"좀 전의 새 같네."

작은 날개 위에 남겨 둔 사랑이, 넓은 공간으로부터 여자의 가슴으로 되돌아왔다.

두 사람은 서로 끌리고 잘 맞으면서도 만질 수 없어 가만히 엿보는 듯한 시간을, 여자는 그것만을 의미 있는 시간으로 지키려고 하였다. 남자가 여자의 집을 방문하게 되고, 그것이 무엇 때문인지 알아도 그 의미를 해석해서는 안 된다고 생각하던 차에 여자는 남자를 맞이하였다. 그런 날이 얼마만큼 계속되었다. 아무 말 없이 그렇게 얼굴을 마주한 채, 두 사람의 사랑으로 가득 채운 잔을 들어 올렸다. 그러한 소심한 기쁨을 즐기는 것만으로 충분했다. 두 사람의 손가락과 손가락이 스치는 순간, 사랑은 잔에서 넘쳐 버린다.

사랑이 넘치면 결국 사랑을 잃어버릴 운명에 처해지는 게 아닌가, 하고 여자는 생각했다. 잔에 채워진 남자의 사랑은 남자의 생활 속에서 비밀스럽게 분리되어 온 사랑이었던 것이다.

넘칠리 없다던 사랑이 넘쳐 버렸다.

누가 넘치게 하였나. 여자는 그것을 되짚어 자신을 반대 방향으로 돌렸다. 그리고 그저 만나면 이별이라는 것을 생각한다. 빠져들지 않았던 생활 속으로 한걸음 발을 들여놓은 우울함으로, 여자는 무거운 마음을 안으며, 또 애착은 뿌리칠 수 있는 것이라고 생각하고 혼자서 여기에 왔다.

여자는 남자와 떨어져 있으면 아직 맑은 감정으로 남자를 생각할 수 있었다.

'여기까지 와서 어디까지 되돌아가라는 것인가.'
라고 남자는 편지를 썼다. 여자는 지금이라면 원래대로 되돌릴 수 있을 것 같았다.

남자는 그것을 허락하지 않겠다는 것일까? 남자가 사랑하는 그 생활에 새로운 사랑으로 인한 균열이 자신에게 어떤 영향을 미칠지 남자는 생각하고 있을 것이다. 자신이 남자로부터 받아들인 애정은, 남자로부터 나오는 것만의 애정은 아니었다. 그 애정에 사는 사람으로부터도 빼앗아 오는 애정이었다.

왜 자기에게 말하지 않고 그런 곳에 혼자서 가 버린 것일까. 그 기분을 알 듯 모를 듯하다.

당신이 같은 공간에 없다는 것이 얼마나 쓸쓸한가, 당신이 그것을 모를 리가 없다.

'두 사람이 여기까지 왔는데, 당신은 어디로 되돌아가려고 하는가.'

남자가 온천을 할 수 있는 숙소에 왔다. 그리고 편지 보내기를 반복하며 말했다.

"이러고 있는 시간에 어떻게 헤어질 생각을 하고 있는 거지?"

그것이 불가사의하다고 말했다. 짙은 애정을 내보이면서 곧바로 그것을 내버릴 생각을 한다. 사람이 어떻게 그렇게 매몰찬 생각을 할 수 있을까.

"진정 애정이 있었더라면."

라고 남자가 말한다.

'진정 애정이 있었더라면?'

두 사람의 생활이 그것만으로 충분했을까? 남자는 여자의 진실이 부족한 것이라고 말한다. 진실함을 가졌더라면 남자에게 구했더라면, 남자의 생활은 어떻게 되는 것일까?

"살면서 우리 두 사람이 이별하지 않고 생을 끝낼 수 있다고 생각해?"

어째서 그런 것을 물어야만 하느냐고 남자는 말없이 여자를 보았다. 여자는 이 질문보다 오히려 이전 질문이 대답하기 어려웠다.

"당신은 무언가를 속이고 있어."

라고 남자가 말한다.

"그런가?"

여자는 생각지도 못했다. 자신은 사랑을 속이지 않는다. 속이고 있는 것은 자신이 아니라고 생각한다.

"그렇다면 내가 속이고 있다는 건가?"

여자는 그렇다고 말하지 못했다.

"어느 쪽도 사랑을 속이지는 않아. 하지만 현실을 속이고 있는 것은 아닐까. 두 사람 모두 현실을 속이고 있어."

현실을 속이는 것이 괴로워 헤어지려고 하는 것이 아닐까? 남자의 생활은 자신을 포함한 두 사람만의 생활이 아니었다. 남자는 현실로부터 얼굴을 돌리고 있다고 여자는 생각한다.

'현실을 속이는 괴로움은 참기 힘들어도 이별의 쓰라림은 참을 수 있어.' 라고 여자는 딱 부러지게 말하고 싶었다. 남자는 자신의 애정보다도 부족한, 이별을 생각하는 여자의 애정을 책하고 있다. 현실로부터 얼굴을 돌리고 있는 남자의 애정이 여자보다도 더 강하다고 말할 수 있을까?

여자는 남자가 얼굴을 돌리고 있는 그 현실로, 남자를 정면으로 되돌리려고 하는 것이 불가능했다.

남자는 현실을 속이지 않으면 안 될 정도로 여자를 사랑하는 마음이 강한 것이라고 말한다. 그렇게 말하는 슬픈 애정을 믿지 않으면 안 되는 것인가. 여자가 원하는 애정은 깨트려진 것이 아니었다.

"그렇다면 왜 ─ "

이러한 여자의 후회가 남자와의 이별을 생각하게 만든 것이었다.

"헤어질 수 있어?"

지금이라면 헤어질 수 있다고 여자는 생각한다. 남자는 그것이 불가사의했다.

이 병은 병 때문만은 아니다. ─ 라고 말한 남자의 얼굴은, 병이 난 거라고 생각 들 정도로 창백하고 초췌해져 있었다. 여자는 남자를 위로했다 ─ 남자는 어젯밤의 여자의 상냥함을 떠올리면서 생각했다. 그 상냥함 어딘가에 '이별의 마음'이 있었던 것인가 하고.

그 온천 산길이었다.

어젯밤 남자가 여자에게 두 사람만의 시간에는 어두운 생각을 하지 않기로 약속하게 했다. 가을 빛 가운데에 두 사람의 애정이 즐겁게 산란 散亂하고 있다. 가을은 두 사람에게 아름다웠다. 내일의 고뇌는 내일의 고뇌에 맡겨 두면 그만이었다. 그것이 두 사람의 현실을 속이는 일이라고 해도 두 사람의 시간이 애정으로 충만하다면 —

여자의 가슴에서 풍겨 오는 향수가 가을 향을 머금은 여자의 향기처럼 남자의 볼을 어루만졌다. 여자의 방에 들어가도 어떤 꽃향기가 났다. 남자에게 익숙해진 그 꽃향기와 여자가 좋아하는 향수 냄새가 여자의 달콤한 감각으로 남자의 마음을 녹인다.

익숙해진 향기는 이따금씩 새로운 매력으로 남자를 사로잡았다. 바람이 살랑살랑 산 위쪽 숲을 건너갔다.

지빠귀 소리가 가까이서 시끄럽게 들리는 중간 중간에 희미한 멧새 소리가 울리고 있다.

"멧새야."

반가운 작은 새 소리가 곧바로 여자의 귀에 들렸다.

"응."

아직 깊은 산길은 아니다. 두 사람의 등 뒤에는 몇 안 되는 인가가 내려다보인다. 멀리서 그 소리를 들은 남자는,

"키우는 새일지도 모르겠네."

라고 말했다.

"새 소리가 안 들리네."

남자는 작은 새를 찾아 여기저기 잡목 속을 밟고 다녔다. 작은 새는 그 근처에 없었다.

"역시 키우는 새야."

그 작은 새를 키우는 집은 어디일까 하고 여자는 인가가 보이는 근처를 보았다. 죽림에 둘러싸여 남화南畵, 남종화南宗畵로부터 유래한 일본의 문인화로, 에도江戶시대에 독자적인 양식으로 성립함-역자주에 보이는 우아한 풍취를 구비한 두터운 초가 지붕이 보였다.

"틀림없이 저 집 가운데에 작은 새를 키우는 집이 있을 거야."

그곳이 남자가 숨겨 놓은 평화로운 거처인 양 생각되었다. 작은 새에게 애정 어린 그리움이 생겼다. 그것이 여자로 하여금 옛날이야기와 닮은 공상을 하게 만들었다. 그 거처 안에는 남자와 함께 사는 다른 그림자가 있었다. 마음 한 구석으로 쫓기는 듯한 그림자에 그 그림자가 중첩되어 여자의 가슴이 어두워졌다.

산길을 안쪽으로 먼저 들어간 남자가 길 옆 나무를 꺾어 여자를 위해 지팡이를 만들고 있었다.

"지팡이를 만들어 줄게."

남자는 병도 잊은 듯 상쾌한 표정을 짓고 있다. 그 얼굴을 보고 여자도 밝게 웃었다.

남자가 여자와 떨어져 있을 때, 환영에서 본 듯한 여자의 미소였다. 여자는 남자를 보고 미소 짓는 일을 잊지 않았다. 사랑의 기교는 진심에서 생겨난다. 어느 샌가 의식적으로 만든 상냥함과 솔직함으로 남자의 가슴에 바싹 다가가 붙는 자신의 모습을, 여자는 거짓 모습이라고 생각하지 않았다.

여자는 허리를 구부려 길 옆 탱알紫苑, 국화과의 다년초-역자주을 잡았다. 남자도 그 모습을 보자 똑같이 구부려서 꽃을 잡아 여자의 손에 쥐어 주었다.

'멧새를 키워볼까?'

여자는 남자와 헤어진 뒤 남자가 작은 새 중에서 가장 좋아한다고 말한 멧새를 키우는 자신을 공상했다. 용기 없는 자신의 생활이 작은 새에게 위로 받으며 지나간 사랑의 잔해 속에서 쓸쓸히 살아갈 자신의 생활인 것처럼, 그리고 그 용기의 부재조차 남자의 마음을 끌려고 하는 안타까움이 되어 눈물처럼 여자의 가슴을 적셔 온다.

'헤어진다.'

는 것을 − 자신의 강압으로 헤어질 수 있는 지금, 남자와의 이별을 생각하면서 여자는 걷고 있었다. 남자의 생각처럼 애정이 밑바닥을 친 이후 오직 여자에게만 번뇌가 남겨질 뿐이라는 사실을 여자는 다시금 떠올렸다.

'아직, 지금이라면 − '

사랑에 빠져 마음이 무너져 가는 애정의 과정을 여자는 자신의 경험을 통해 알고 있다. 사랑에 빠져 괴로운 것은 자신이었던 것이다. −

자신의 발소리에 정신이 차려져 주위를 둘러보았다. 남자의 모습이 보이지 않았다. 길은 하나여서 사람이 숨을 만한 풀숲도 없었다. 주위에 시선을 두며 멍하니 서 있는 여자 앞으로 남자가 웃으며 뒤쪽에서 돌아 나왔다.

"당신 바로 뒤에서 쫓아 왔어. 내가 뒤로 돌아간 걸 전혀 몰랐어?"

무슨 생각을 했는지 남자가 물었다.

"헤어지는 걸 ─ "

"또."

남자는 담배를 꺼내어 성냥에 불을 붙였다. 보라색 연기가 찌푸린 눈썹을 음울하게 스쳐, 한들한들 남자의 머리카락에 걸렸다.

"당신은 왜 좀 더 나에게 요구하지 않는 거지?"

"좀 더 요구하면 어떻게 되는데?"

"어젯밤 약속을 잊은 거야?"

남자가 누긋한 목소리로 말했다. 문득 볼에 떨어진 사랑의 인장이 눈부신 햇빛에 섞여 가을 색채 속으로 밝게 흩어졌다.

"저 구름."

여자의 마음을 그쪽으로 옮기듯 남자가 하늘을 우러러보며,

"저거 봐."

라고 말했다.

"완연한 가을 구름이야."

물색 하늘은 흰 잔물결 구름으로 물들어 가고 있다. 태양이 서쪽으로 기울고 있었다. 저녁이 되어 가는 풍경의 변화는 넓은 천지를 조금씩 움

직이게 하고 있었다.

"벌써 저녁이네."

그것을 느끼며 여자는 먼 산을 보았다.

길이 둘로 갈라져 있었다. 한쪽 길에는 산에서 벌목한 나무를 수레에 실어 마을로 보낼 수 있는 레일이 깔려 있었다. 두 사람은 레일을 따라 오른쪽 산길을 내려갔다.

나무를 실은 수레가 레일을 따라 산에서 내려왔다. 남편이 앞에 서서 수레를 끌고 아내가 뒤에서 몸을 앞쪽으로 구부려 밀고 간다. 두 사람은 그 모습에 눈길을 빼앗겨 자신들 앞으로 지나갈 때까지 지켜보았다.

"부부네."

이 부부의 모습과 닮은, 생활의 수고로움을 함께 하는 부부 생활이 여자의 눈에 비쳤다.

그들을 쫓으려던 것은 아니었다. 수레가 지나간 같은 길을 뒤이어 걸어갔다. 도중에 숲이 나타났다. 숲을 따라 길이 굽어져 수레는 더 이상 보이지 않게 되었다. 두 사람이 그곳에 도착했을 때는 이미 그 부부는 수레를 정차시키고 나무 그루터기에 앉아 쉬고 있었다.

부부는 두 사람을 보자 사람 좋은 시골 사람들처럼 가볍게 인사했다. 남편 쪽은 조각을 한 듯 잘생긴 얼굴이었다. 두 사람의 눈에 그 모습이 들어왔다. 긴 혈통을 얼굴에만 남긴 듯 보통 사람과 다른 얼굴이었다. 의관을 갖춰 입은 왕조시대의 그림을 보는 듯했다. 그 얼굴이 노동으로 초췌해져서 얼굴 가득 주름져 있었다. 아내도 햇볕에 타, 확실한 윤곽을 가진 얼굴에 풍부한 미소를 담고 가까이 다가오는 여자를 올려다보았다.

남자가 수레 옆으로 다가갔다.

얼마나 무거울까, 그것을 시험해 보려는 듯 수레 옆에 있던 어깨 쿠션을 비스듬히 어깨에 걸쳐 수레를 끌었다. 꿈쩍도 하지 않는 모습을 그 부부는 웃으며 바라보고 있다.

담뱃대에 담배를 채워 넣은 노인은 한 모금 빨아들인 연기를 조용히 내뿜고 있다. 도시 사람의 장난에 호의를 보이는 성품 좋은 웃음이 입술로 번졌다. 여자도 웃는 얼굴을 보내며 자신은 뒤쪽으로 돌아갔다.

"내가 밀어 줄게."

남자는 눈빛으로 알았다는 신호를 보낸 뒤 수레를 다시 끌었다. 여자가 미는 힘은 무거운 수레에 영향을 끼치지 못했다. 그것을 보고 재미있다는 듯 부부가 웃었다. 남자도 여자도 자신들이 힘이 없다는 불쌍함보다도 단지 한때 재미있는 장난으로 흥이 난 웃음을 부부의 웃음과 함께 하고 자리를 떠났다.

하루에 한 번씩 저 레일을 왕복하는 힘든 생활의 일면을 생각지 않게 그곳에서 목격하고 자신들의 생활을 그것에 비춰 보았다. 인간의 생활이 아무리 하찮다고 해도 남편이 무거운 수레를 끌고 아내가 그 뒤쪽을 밀어 하루 5리里, 일본의 1리는 약 4Km이므로, 5리는 약 20Km에 해당함-역자주의 거리를 왕복하는 맞벌이 부부의 생활에는 순박한 사랑의 행복이 있었다.

수레 위에는 부부의 도시락이 실려 있었다. 아내가 저 식사를 준비하여 아침 일찍 마을을 나섰을 것이다. 짧은 줄무늬 홑옷에 검은 목면 각반脚絆을 차고 짚신을 신은 아내의 모습이 여자의 눈에 남았다. 앞쪽으로 허리를 구부려 남편이 끄는 수레를 조금이라도 가볍게 해 주기 위해 있는 힘껏 미는 모습, 담배를 피우며 쉬는 남편 옆에 자신도 걸터앉아 쉬고 있던 모습에 진실된 인간의 모습이 있었다.

남자가 수레를 끌고 자신이 그 뒤쪽을 미는 하나의 그림에, 순박한 사랑의 생활을 첨가하여 바라보았다.

'그 아내가 가지고 있는 애정은 내 안에도 있어.'

라고 여자는 생각한다.

"수레가 조금도 안 움직였네."

남자는 걸으면서 생각난 듯 웃었다.

"그 부부처럼 되지는 않았지."

주위의 한적함을 소소하게 깨뜨리는 멧새 소리가 생각지도 않게 두 사람 머리 위에서 가깝게 들렸다. 곧바로 두 사람의 눈에 작은 새가 포착되었다. 작은 새는 앞쪽 산기슭 가장자리에 있는 나무의 작은 나뭇가지 끝에 앉아 있다.

"저기에 있어."

두 사람은 잠시 멈춰 서서 작은 새를 올려다보았다. 울음을 멈춘 작은 새는 가만히 그 나무에 머물러 있다. 여자는 걸으면서 이따금씩 작은 새를 보았다. 문득 적막감이 밀려 왔다. 단 한 마리 작은 새가 인간의 고독한 모습과 닮아 있었다.

"좀 전의 새일지도 몰라."

"어디서 키우는 새일지도 모른다던 새네."

울음을 멈춘 채 가만히 있던 작은 새는 뒤돌아봤을 때에는 이미 어디론가 날아가 버린 뒤였다.

"없어졌어."

남자도 뒤돌아보았다.

저녁 무렵 희미한 햇빛이 작은 새가 앉아 있던 나무 주위로 그늘을 만들고 있다. 지나간 인생에 닦으려고 해도 닦이지 않는 강렬한 인상을 남긴 작은 새는 검은 점이 되어 인생에 머무르려고 한다. 작은 새 그림자가 아직 여자의 눈에 보였다.

미약한 권력 微弱な權力

　나의 자아적 생활! 그러나 나는 결코 거기에 자신의 참 자유와 참 자각, 그리고 자신自信과 초월을 발견했다고는 할 수 없다.

　나의 생활은 어떤 미약한 권력에 끊임없이 종속해 간다. 그 미약한 권력은 나의 마음 양쪽을 항상 가볍게 떠밀고 있다. 내가 그 미약한 권력을 없애려고 초조해 할 때, ― 그래서 그 권력을 비교적 제거했다고 믿는 순간 나는 아주 조금, 겨우 자아의 그림자와 자기의 힘을 인정할 뿐이다. 미약한 권력은 늘 그랬듯 그 순간을 두고 또다시 깊은 집념으로 교묘하게 내 마음 양쪽을 가볍게 떠밀어 버리고 만다.

　내 마음은 그 미약한 권력에 항상 반항하고 있다. 내 마음은 그 미약한 권력을 항상 모욕하고 있다.

　그래서 내 마음 양쪽에 아교와 같이 가만히 붙어 있지 못하는 미약한 권력에 대해 끝내 침묵한다. 더 나아가 그것에 복종하고 조롱하고 방기하고 초월해서 나의 하루하루의 생활은 단지 그렇게 하는 것만으로 지나가는 것이다. 게다가 나의 모든 생활에서 그 권력에 대해 스스로 끝까지 침묵했던 적이 많았다.

나는 내 마음을 끊임없이 겁쟁이처럼 덮어 누르는 이 엷은 막과 같은 미약한 권력이 증오스러워 어쩔 도리가 없다. 걸핏하면 은밀하게 나를 주재하고 지배하려는 이 미약한 권력이 화가 나 어쩔 수가 없다. 아무리 해도 이 미약한 권력을 어찌할 방도가 내게는 없는 것이다. 나의 자유 앞에 흑사黑紗를 펼친 듯 가로놓여 있는 이 미약한 권력의 그림자로부터 나의 도덕, 나의 권리, 나의 예술, 나의 이해, 나의 확신, 그 모두를 지배하고 제한하려는 분명한 눈동자가 끊임없이 주의를 기울여 번뜩이고 있다.

나는 그 빛이 다시 내 마음을 덮지 못하게 소멸시키려고 초조해 했지만 나는 끝내 할 수 없었다. 나는 스스로 경멸하고 조롱하는 그 미약한 권력을 나의 생활로부터 영구히 쫓아낼 수가 없는 것이다.

아무리 애써도 할 수가 없다.

거만한 나의 자아를 제한하기에는 너무나도 미약한 권력이 아닌가! 나는 이렇게 마음속에서 끊임없이 부르짖을 수밖에 없다. 권위라고 하는 이름을 가지고 나의 상심을 범하려고 한다면, 권력이라는 중압을 가지고 나의 마음에 다가오려고 한다면, 어찌하여 좀 더 크게, 그리고 좀 더 강력하게 나를 강제하지 않는 것인가. 어째서 나를 유린하고 발로 찰 정도로 잔학한 압박을 가하지 않는 것인가. 어째서 좀 더 강압적으로 나를 쇠사슬로 묶지 않는 것인가. 나의 목덜미를 잡고 지면으로 내동댕이칠 정도로 내게 절대적 복종을 요구하지 않는 것인가. — 나는 이렇게 말하고 버릇대로 침착하게 별 생각 없이 홑 차단막이 드리워진 미약한 권력을 응시하는 것밖에 할 수 없다.

일찍이 나는 이 미약한 권력 안으로 얌전하고 유순하게 넘칠 듯한 미소를 애써 감추려던 적이 있었다. 그때의 미소 그림자가 지금도 내 마음 깊은 곳에 새벽녘 달빛과 같이 엷게, 그러나 색깔은 가장자리를 꾸민 듯 선명하게 남아 있었던 것이다.

각인된 그 미소 그림자가 걸핏하면 나의 마음을 배신한다. 그래서 비밀스럽게 미약한 권력의 손을 잡고 내 마음 양쪽 날개 위에 살며시 내려와 앉는다. ─

나는 미약한 권력을 나의 생활로부터 떨쳐 내버리기보다 각인된 그 미소 그림자를 나의 마음속으로부터 닦아 내지 않으면 진실로 자아의 생활은 얻지 못할 것이다.

나는 각인된 그 미소 그림자를 몇 번이나 닦아 내려고 했는지 모른다. 그렇지만 조각의 표면에 물이 흐르는 것처럼 그림자는 조금도 씻기지 않는다. 그래서 때로 나는 그 미소 그림자가 살며시 미약한 권력의 손을 잡고 내 마음 양쪽 날개 위에 그 손을 올려 둘 때의 감촉을, 어떤 그리운 의미를 띤 알 수 없는 생각으로 음미했던 적도 있다.

나의 마음이 그러한 상태였을 때 한 번씩 나의 작은 자아는 그 미약한 권력 속으로 깊은 잠에 빠져든다. ─

나는 내 마음이 소유하지 못한 미소 그림자에 대해 저주하고 아무리 해도 정복할 수 없는 미약한 권력에 대해 자폭自暴하고 만다. 때로는 일부러 미약한 권력 앞에서 이마가 땅에 닿을 듯 고개를 숙이는 노예적 굴종을 하도록 내게 시험 들게 만들거나, 아니면 아이의 손바닥 위로 굴러다니는 공처럼 그 미약한 권력 안에서 놀게 하여 충동적으로 미약한 권력에 기대게 한다. 나는 그러한 자폭 뒤에서 소리 내어 운다.

고집 센 아이가 잘못을 저질러 엄마가 야단치며 잘못을 빌라고 했을 때, 분한 눈물을 흘리면서 고개를 숙일 때의 심정으로 나는 그저 떼쟁이 아이처럼 운다.

내가 쓸쓸한 표박漂泊 1인 여행을 생각한 것은 그때다.

나는 자신의 철저하지 못한 작은 자아를 단지 애처롭게 생각할 뿐이었다. 이 작은 자아와 미약한 권력이 우인愚人의 눈과 눈처럼 의미 없이 하루 종일 서로 노려보고서 눈에 보이지 않는 것에 끊임없이 싸움을 거는 나의 생활을 한심하게 생각할 따름이었다.

나는 불쌍한 만족 속에 단지 느릿느릿 잠에 빠져드는 것을 정말 싫어한다. 예술적 동경으로부터 일어난 내 마음이 이것저것 요구하는 것은, 감옥에서 하늘을 나는 새가 되기를 희망하는 것처럼 막다르고 초조한 생각을 가지게 한다. 그러나 나는 도저히 강해질 수 없는 여자다. 손이 한번 잡혔기에 어떤 고통도 없이 빠져나와 또다시 예전의 구속되지 않았던 세상으로 돌아갈 수 없는 여자다. 나는 단지 우는 것밖에 할 수 없다.

나의 자유라는 자각은 억눌린 날개를 그저 파닥파닥 날갯짓하는 것에 지나지 않는다. 그리하여 자신의 작은 자아를 불쌍히 여기는 자신의 눈물은 계속 말라 가서 아직도, 영원히, 미약한 권력 속으로 이 작은 자아는 잠들어 버리는 것에 지나지 않는 것이다.

작은 자아의 여성! 나는 그보다 강한 여성이 되거나 그보다 약한 여성이 될 수 없다.

~~~~~~~~~~~~~~~~~~~~~~~

　햇볕이 쨍쨍 내리쬔다. 풀도 나무도 소금에 절여진 양 축 처져 데쳐 놓은 것 같은 모습이다. 바람이 전혀 없다. 찜통에 들어가 뚜껑을 닫아 놓은 것 마냥 가만히 앉아 있자니 피부에서 그저 땀이 송골송골 배어 나온다. 이렇게 몹시 더운 날에는 무시무시한 천둥이 쳐서 폭포같은 비가 쏴 하고 내리면, 열기의 현기증 뒤로 눈꺼풀 안쪽이 어두워져 오는 무거운 기분이 싹 씻겨 쾌적한 기분이 된다.

　그와 마찬가지로 자신의 단조로운 생활에 질려 끊임없이 마음속에서 끈적거리는 땀이 나듯 초조하고, 모든 것으로부터 단절된 듯한 괴로움으로 견디기 힘들 때, 누구라도 얼굴이든 머리든 인간이라고 이름 붙인 남성의 육체를 손바닥 가죽이 찢어질 정도로 철썩 하고 때릴 수 있다면 틀림없이 무겁고 괴로운 기분이 맑아져 주위로부터 새로운 의미가 발견될 텐데 하고 생각한다. 아직 생각만 했을 뿐 정말로 때려 본 적은 없다. 그러한 기분이 들 때에 상대의 얼굴을 남편의 뺨이라고 생각하여 응시한 적은 있어도 아직 쳐 본 적은 없다.

　노라가 '바보'라고 말해서 얼마나 유쾌한 기분이 들었을까 하고 상대를 향해 힘을 주어 말한다 ― 남자를 향해 '바보'라고 큰소리로 비난했을 때의 기분은 태양을 잡아 박살을 내는 기분이었음에 틀림없다.

　매일, 매일, 남자를 비난하고 남자의 육체를 여성의 가느다란 손으로 질리도록 난타하듯 충실히 생활해 보고 싶은 것이다.

　오우메お梅가 미네키치峰吉를 죽였을 때1887년 하나이 오우메花井お梅가

저지른 살인사건. 이 사건을 소재로 오우메를 독부의 상징으로 부각시키며 다양하게 각색되어 상연됨-역자주 단지 부아가 나서 확 죽여 버렸다고 하지만 부아가 치밀어 그렇게 확 죽였던 그 순간의 고조된 감정과 충실한 의지로 항상 살아가면 안 되는 것인가.

부아가 나는 일은 일상생활 속에서도 몇 번이나 생기는지 알 수 없다. 화가 날 때마다 감정이 번득인 채 때리고 욕하고 발로 차고 상처 입혀서 화가 난 남자를 단 한 방에 죽이려는 여성이 되고 싶다.

~~~~~~~~~~~~~~~~~~~~~~~~

신여성 동지들은 함께 어떤 남성 앞에 있을 때에는 서로 남성에 대해 친화의 모습을 보이며 다투어 아양을 떤다. 그리고 그 남성이 가고 난 후에는, 두 사람은 서로 웃으며 입을 모아 그 남성의 결점을 비난한다. 여성 동지들에게 신의가 없다는 것은 이러한 점에 있다. 여자가 구하는 것은 언제나 남자다. 여자는 결코 여자를 얻으려 하지 않는다.

다무라 도시코田村俊子 작품 선집
『포락의 형벌炮烙の刑』

　다무라 도시코는 중·단편을 많이 창작한 작가 중 한 사람이다. 그중 『생혈生血』은 다무라 도시코 단편의 백미라 단언할 수 있다. 처녀성 상실을 대하는 미혼 여성의 심리 묘사가 탁월한 까닭이다. 『생혈』은 일본의 여성운동의 기점이라고 할 수 있는 『세이토青鞜』 창간호(1911.9)에 게재되었다. 여성문제에 대해 관조적 입장이었던 여타 여성 작가와는 달리 다무라 도시코는 적극적이었음을 알 수 있는 대목이다. 자신의 글쓰기로 여성해방운동을 하는 것, 하나의 예술품을 창조하는 일은 그 작가의 사상을 아름답게 드러내는 과정에 다름없는 것이다.

　『생혈』은 남녀 상극을 주제로 봐도 손색이 없다. 왜냐하면 처녀성 상실을 대하는 남성과 여성의 입장을 남성의 웃음과 여성의 울음으로 대

비하고 있기 때문이다. 그리고 남성은 "할 수 없잖아"로 자신의 입장을 정리한다. 당시는 자유연애가 성행했던 시기다. 자유연애가 '성性의 자기결정권'에 의해 결혼까지 자신의 결정으로 이루어진다는 의미였던 까닭에 문란한 성생활을 의미하는 것은 아니었다. 당시는 근대 사상이 들어오던 시기였지만 사회가 한 순간에 모두 변화했던 것은 아니다. 때문에 아무리 자기 결정에 의한 처녀성 상실이었다고 해도 미혼 여성의 그것은 사회에서 용납받기 어려웠다. 이러한 점을 작가만의 탁월한 묘사로 주인공 유코ゆう子를 통해 구현해 내었다.

이 작품에서 또 주목해야만 하는 대목은 '고모리蝙蝠, 洋傘'가 갖는 상징성이다. '고모리'는 박쥐이지만, 작가는 당시 유행했던 양산, 즉 '박쥐 양산'에도 '고모리'라는 독음을 달아 독자에게 살짝 힌트를 준다. 남성은 여성에게 햇빛으로부터 자신을 보호해 주는 '양산'으로도, 흡혈하는 '박쥐'로도 인식되는 마력을 가진 존재라는 사실을 말이다. 이 지점까지 독해된다면 다무라 도시코의 작품이 훨씬 더 매력적으로 다가오리라 생각한다.

『미라의 입술연지木乃伊の口紅』는 1913년 4월 『중앙공론中央公論』에 발표되었다. 작가는 출세작 『체념あきらめ』의 집필 과정에서 경험한 부부의 갈등, 남녀의 상극을 이 작품을 통해 생생히 담아내었다. 여주인공 미노루みのる는 남편 요시오義男가 생각하기에는 "남자가 생활을 사랑하는 것을 모르는 여자"이고, 요시오는 미노루가 생각하기에는 "여자가 예술을 사랑하는 것을 모르는 남자"이다. 남녀 상극의 문제로 감상하기에는 이만한 작품도 없다고 여겨질 정도로 남녀 주인공의 생각과 행동은 상극을 이룬다.

　이 작품이 재미있는 점은 남자와 여자는 상극을 이룬다는 것과 함께 여성의 자각의 과정을 알 수 있다는 점이다. 현상 공모에서 자신의 소설이 당선되어 사회활동을 하게 된 미노루는 점점 '자신'을 '자각'해 나간다. 그리고 자신의 '힘'을 느끼며 그 힘을 키워 나간다. 이에 반해 요시오는 미노루의 출세를 자신의 덕분이라고 말하면서도 스스로 초라함을 느낀다. 남자의 허세는 요시오에게만 있는 것은 아니다. 현상 공모의 심사를 맡은 남성 심사자 또한 요시오와 유사한 발언을 한다. 남자의 허세를 주인공 미노루는 어떻게 바라보고 있는지 살피면서 미노루의 자각 과정을 따라가 보는 것도 이 작품의 감상 포인트 중 하나다. 그리고 또 하나, 표제의 '미라의 꿈'이 암시하는 것이 무엇인지 생각하게 만드는 점도 이 작품을 읽는 묘미가 될 것이다.

　『포락의 형벌炮烙の刑』은 1914년 4월 『중앙공론』에 발표된 작품으로, 이 작품으로 인하여 벌어진 논쟁은 유명하다. 일명 '『포락의 형벌』에 관한 논쟁'은 일본 여성해방 운동가 히라쓰카 라이초平塚らいてう와 유명 평론가 모리타 소헤이森田草平가 벌인 지면 논쟁으로, 많은 사람들이 어느 지면에 어떠한 반박 기사가 날지 주목하던 터였다. 그럴 수밖에 없었던 것이 그 논쟁은 『포락의 형벌』이 당시뿐만 아니라 지금도 화두가 되는 주제, '유부녀의 사랑'을 다루고 있었던 까닭이다. 이 논쟁은 서로의 입장 차이를 인정하는 것으로 마무리됐지만, 유부녀의 사랑을 '모럴'로 다루어야 할지, '신성한 사랑'으로 다루어야 할지 집요하게 묻는 작가의 문제의식은 신선했다고 할 수 있다. 유부남의 연애 혹은 사랑이 묵인되던 시

절, 작가는 이 작품을 통해 불에 달군 쇠기둥을 맨발로 건너게 하는 '포락炮烙'의 형벌을 당하더라도 유부녀의 사랑도 신성할 수 있고, 그 사랑을 지키고 싶다는 바람을 표출한 것으로 보인다. 이러한 바람은 작품의 마지막 문장, "파란 하늘은 행복하게 빛나고 있었다."로 잘 함축되어 있다.

『그녀의 생활彼女の生活』은 1915년 7월 『중앙공론』에 게재되었다. 이 작품은 '일본 페미니즘의 바이블'이라는 평가를 받을 만큼 여성문제를 심도 있게 다루고 있다. 이 작품이 주목 받는 이유는 여성의 결혼, 가사, 육아에 대한 입장을 남성이나 여성의 시각에서가 아닌, 한 인간으로서 집중적으로 조명한 까닭이다. 이 작품이 과연 100여 년 전의 작품인지 의심이 들 정도로 현대 페미니스트들이 주장하는 문제의식과 유사하다. 때문에 이 작품을 처음 접하는 독자들이 작가의 그 문제의식에 놀라는 것도 당연한 일이다. 기존의 평가와 마찬가지로 페미니즘문학의 정전正典이라고 해도 좋을 만큼 말이다.

물론 여주인공이 투사鬪士가 되어 여성문제에 대해 적극적으로 고발하는 것은 아니다. 하지만 시대와 사회가 제공하는 상황과 남자로 대표되는 남편의 희망으로 인하여 여성의 문제가 매몰되거나 가치 없는 것으로 전락해 가는 과정이 그려진다. 그리고 그것이 불합리하지만 합리적이라고 믿으면서 핑계를 대는 여주인공 마사코優子의 상황을 작가가 소설 속으로 들어가 일침을 놓는다. 대개는 내포작가의 역할을 하는 것이 주인공인 경우가 많지만, 이 작품에서는 독특하게 작가가 "옆에서 보는" 존재로 아주 잠깐 개입을 한다. 그리고 여성의 성공을 위해서 또 다른 여성인 어머니의 희생이 필요한 것에 대해 반성적 태도를 보이는 부분도 눈여겨 볼만하다.

『파괴하기 전破壞する前』은 유부녀인 작가가 유부남인 스즈키 에쓰鈴木悅를 좇아 캐나다로 도항하기 직전인 1918년 9월, 『대관大觀』에 발표된 작품이다. 원래 이 작품은 다무라 도시코가 장편소설로 구상했던 것으로 『파괴하기 전』에 이어 『파괴한 후破壞する後』를 쓰기로 했으나, 끝내 『파괴한 후』를 완성하지 못하고 캐나다로 떠난다. 이 작품의 고료로 캐나다 도항 여비를 마련했다고 알려져 있다. 이 작품은 무엇보다도 남편과의 인연을 정리하고 새로운 사랑으로 향하는 작가 자신의 정당성을 밝히고자 한 의도도 다분히 있었을 것으로 보인다. 그러나 분명한 것은 다무라 도시코가 여주인공 '미치코道子'를 통해 자신이 나아가야 할 '길道'을 이야기했다는 점이다. 이 '새로운 길'이란 자신의 예술 세계를 모르는 옛사람과 결별하고, 자신의 사상과 예술에 '공감'해 주는 사람에게 다가가는 길이고, 그와 함께 하는 길이다. 작품 속 미치코의 남편 'F'는 생활을 위해 미치코에게 기대어 사는 인물로, 미치코가 더 이상 예전과 같은 창작물을 만들어 내지 못하자 이미 유명해진 그 이름으로 생활할 수 있는 방법, '길'을 찾으라고 조언한다. 하지만 자신을 이해하는 'R'이 있는 한, 더 이상 생활 때문에 자신의 예술을 외면하지 않기로 한다. 세상이 바뀌었다고는 하나 당시의 여성이 남편과 이혼하고 새로운 인연을 만드는 것은 상당히 드문 일이었고, 큰 용기를 필요로 하는 것이었다. 세상의 편견을 뿌리치고 미치코가 F와 절연할 수밖에 없었던 것은 더 이상 자신의 인생과 예술을 남편의 요구라는 이유 하나만으로 포기할 수 없었던 까닭이었다.

이 작품은 다무라 도시코가 스즈키 에쓰와의 결합으로 구설에 오른 것에 대해 핑계나 변명을 위한 방편으로 창작된 것이 결코 아니다. 그렇다면 이 작품을 통해 작가는 무엇을 이야기하고 싶었던 것일까? 사랑과 이해가 동반되지 않는 부부 생활은 행복하지 않음을, 또한 인간관계에 있어 공감이 어떤 선택을 하게 하는지를 한 여성의 솔직한 감정을 통해 표현하고자 했다. 나아가 선택의 상황에서 선택의 주체자는 어느 누구보다도 자신의 의지로써 결정해야 함을 말하고자 한 것이 아닐까 생각된다. 당시 여성들이 남성에게 유보한 자기결정권에 대해 여성의 자각을 촉구했다고 보이는 까닭이다.

『산길山道』은 1938년 11월 『중앙공론』에 발표되었다. 캐나다 도항 이후 이렇다 할 작품을 써 내지 못한 다무라 도시코가 18여년 만에 문단의 환영을 받으며 일본으로 귀국했지만 작품으로 자신의 존재감을 드러내지는 못했다. 그러다가 후배 작가 사타 이네코佐多稲子의 남편 구보카와 쓰루지로窪川鶴次郎와의 부적절한 관계가 알려지게 된다. 다무라 도시코는 서둘러 중앙공론사中央公論社의 특파원 기자 신분으로 중국으로 향한다. 작가가 중국으로 향하기 직전, 자신의 심경을 『산길』을 통해 유려하게 표현해 내었다.

문단에서 상당히 친분 있게 지냈던 다무라 도시코와 사타 이네코가 불편한 관계가 된 것은 당연한 일이다. 두 사람은 이후 중국 상하이上海 등지에서 만나 관계 회복을 위해 서로 노력한 것으로 보이지만 사타 이네코와 구보카와 쓰루지로는 결국 이혼하게 된다. 다무라 도시코의 모럴 문제는 당시뿐만 아니라 지금도 문단이나 사회에서 회자되기도 한다.

　이러한 배경에서 탄생한 『산길』은 배경 지식이 없으면 조금 난해하다고 느낄지도 모른다. 하지만 정독하다보면 행간에 숨겨져 있는 남자와 여자의 심리가 이해된다. 그리고 작은 새 '멧새'의 행방 찾기를 통해 여주인공의 희망과 자유로운 의지는 어느 누구도 방해하지 못한다는 메시지를 찾게 된다. 다무라 도시코 인생을 통틀어 마지막 소설이 되어 버린 『산길』은 '사랑'이 '결혼'이라는 제도의 경계를 뛰어넘을 수 있는지를 보여 주는 작가의 문제의식이 잘 담겨 있다.

　『미약한 권력微弱な權力』은 1912년 8월 『문학세계文學世界』에 발표된 수필이다. 다무라 도시코는 이 작품을 통해 반성적 고백을 시작으로 자신의 자아적 생활, 신여성의 작태들을 고발한다. 남성 중심 사회에서 여성의 온전한 자립을 외치는 자신을 포함한 많은 신여성들이 경험하는 '권력'에 대한 무기력증을 솔직 담백하게 이야기한다. 소설에서의 화법과는 비교가 안 될 만큼 어휘나 문장이 과격하다는 사실은, 오히려 인간 다무라 도시코의 매력에 쉽게 다가가게 만든다. 자기 성찰을 통해 현실을 정확하게 읽어 내고 각성하고자 하는 작가의 의지가 이 글의 거침없는 문체를 통해 독자에게 그대로 전해질 것이다. 남녀로 구분하여 여성을 오히려 소수자로 전락시키는 '여류'나 '여성' 작가가 아닌, 말 그대로 '작가'로서의 다무라 도시코가 느껴지는 이유다.

다무라 도시코 문학에 나타난 여성문제
─ 『생혈』을 중심으로 ─

1. 태생적 근대인, 다무라 도시코

다무라 도시코는 고전풍의 문체를 극복하고 언문일치체를 구사하고자 부단히 노력했던 실험 작가였다. 손재주가 많아 인형을 제작하여 생계를 잇기도 했고, 연극 무대에 섰던 여배우이기도 했으며, 소설뿐만 아니라 상당수의 수필, 평론을 남긴 예술인이었다.

다무라 도시코가 문단에 혜성처럼 등장한 이후, 인간 '다무라 도시코'에 대한 평이 각종 잡지에 실렸다. 다무라 도시코라는 작가에게 집중된 관심은 여타 신진 작가에 대한 관심과는 성격이 조금 달랐다. '여성' 작가임에도 불구하고 기존의 여성 작가와는 다른 일면이 목격되었기 때문이다. 기성 남성 작가들이 문학이나 예술에 대해서 기존 여성 작가들과 대화를 시도할 때, 대화 상대자가 '여성'이라는 점을 배려해야 했지만, 다무라 도시코와 대화할 때에는 그러한 점을 느끼지 못할 정도로 대화가 잘 통했다는 일화를 통해서도 알 수 있듯, 많은 사람들이 인간 다무라 도시코를 주목했다.

당시의 인물평을 살펴보면, 스즈키 에쓰는 다무라 도시코에 대해 어떤 사건에 의해 자각하게 된 여성이 아니라 "태어나면서부터 근대인"이라고 평했다. 그리고 당시의 여성 논객으로 유명했던 이와노 기요코岩野清子는 다무라 도시코에 대해 일반적으로 지탄의 대상이 되었던 신여성이라는 인식 때문에 사적인 자리에서 다무라 도시코가 "나는 신여성이 아니에요"라고 말했지만 그녀의 행동이나 작품을 통해 알 수 있듯 다무라 도시코를 근대 일본의 대표적인 '신여성' 작가로 보았다. 스즈키 에쓰나 이와노 기요코의 지적처럼 주변에서 보는 다무라 도시코는 신여성이며 근대인이었다. 작품 또한 이러한 면면이 그대로 노출된다. 일본 최초의 근대 여성 작가라고 불리는 것도 우연이 아닌 것이다.

다무라 도시코의 신여성적 근대인의 면모는 작품의 등장인물을 통해 잘 표출되고 있다. 출세작 『체념』을 포함하여 대표작 『미라의 입술연지』, 『여성 작가』, 『포락의 형벌』, 『그녀의 생활』 등은 모두 남녀 상극을 모티프로 하는 것이 특징이다. 작가는 작품에서 남녀 '성차性差'의 일반적 자각이 아닌 '성차'로 인해 발생하는 문제점을 지적하고자 했다. 다무라 도시코 문학의 남녀 상극의 문제는, 여성이 셀 수 없이 많은 여성문제에 직면하면서 스스로 여성임을 자각할 수밖에 없다는 결론으로 귀결된다. 가령, 『체념』에서는 "나는 여자다. 그러므로 나의 거처에 대해 형부에게 부탁할 수밖에 없다."라거나 "여성이라는 것이 너무나 슬펐다."라고 여주인공의 감정을 여과없이 나타내었고, 『미라의 입술연지』에서는 "(남자에게-인용자) 매달릴 수밖에 없는 자신을 생각"한다든지 "어쨌든 이 힘없는 남자 곁에서 살아야만" 한다고 여자의 처지를 생각했던 부분을 통해 확인할 수 있다.

　다무라 도시코 문학의 특징으로 남녀 상극을 통한 여성문제의 인식과 함께 자신의 작품을 자신만이 표현해 낼 수 있는 '관능미'로 승화했다는 점을 들 수 있다. 이것은 작가의 창작관에 의한 것이다. 작가가 이 점에 대해 직접 수필「하나의 꿈—つの夢」에 명시해 놓았다. 다무라 도시코는 이 수필에서 남성들이 가지지 못하는 경지, '퇴폐적 여성의 관능, 여성의 감각, 번뇌, 사랑'을 묘사하려 했다고 밝혔다. 이러한 자신의 창작관이 잘 드러나 있는 작품으로『생혈』,『미라의 입술연지』,『구기자 열매의 유혹』등이 있다.『생혈』의 경우는 미혼 여성의 '처녀성 상실' 문제에 대한 여성의 심리를 대담하게 그려낸 작품이다.『세이토』가 당시 여성해방운동의 장이었다는 사실을 고려했을 때, 당시의 사회 통념상 쉽사리 말할 수 없었던 여성의 처녀성에 대하여 작품으로 표출했다는 점 때문에『생혈』이『세이토』창간호에 걸맞은 작품이라고 평가한다.『미라의 입술연지』또한 퇴폐적이면서도 관능적인 '미라의 꿈'을 제재로 삼아 남녀 상극과 예술 창작에 대한 여성의 입장을 피력했다.

　다무라 도시코의 창작관은 자신의 생활에도 적용되는 일면이 있다. 유부녀의 사랑 자체만으로도 퇴폐적 아름다움이 느껴지는 연유이다. 사실, 다무라 도시코 자신이 남편과는 별개로 유부남 애인이 있었다는 것은 지금의 사고방식으로도 경이로운 사실이 아닐 수 없다.『여성 작가』,『미라의 입술연지』,『포락의 형벌』에서도 단면적으로 작가의 모습이 보이듯 다무라 도시코는 남편 다무라 쇼교와 끊임없는 갈등을 경험했고, 그녀를 동경하는 젊은 문학인과의 교제도 스스럼없이 이루어졌다.

언제나 창작의 한계를 느끼던 다무라 도시코였지만 작가로서의 위상이 드높아질 무렵 과감하게 다무라 쇼교와 결별하고 애인인 스즈키 에쓰를 따라 캐나다행을 감행한다. 먼저 떠났던 스즈키 에쓰를 뒤따라간다는 것은 본인의 굳건한 결심이 동반되지 않고서는 행해질 수 없는 일이었을 것이다. 편도 뱃삯이 없어 『파괴하기 전』(1918.9)의 원고료로 융통했을 정도로 사랑에 열정적이었다. 유부남 애인을 따라갔다고 하는 소문은 일파만파 일본 문학계에 퍼져 나갔고 촉망받던 '여성' 작가의 일탈은 연일 화두가 되었다. 마침내 이루어진 스즈키 에쓰의 이혼 이후 두 사람은 정식으로 결혼식을 올릴 수 있게 된다. 그들의 결혼 생활은 꽤나 행복했다고 전해진다. 동일한 사상을 교유하는 사상적 동지로서 사랑하는 연인으로서의 결혼 생활이었던 까닭이다. 하지만 다무라 도시코가 사랑에 능동적이었던 것에 비해 외부 시선으로부터 완전히 자유로울 수 없었다. 사회 풍조에 반한 자신의 행동 때문에 다무라 도시코는 상당한 부담을 느낄 수밖에 없었던 것이다. 이것은 다무라 도시코의 창작에도 영향을 주었다. 성경에 나오는 다윗의 부정행위를 모티프로 한 『목양자牧羊者』를 끝으로 다시 일본으로 귀국할 때까지 소설다운 소설을 쓰지 못한 배경에 이러한 압박감이 작용했을 것으로 여겨지기 때문이다.

스즈키 에쓰가 18년 만에 일본으로 일시 귀국하여 뜻하지 않게 사망하게 되고, 뒤이어 다무라 도시코도 귀국하여 문단에 다시 발을 들여놓지만 예전의 명성에 준하는 작품을 쓰지 못한다. 그러던 와중에 후배작가 사타 이네코佐多稲子의 남편, 다무라 도시코보다 19세 연하인 구보카와 쓰루지로窪川鶴次郎와의 부적절한 관계가 발각된다. 다무라 도시코는 이 일로 사실상 도주하듯 서둘러서 중국 상하이上海로 떠나게 된다. 상하이로 떠나기 전 발표한 단편『산길』(1938.11)에 당시의 작가의 심경이 잘 그려져 있다.

다무라 도시코에게 있어 중국행은 캐나다행과는 달리 일종의 '도피'였다. 다무라 도시코의 캐나다행은 부부 불화로 인한 별거, 새로운 사랑을 좇은 열정의 행로였다. 물론 문학계에 파장을 일으킨 '사건'이기도 했으나 '연애'에 대한 새로운 감각을 지닌 지식인층에서는 그다지 문제가 되지 않았던 것으로 보인다. 하지만 도피성 중국행은 이와 성격을 달리한다. 사타 이네코에게 대한 죄의식이 발현되었다고 보이기 때문이다. 사타 이네코는 이 '사건' 이후 얼마간 결혼 생활을 유지하지만 결국에는 이혼한다. 이렇게 후배 작가 부부의 가정이 붕괴되었다. 다무라 도시코는 도의적으로 더 이상 일본 문단에 설 수 없었을 것이다. 사료를 통해서 살펴보면, 이후 다무라 도시코와 사타 이네코는 상하이에서 문학 모임을 갖는 등 선후배 사이의 도리를 다하려고 상호 간의 노력이 있었던 것으로 생각되지만, 서로의 불편한 감정은 사라지지 않았을 것이다. 타인에게 상처를 주면서까지 자신의 욕망에 충실했던 다무라 도시코는 어떻게 보면 자신의 창작관, 즉 데카당스를 몸소 실천한 것일지도 모른다. 사랑과 문학에 대한 열정과 함께 퇴폐적인 사랑도 그 생애의 일부를 장식한 까닭이다.

2. 처녀성 상실의 의미

『생혈』은 발표 당시부터 관심을 받던 작품이다. 「9월의 소설과 극九月の小説と劇」(1911.10)에서는 여성의 오감을 선명한 필치로 여실히 드러낸 작품이라고 평하며 눈에 보이지 않는 사물의 진상을 확대하여 보여 주고 있다고 밝히고 있다. 일본 최초의 여성 문예지인 『세이토』의 창간호에 게재된 이 작품은 『세이토』에 어울리는 여성의 성과 주체성에 대한 작품으로 평가받기도 한다. 『생혈』에 대한 국내외에서의 많은 연구가 여성의 성과 주체성을 다루고 있다는 점은 이러한 사실을 방증해 주고 있다.

어떤 작품이든 적용되는 것이겠지만, 특히 다무라 도시코의 작품을 대할 때 작가의 전기적 사실에서 연계된 작가의 인식을 우선 살펴보는 것은 극히 자연스러운 일이다. 다무라 도시코는 평소 "내 어머니도 모시지 않는데 시어머니를 모실 이유가 없다", "결혼해도 아이를 갖지 않을 것"이라고 주장하고 자신의 인생을 자신의 의지대로 살아낸 작가이다. 남편이 있었지만 애인을 좇아 이역만리 캐나다까지 도항을 감행했던 강한 의지와 주체성을 가진 여성인 것이다. 이에 『생혈』은 다무라 도시코의 파란만장한 인생 행보의 시작점이라고 해도 좋을 작품이다.

『생혈』은 유코와 아키지가 하룻밤을 함께 보낸 다음날 아침부터 저녁까지 이들 주인공의 심리 묘사로 구성되어 있다. 유코는 아키지에게 유린당한 듯한 형태로 육체를 더럽혔다는 자기 혐오감을 가진다. 처녀성의 상실로 인해 유코는 '슬픔' 내지는 '눈물'을 흘리는 것으로 그 내면이 표현된다.

상처 난 검지를 입에 넣었다. — 주르륵 배어나오듯 두 눈에 눈물이 넘쳐흘렀다. 유코는 소매에다 얼굴을 묻고 울었다. 울고 또 울어도 슬프다.(중략) 눈물의 뜨거움! 설령 피부가 델 정도의 뜨거운 눈물로 몸을 씻는다 해도 내 몸은 원래대로 돌아오지 않아. 더 이상 예전으로 돌아가지 않아. 유코는 입술을 깨물면서 문득 얼굴을 들어 거울을 들여다보았다. 거울 전면의 빛은 형체를 뚜렷하게 비춘 채 흔들리지 않는다. 자주감색 옷 무릎 부분이 해어져 빨간 부분이 보였다. 유코는 그것을 응시했다. 그 비단 한 겹 밑의 자신의 피부를 생각했다. 모공에 한 땀 한 땀 바늘을 찔러 넣어 살을 한 편씩 섬세하게 도려내어도 나에게 한 번 침투한 더러움은 깎아낼 수 없어.

—『생혈』 중에서

유코는 아키지에 대한 애증으로 금붕어를 죽인다. 이 과정에서 생긴 손가락의 상처가 매개가 되어 스스로 연민을 가진다. 상처 난 손가락을 입에 넣어 스스로 치유해야만 하는 슬픔과 고독을 느꼈기 때문이다. 자신에 대한 연민은 자신에게 당면한 문제를 혼자서 해결하지 않으면 안 된다는 생각으로 이어진다. 유코는 자신의 처지가 불쌍하여 하염없이 눈물이 났다. 자신에 대한 이와 같은 연민은 육체가 더러워졌다는 인식에 의한 것이다. 그래서 뜨거운 눈물로 자신의 몸을 씻어 예전으로 돌아갈 수만 있다면 얼마든지 눈물을 흘릴 수 있으리라고 생각한다. 그렇지만 시간을 되돌릴 수는 없다. 그래서 또다시 유코는 자신의 육체를 되돌릴 수 있는 방안으로 자신의 피부 모공을 한 땀 한 땀 바늘로 찔러 넣어 살을 한 편씩 도려낼 것을 생각해 본다. 하지만 곧, 한 번 침투한 더러움은 깎아낼 수 없다는 현실과 마주한다.

"한 번 침투한 더러움"이라는 표현을 통해서 유코는 아키지 이전에 다른 남성과의 성 교섭이 없었다고 추론할 수 있다. 또한 '더러움'이란 표현에서 자신을 스스로 '기즈모노きずもの'로서 바라보고 있음을 알 수 있다.

흠 있는 사람, 즉 '기즈모노'는 당시 '처녀가 아닌 미혼 여성'을 가리키는 말로 사회적 시선의 엄격함이 감지되는 단어이다. 당시의 '기즈모노'는 왜곡된 과학을 빙자한 신학설 아래, 사회적인 모욕과 매장의 대상이 되었다. 다음의 글에서 그 사실을 확인할 수 있다.

> 1879(메이지 12)년, 교육령에 의해 남녀가 따로 학교에 다니게끔 되었고, 일상생활에서도 영화관에서의 남녀 동석을 금지하는 규칙이 더해졌다. 결혼은 부모가 정해준 대로 가야 하는 것이 당연시되었고, 결혼해서 그 집안의 자식을 낳아 대를 이어야 하는 것이 아내의 도리를 다하는 것이었다. 그러기 위해서 결혼 전의 여성들은 '기즈모노'가 되어서는 안 되었다. 이것은 가부장권이 강한 '이에(家)' 제도가 일본 전국 곳곳으로 퍼져 있었다는 것을 의미한다. 더욱이 처녀막의 존재가 알려지게 된 것도 문명 개화기의 서양 의학이 소개되면서였다. 다이쇼 시대에는 여성이 처음 남자와 접촉하면 혈액의 변화로 인해 다른 남자와 결혼해도 태어날 아이가 이전 남자의 영향을 받는다고 하는 유전학의 이름을 빌린 신학설도 등장했다.
> — 종합여성사연구회(1992)『일본 여성의 역사 성 · 사랑 · 가족』, 角川書店, p.192

여성은 결혼 후, 그 집안의 자식을 낳아 대를 이어야 하는 존재이므로 결혼 전까지 흠이 있으면 안 된다는 규범을 지켜야 했다. 왜곡된 의학 지식을 수용해서라도 여성은 육체적 순결, 즉 정조를 지켜야 했던 것이다. 근대에 들어서도 남성과는 달리 여성은 엄격한 성 규범에 자유롭지 못했다. 이러한 시대적 배경에서 유코는 '기즈모노'가 되지 않기 위해서 증오의 대상이지만 첫 남자라는 이유만으로 아키지와 반드시 결혼을 해야 하는 딜레마에 빠지게 된다.

유코에게 있어 '이에(家)' 제도, 즉 일본의 전통 가족 제도 안에서 요구하는 여성의 성, 즉 순결을 수호해야 했다. 당시의 이러한 사회적 분위기에서 '기즈모노'는 남성에 대해 도리를 다하지 못한 여성이라는 의미로 통했다. 이 단어는 사회적으로 엄격하게 규제되었던 여성에게만 적용되던 성 규범을 지시하는 말이기도 했던 것이다.

3. 성의 자기결정권

처녀성 상실의 문제는 유코에게 있어 결혼을 구걸해야 하는 문제로 화했다. 그렇다면 당시에는 여성의 성, 즉 섹슈얼리티에 대해 어떻게 생각했을까?

일본에서는 이쿠타 하나요生田花世가 「먹는 일과 정조食べることと貞操と」(1914.9)라는 글에서 먹기 위해 일을 잃지 않으려고 고용주에게 '정조'를 빼앗긴 체험을 고백했다. 이것이 일명 '정조논쟁'의 발단이 되었다. 이후 여성운동의 모체가 된 여성 문예지 『세이토』에서 여성의 정조문제에 대해 활발한 논의가 전개되었다. 생활을 위해 정조를 버렸다고 비난 받았던 이쿠타 하나요는 그 사건은 단순히 개인의 정조에 대한 시비가 될 수 없으며, 그 사건의 책임은 여성의 경제적 자립을 인정하지 않는 사회제도에 있다고 주장했다. 『세이토』의 주재자였던 히라쓰카 라이초平塚らいてう는 여성에게만 정조 의무를 요구할 것이 아니라 남성도 여성과 같이 정조를 지켜야만 한다고 '성'에 대해서도 남녀평등을 주장했다. 이 정조논쟁으로 인해 처음으로 여성의 '정조'를 사회문제로 인식했다고 할 수 있다.

근대 여성들의 '성-정조'에 대한 사고의 변화에 대해 지식인 남성들은 표면적으로는 '자유연애'를 앞세워 여성들을 지지했다. 그러나 남성들은 그 찬성과 지지의 이면에 여성의 정조를 전통적인 성 규범이라는 이름하에 외면했음을 작품을 통해서 알 수 있다.

『생혈』에서는 아키지의 인식이 드러나는 직접적인 표현이 그다지 많지 않다. 그러나 다음 인용문은 아키지의 인식이 함축적으로 표출된 장면이라고 할 수 있다.

　－ 오글쪼글한 붉은 비단으로 된 모기장 자락을 물고 여자가 울고 있다. 남자는 바람에 흔들거리는 발簾을 어깨에 맞으며 창밖 너머 아직까지 등불이 켜져 있는 동네를 내다보고 있다. 남자는 홀연히 웃었다. 그리고 "할 수 없잖아."라고 말했다.

　　　　　　　　　　　　　　　　　　　　　－『생혈』 중에서

유코는 유린당하듯 아키지와 하룻밤을 보낸 뒤 '울고' 있고, 남자는 창밖 풍경을 바라보며 "할 수 없잖아"라고 말한다. 여성은 정조를 상실한 것에 대해 '슬픔'의 감정을 드러내었고, 남성은 유코와는 다른 감정을 표출했다. 사실 "할 수 없잖아"라는 발언은 '의기양양함'의 표현이라고 해도 좋다. 왜냐하면 남성인 아키지 자신에게 있어서 이미 일어난 그 일은 큰일이 아니었기 때문이다. 그래서 아키지는 유코에게 너무나도 쉽게 포기 내지는 단념을 종용할 수 있었던 것이다. 그것이 부지불식간에 여성에 대한 '자신감'으로 드러났다고 생각된다. 성에 대한 더블 스탠다드(double standard) 현상이 일어난 것이다.

'로맨틱 러브 이데올로기'는 구미의 근대화를 특징짓는 성 규범이다. 이 사상을 실천하려면 사랑이 있는 연애를 통해 결혼이 성립되어야 했다. 이것이 바로 신여성들이 주창한 '자유연애'이다. 이는 연애의 '영육 일치'라는 개념으로 인지되었기에 혼전 성 교섭이나 동거, 사랑이 없는 결혼 등은 규탄되기도 했다.

『생혈』에서의 유코와 아키지는 당시의 자유연애의 실천으로 혼전 성 교섭이 이루어진 것으로는 보기 어렵다. 유코와 아키지의 하룻밤은 유코가 걱정하듯 남의 시선을 피해야 하는 관계였기 때문이다. 물론 두 사람이 로맨틱 러브 이데올로기를 지향하는 연인이었다고 해도 여성만이 타인의 시선을 의식했다는 점은 이러한 주의와 대치된다.

요시자와 나쓰코吉澤夏子는 근대화가 진행되는 과정에서 남녀평등을 주장하면서도 성 규범에 있어서는 여성에게만 엄격한 규범이 적용되어야 했던 점을 지적한다.

> 상대를 한 인격으로서 존중한다는 사고에는 명백히 남녀의 대등성이라는 요소를 포함하고 있다. 하지만 그 반면, 근대화 과정에서 성별 역할 분업, 핵가족화 등이 진행되던 중, 결혼 상대가 되는 여성에게는 처녀성의 존중과 정조의 관념 등, 엄격한 성 규범이 부과되게 되었다.
>
> ― 요시자와 나쓰코(2000)「성의 더블 스탠다드를 둘러싼 갈등
> - '평범'에 있어서 '젊은이'의 섹슈얼리티」, 岩波書店, p.204

요시자와 나쓰코의 지적처럼 당시의 모든 여성에게는 결혼 전까지 처녀성을 보존해야 하는 성 규범이 적용되었다. 하지만 『생혈』의 유코는 결혼 전 성 교섭이 이루어졌다. 아키지나 유코 모두 미혼 여성의 처녀성이 지켜져야 하는 것이 당시의 규범이었다는 것을 너무나 잘 알고 있었다. 유코는 '울고' 아키지는 '할 수 없다'고 말한 이유이다. 이제 유코는 사회에서 말하는 '기즈모노きずもの'가 되었다.

여기서 아키지는 일관되게 의기양양함을 유지하고 있고, 여성의 정조에 대해서도 책임이나 배려를 생각하지 않는다. 이러한 면은 어떤 일을 결정할 때에도 유코를 개의치 않고 혼자서 결정하는 장면에서도 드러난다. 뿐만 아니라 아키지가 유코를 내버려두고 여종업원과 대화한다든지, 어린 기생의 뒤태를 쳐다보는 모습 등에서도 발견된다.

세수하러 간 아키지가 수건을 들고서 방으로 돌아왔다. 유코를 보자 아무 말 없이 옆방으로 갔다. 어느새 여종업원이 들어갔는지, 여자와 이야기하는 아키지의 목소리가 들렸다.

빈틈없이 내리쬐는 여름 햇볕을 도로 반사라도 하듯 함석 지붕 위에서 검은 연기가 피어오르는 폭서의 거리를 보자, 눈이 부신 유코는 그늘 쪽으로 고개를 돌렸다. 아키지는 디딤돌 위에 서서 신사 앞에서 방울을 딸랑거리고 있는 어린 기생처럼 보이는 여자아이의 뒤태를 보고 있었다.

—『생혈』 중에서

위 인용문은 아키지의 인식이 드러났다고 하기에는 무리라고 할 수밖에 없을 정도로 찰나의 장면이 묘사되어 있다. 그렇지만 이 찰나적 장면에서 작가의 의도가 충분히 읽혀진다. 즉 "여자와" 이야기하는 아키지의 목소리, "여자아이의 뒤태를" 보는 아키지의 모습에서 아키지의 자기중심적인 말과 태도, 그리고 그것에 무의식적으로 반응하는 유코의 감각이 읽힌다는 점이다. 이미 기즈모노가 된 유코는 자신의 '흠'을 만회하기 위해서는 아키지와 반드시 결혼을 해야만 한다. 그렇기 때문에 아키지가 반드시 자신에게 관심을 유지하도록 해야만 하기에 아키지의 사소한 시선이나 목소리에 민감해진 것이다. 이 점을 작가는 놓치지 않고 화자의 시선을 통해 표출하려고 했던 것이다.

당시 유행처럼 번졌던 로맨틱 러브 이데올로기는 남녀평등을 주장하는 신여성에 의해 더욱 확대되고 담론화되었다. 근대 지식인들은 그동안 금기시되었던 여성의 성과 육체를 말과 글로 표현하기 시작했던 것이다. 그리고 자유연애, 연애결혼이라는 실천적 행동을 요구했다. 여성이 자아를 각성하고 자기 주체성을 확보해야 한다는 논리는 여성의 정조에 대해서도 그대로 적용되었다. 여성의 정조관에도 변화가 찾아오기 시작한 것이다. 이것은 성에 대해 여성도 자기결정권을 스스로 행사해야 한다는 의미이기도 했다.

『생혈』에서 볼 수 있는 바와 같이 다무라 도시코는 그의 작품을 통해 여성문제를 적극적으로 제기하고 있을 뿐만 아니라 여성이 처한 상황이나 사회 통념 때문에 자신의 결정권을 체념할 수밖에 없는 여성에 집중하고 있다. 여성이었기에 불리하고 불합리했던 점은 남성 중심 사회인 현재까지도 이어지고 있지만, 당시 여성의 주장이 현재보다도 더 수용되지 않던 시절에 용기 내어 주장했다는 점은 『생혈』이 당시의 여성해방운동의 장이었던 『세이토』에 상재될 만한 멋진 작품이었음을 인정할 수밖에 없게 만든다.

<다무라 도시코 연보>

년월		주요내용
1884 메이지 17	4월	25일 도쿄東京 아사쿠사淺草 구라마에藏前에서 출생. 본 명 사토 도시佐藤とし.
1891 메이지 24		우마미치馬道 소학교에 입학. 구로이와 루이코黑岩淚香의 번역탐정소설 탐독.
1896 메이지 29	4월	부립제일고등여학교府立第一高等女學校에 입학.
1897 메이지 30		한 학년 월반하여 3학년으로 편입. 히구치 가쓰미코樋口かつみ子, 고바시 미요코小橋三四子와 동급생이 됨. 오자키 고요尾崎紅葉의 작품을 애독, 소녀소설 등 습작.
1900 메이지 33	3월	부립제일고등여학교府立第一高等女學校를 졸업. 석차는 115명 중 21등, 평균 87점의 우수한 성적.
1901 메이지 34		니혼여자대학日本女子大學 국문과에 입학. 시타야시치켄초下谷七軒町의 집에서 메지로目白에 위치한 학교까지 도보로 통학한 결과 심장병으로 1학기 만에 중퇴. 2학년 때 중퇴했다는 설도 있음.
1902 메이지 35	4월	고다 로한幸田露伴 문하로 입문. 로에이露英라는 필명으로 작가활동을 함. 동문인 다무라 쇼교田村松魚를 알게 됨.
1903 메이지 36	2월	처녀작 『이슬옷露分衣』(『문예클럽文藝倶樂部』)
	9월	『꽃일기花日記』(『여감女鑑』)
1904 메이지 37	2월	『저녁 서리夕霜』(『신소설新小說』) 『꿈의 여운夢の名殘』(『문학계文學界』)

	3월	『흰 제비꽃白すみれ』(『여감女鑑』)
1905 메이지 38	4월	『연보라若紫』(『여감女鑑』) 『소녀일기少女日記』(『문학세계文學世界』) 『봄날은 간다行〈春』(≪니혼신문日本新聞≫)
	7월	『이별의 봄春のわかれ』(『문학계文學界』)
	11월	『이슬露』(『신소설新小說』)
1906 메이지 39	2월	『탁주濁酒』(『문학계文學界』) 오카모토기도岡本綺堂의 마이니치문사극每日文士劇 여배우 사토 로에이佐藤露英가 됨.
1907 메이지 40	2월	『그 새벽その曉』(『신소설新小說』) 요코하마 하고모로자橫浜羽衣座의 우메다 겐지로의 연극 梅田源二郎劇, 여배우로서의 첫무대.
1908 메이지 41		문학극 「그날 밤의 이시다其の夜の石田」 도쿄자東京座 광 녀 역할을 함.
1909 메이지 42	4월	『늙음老』(『문예클럽文藝俱樂部』)
	5월	다무라 쇼교田村松魚와 결혼.
1910 메이지 43	7월	『체념あきらめ』을 ≪오사카아사히신문大阪朝日新聞≫의 현 상 공모 소설로 투고.
	8월	나카무라 기치조中村吉藏 주재의 신사회극단新社會劇團에 참가.
	10월	『파도波』 혼고자本鄕座의 여주인공을 연기함. 예명은 하나후사 쓰유코花房露子.

	11월	『질투やきもち』(『문예클럽文藝俱樂部』)
1911 메이지 44		『체념あきらめ』(≪오사카아사히신문大阪朝日新聞≫)이 당선되어 1000엔円을 받음.
	2월	『시즈오카 친구靜岡の友』(『신소설新小說』)
	5월	『미사에美佐枝』(『와세다문학早稻田文學』)
	9월	세이토사青鞜社 사원이 됨. 『생혈生血』(『세이토青鞜』창간호)
	11월	『사치코의 남편幸子の夫』(『부녀계婦女界』) 『내음匂ひ』(『신일본新日本』)
1912 메이지 45 /다이쇼 1	1월	『그 날その日』(『세이토青鞜』) 『보라색 입술紫の唇』(『여자문단女子文壇』) 단편집 『주홍紅』(구와키유미도桑木弓堂)
	2월	『마魔』(『와세다문학早稻田文學』)
	3월	『기별おとづれ』(『슈쿠죠카가미淑女かがみ』)
	4월	『언니의 사랑あねの戀』(『유행流行』)
	5월	『이혼離婚』(『중앙공론中央公論』) 『맹세誓言』(『신쵸新潮』)
	6월	로칸도琅玕堂에서 나가누마 지에코長沼千惠子의 우치와에うちわ繪, 부채 그림와 함께 인형 전람회 개최.
	7월	『미궁의 편지分からぬ手紙』(『취미趣味』)

	8월	『발 뒤에서簾の陰より』(『문학세계女學世界』)
		『미약한 권력微弱な權力』(『문학세계文學世界』)
	9월	『급사가 간 후お使ひの歸つた後』(『세이토靑鞜』)
		『사요로부터さよより』(『슈쿠죠카가미淑女かがみ』)
	10월	『악감정惡感』(『문학세계文學世界』)
	11월	『조롱嘲弄』(『중앙공론中央公論』)
1913 다이쇼 2	1월	『유녀遊女』 개제 『여성 작가女作者』(『신쵸新潮』)
		『오시노おしの』(『부인평론婦人評論』)
		『첫눈初雪』(≪요미우리신문讀賣新聞≫)
	3월	『누빈 잠옷繡のどてら』(≪요미우리신문讀賣新聞≫)
	4월	『미라의 입술연지木乃伊の口紅』(『중앙공론中央公論』)
		『엄지의 가시親指の刺』(≪요미우리신문讀賣新聞≫)
	5월	단편집 『맹세誓言』(신쵸사新潮社)
	6월	『유람搖籃』(『신쵸新潮』)
		『초록 아침綠の朝』(『문장세계文章世界』)
		『어린 보리의 전율靑麥の戰』(『현대現代』)
		『황매화山吹の花』(『신일본新日本』)
	7월	『일기日記』(『중앙공론中央公論』임시증간臨時增刊 여성문제호婦人問題号)
	9월	『여름밤의 사랑夏の晩の戀』(『선데이サンデー』)
	10월	『바다도깨비海坊主』(『신쵸新潮』)
		『우울한 내음憂鬱な匂ひ』(『중앙공론中央公論』)
		『오전午前』(≪요미우리신문讀賣新聞≫)

	11월	『가을의 하루秋の一日』(『부인평론婦人評論』)
1914 다이쇼 3	1월	『대낮의 폭력畫の暴虐』(『중앙공론中央公論』)
	4월	『포락의 형벌炮烙の刑』(『중앙공론中央公論』) 『어두운 하늘暗い空』(≪요미우리신문讀賣新聞≫) 단편집 『사랑스런 아가씨戀むすめ』(목민사牧民社)
	7월	『노예奴隷』(『중앙공론中央公論』)
	9월	『구기 열매의 유혹拘杞の實の誘惑』(『문장세계文章世界』)
	10월	『요령妙齡』(『중앙공론中央公論』)
	11월	『애기동백山茶花』(≪아사히신문朝日新聞≫) 『속연俗緣』(≪요미우리신문讀賣新聞≫)
1915 다이쇼 4	3월	『압박壓迫』(『중앙공론中央公論』)
	4월	『잠옷夜着』(『중앙공론中央公論』)
	6월	『인형의 춤人形の踊』(『중앙공론中央公論』)
	7월	『그녀의 생활彼女の生活』(『중앙공론中央公論』) 단편집 『사랑의 생명戀のいのち』(실업지세계사實業之世界社)
	8월	『추억思いで』(『문장세계文章世界』)
	9월	『백주白晝』(『신문단新文壇』) 『전도前途』(『태양太陽』)
	10월	『외동딸一人娘』(『신소설新小説』) 『사랑한 여선생님戀した女先生』(『여성 세계女の世界』)

1916 다이쇼 5	1월	『방랑放浪』(『신쵸新潮』) 『영화榮華』·『술酒』(『문장세계文章世界』)
	2월	『유리 구슬硝子玉』(『신소설新小說』)
	3월	『인형人形』(『취미지우趣味之友』)
	4월	『오마쓰 히코조お松彦三』(『중앙공론中央公論』)
	5월	『고타로兒太郎』(『연극예술화보演藝畵報』) 『젊은 마음若いこゝろ』(『신소설新小說』) 『붉은 꽃赤い花』(『문예클럽文藝俱樂部』)
	12월	『뱀蛇』(『중앙공론中央公論』) 다무라 쇼교田村松魚와 별거.
1917 다이쇼 6	12월	스즈키 에쓰鈴木悅와 동거.
1918 다이쇼 7		다무라 쇼교田村松魚와 이별.
	5월	스즈키 에쓰鈴木悅가 캐나다로 이주.
	9월	『파괴하기 전破壞する前』(『대관大觀』)
	10월	『파괴한 후破壞する後』(『대관大觀』)와 『어둠 가운데闇の中』(『밋타문학三田文學』)의 출판을 약속했으나 결국 작품을 쓰지 못함. 11일, 요코하마橫浜에서 '멕시코마루'를 타고 캐나다로 이주. '도리노코鳥の子'라는 필명으로 스즈키 에쓰鈴木悅가 근무하는 대륙일보사大陸日報社 ≪대륙일보大陸日報≫에 기고.

1919 다이쇼 8	1월	『목양자牧羊子』(≪대륙일보大陸日報≫)
1923 다이쇼 12	3월	9일, 스즈키 에쓰鈴木悅와 결혼.
1933 쇼와 8		스즈키 에쓰鈴木悅, 일본으로 귀국하여 1932년 사망함.
	11월	다무라 도시코田村俊子는 샌프란시스코로 이주.
1936 쇼와 11	2월	밴쿠버로 거처를 옮김.
	3월	31일, 일본으로 귀국.
	12월	사토 도시코佐藤俊子라는 이름으로 문단에 복귀.
1938 쇼와 13	11월	『산길山道』(『중앙공론中央公論』)
	12월	중앙공론사 특파원으로 중국행.
1942 쇼와 17	5월	『뉘성女聲』 창간. 필명은 소츄이쭈左俊芝.
1945 쇼와 20	4월	13일, 뇌일혈로 영면.

| 옮긴이 **권선영**權善英

1970년 부산에서 태어났다. 일본 헤이와나카지마平和中島 장학재단의 초청으로 일본 도쿄가쿠게이東京學藝대학 대학원에서 수학했으며, 상명대학교 대학원에서 「다무라 도시코田村俊子 작품 연구」로 박사 학위를 취득했고, 경희대학교 대학원 국어국문학과에서는 「한일 근대여성문학 비교연구」로 박사 학위를 취득했다. 현재, 신라대학교에서 국제지역학부 일어일본학전공 초빙조교수로 재직하고 있다.

번역서로는『히구치 이치요 작품 선집』(공역), 김명순의 일본어 소설인『인생행로난』등이 있고, 주요 저서로는『신석정 시선』(편저),『한일문화 연구의 새 지평1 한일문화의 상상력 : 안과 밖의 만남』(공저),『이병주 문학의 역사와 사회 인식』(공저),『비타민 한국어4』(공저) 등이 있으며, 주요 논문으로는 「남성 작가가 바라본 '신여성'의 한일 비교」, 「이병주『관부연락선』에 나타난 시모노세키와 도쿄」, 「한일 근대 여성 문학에 나타난 '연애' 고찰」 등이 있다.

포락의 형벌 炮烙の刑

| 초판 1쇄 인쇄일 | | 2019년 3월 15일 |
| 초판 1쇄 발행일 | | 2019년 3월 21일 |

지은이		다무라 도시코(田村俊子)
옮긴이		권선영
표지 그림		스즈키 야스마사(鈴木靖将)
펴낸이		정진이
편집장		김효은
편집/디자인		정구형 우정민 박재원
마케팅		정찬용 이성국
영업관리		한선희 우민지
책임편집		정구형
인쇄처		국학인쇄사
펴낸곳		국학자료원 새미(주)

등록일 2005 03 15 제25100－2005－000008호
경기도 파주시 소라지로 228-2 송촌동 579-4
Tel 442－4623 Fax 6499－3082
www.kookhak.co.kr
kookhak2001@hanmail.net

| ISBN | | 979-11-89817-11-4 *03830 |
| 가격 | | 14,500원 |